Alexandra Farías

Vino  el amor

Editora
Poetas de la Era

Primera edición
EDITORA POETAS DE LA ERA

Junio 2022

© Alexandra Farías
Vino el amor

Edición al cuidado del autor.

Diagramación y diseño:
Ludwig S. Medina

Queda hecho el depósito conforme a lo dispuesto por la ley sobre propiedad intelectual.

Santo Domingo, Republica Dominicana

Contenido

La belleza de la tierra podía desarrollarse
en las uvas y mostrarse en los vinos.

Un poquito sobre mí.

No digas: "Es imposible.
Di no lo he hecho todavía".

(Proverbio japonés)

¡Imposible! Palabra que al llegar a los Estados Unidos sembré y le permití crecer y apoderarse de la mujer valiente, soñadora y atrevida que había en mí. De la noche a la mañana, ya nada era igual, cada pensamiento que tenía, dependía de cómo se sintieran las personas que estaban a mi alrededor; cada sueño, cada deseo, cada meta que deseaba realizar, la palabra **imposible** se convertía en mi muro personal.

Sucedieron tantas tragedias en mi familia, las cuales me volvieron impotente, por el hecho de estar tan lejos de ellos y sin poder hacer nada. La frustración me estaba matando, la creatividad se volvió cobarde, la muerte de mi padre adoptivo, el dolor y sufrimiento de mi madre por el asesinato de mi hermanito menor, me invadieron; sentía coraje con Dios, le gritaba, estaba tan enojada con Dios y conmigo misma, que lo culpaba a él de todo.

Mi hijo mayor a sus dos años sufría de una infección en sus pulmones, vivimos un largo tratamiento de 9 meses donde le entraban tubos e inyecciones por su columna diariamente, eso me destrozó el alma, fue la primera vez que sentía mi corazón sangrar. No existe dolor más grande que ver el sufrimiento de un hijo, o perder a uno como mi madre perdió a los de ella.

Los primeros 2 años en este país fue una verdadera pesadilla.

Sola me ponía trabas y alimentaba mi **Imposibilidad** a cada instante, hasta que un día, esa palabra, me dio alergia, salí a la calle y encontré un instituto y empecé a estudiar, meses después, justo para mi cumpleaños número 30 encontré trabajo. Resulta que todas esas **imposibilidades** me las había creado yo misma.

Empecé a escribir y descubrí que tenía demasiado amor dentro de mí, que tenía demasiada fuerza conmigo. Poco a poco, volví hablar con mi Dios, un día fui a mi país y mi hijo menor que tenía 4 años para ese entonces, estaba a mi lado, cuando de repente, llegaron dos tipos y me pusieron una pistola en mi cabeza. Ellos querían mi teléfono. De repente, sentí una calma y solo le dije al ladrón mirándolo a los ojos: ¿Vas a matarme delante de mi hijo por un teléfono? Él, me miró fijo a los ojos, guardó su pistola y se subió en la moto con su compañero, Dios, en definitiva, nunca me abandonó, siempre estuvo a mi lado.

No podría explicar esa paz que sentí dentro de mí, justo en el momento que podría ser el último segundo de mi vida. Hoy tengo la dicha de contar con mis 42 años, renuncié al trabajo en el que duré 10 años, hice algunos cursos técnicos para reforzar mi educación, empecé un nuevo trabajo en el cual me siento libre y feliz, porque tengo la dicha de escuchar increíbles historias de los clientes y aportar un granito de arena a sus sueños, me llena de vida y satisfacción. llevo 5 libros publicados, decidí concentrarme en mí, amarme a mí, entendí que yo misma me lastimaba, cuando decidí no agradecerle a mi **Yo** interior por enseñarme a ser quien siempre quise ser, recuperé mi fe, recuperé la fuerza y la valentía que vivía en mí.

Y, sobre todo, descubrí que la palabra **IMPOSIBLE**, solo es un paso que te empuja a buscar otra salida, convertí lo **imposible** en mi timón personal para guiarme hacer de mis metas y sueños, algo **POSIBLE.**

En definitiva, lo **impo**
encontró la fuerza que l
más fácil; aunque en r
difícil.

Saca de tu vida a todas l
de felicidad, mientras
con engaños. Identifica
dolor no te engañe, no
necesita más que tú a e
de impotencia y falso se

Creer en ti mismo es la
a tu alrededor se vuelve
propia fuerza y amor, l
tan herido, necesitarás
contar con amigos verda
mejores herramientas pa
hacia una felicidad boni
tu Yo pequeño, busca la
ayer te hicieron daño, pe

Aférrate a tus metas y s
importante, no permitas
realmente quién **ERES.**

"Si ya lo pensaste, a
queremos hacer algo,

Agradecimiento a la Vida misma

Soy una mujer que tiene la dicha de estar disfrutando de la segunda mitad de su vida, y la verdad pensaba que era tan aterradora como estaba escrito en los libros y como me decía mi doctor.

Les cuento, cuando fui a mi cita de rutina, mi doctor me recetó más de 10 vitaminas, porque según él, tendré mal humor, engordaré, me pondré más ciega, de hecho, mi oftalmólogo me dijo que necesitaba lentes bifocales porque ya tenía 40ta, ¡hazme el favor! no tendré apetito sexual, no tendré deseo de salir y mi vida daría un giro de 380 grados. Dios estaba asustada.

Pero no, de todo eso, solo subí horriblemente de peso sí, es cierto, me sentí algo triste y sentía que mi vida ya no tenía sentido, pero ¿qué creen? yo le busqué sentido, nuevamente empecé a estudiar y obtuve mi diplomado de Psicología Positiva e Inteligencia Emocional, renuncié a mi empleo de casi 11 años y empecé a trabajar en el mercado de Bienes y Raíces, soy asistente, aún no tengo la licencia, pero muy pronto también la tendré. Saqué la licencia de Notario Público, leí 5 libros de motivación y superación personal y estoy estudiando inglés para reforzar mi lectura y mi lenguaje. Empecé a moldear mi círculo con personas más intelectuales que yo y que le aportan cosas positivas a mi vida y a mi futuro, claro, sin descuidar a los que ya le dan valor y sentido a mi vida. Los $20 dólares de consulta que pagué ese día, fueron los 20 dólares mejores invertidos en mi vida, porque ese día mi doctor sin quererlo me empujó a cambiar mi vida.

Dios me regaló la oportunidad de volver a tener el control de mi vida y disfrutarla a mil por horas. Cuando creces con tanta adrenalina y tantas aventuras en tu vida, tienes un montón de historias que contar, porque un alma libre siempre será un alma libre.

Lo bonito vivido, los amores que se convirtieron en prohibidos, los que no fueron prohibidos, los errores cometidos, las locuras y complicidades, las cosas que dijimos, las cosas que nos faltaron por decir, todo lo que nos arriesgamos a vivir, todo lo que dejamos de vivir. Todo eso, nos convirtieron en lo que somos hoy; y por eso debemos dar gracias, incluyendo a cada una de esas personas que formaron parte de nuestro pasado y presente, incluyendo a quienes nos hicieron daño, porque nos enseñaron el valor de perdonar, y a los que nos mintieron, porque ahora sabemos bien en quien confiar. Hoy doy gracias por todo y todos. ¡Gracias!

Alexandra Farías

12

"La belleza de la tierra se concentra en las cascara de las uvas
y se contempla en los corazones de familiares y amigos"

Vino el amor

(La bodega)

*"La palabra IMPOSIBLE, solo es un paso
que te empuja a buscar otra salida,
convierte lo imposible, en tu guía personal".*

Prólogo

Alexandra Farías es una autora dominicana que ha podido ser resiliente, sus obras buscan resaltar el valor de la imaginación combinada con la propia realidad, valora el amor y las experiencias de la vida, dándose a si misma la oportunidad de reinventarse las veces que sean necesarias, a esto se suman los procesos de su propia vida y la condición actual del mundo.

Esta obra-novela es super interesante y narra el drama de la vida de aquellos que se ocultan tras las apariencias sus acciones que al final revela su verdadero ser, mientras que en el otro extremo se manifiesta el amor, compasión, perdón y devoción por servir a los demás, el sacrificio de la superación y la fidelidad de aquellos que en momentos de angustia y desesperación reciben el maltrato de los seres que aman. El jugar con los sentimientos, afectando sus emociones y aprovechando sus debilidades traerá grandes consecuencias con el pasar el tiempo, cada comportamiento revela simplemente la verdad de aquellos que creen ser fuertes, siendo los más débiles y otros siendo la debilidad su gran fortaleza.

¡Cuando el amor verdadero abraza los corazones de los amigos, la magia que puede surgir de ahí es un puro sueño, hecho de oro, con el brillo de la esperanza y la marca de la fe en el centro del alma!

Alexandra Farías

La obra **Vino el Amor** enseña al lector que todos somos propensos amar como a errar, podemos caer y con más fuerza poder levantarnos, creer que siempre habrá posibilidades y lo que parece ser un juego de sentimientos por pasión, se puede convertir en un gran amor, el ser humano tiene la posibilidad de reflexionar sobre sus acciones para convertirse en mejor versión de sí mismo, claro está solo y únicamente si aprovecha la gracia y misericordia que se extiende a su favor.

Hiodaliz Arreldina (hz)

Fundadora. AH Company

Poema sobre el valor
de la amistad

.

Regresas en noche de tormenta, más no pienses que
Perteneces a mi mundo, no; en tus eruditas palabras
yacen mis dudas, tu esencia me lleva de la mano, más
me rehúso, no soy del eco que se disminuye, solo soy
una avecilla que perdió su viento y olvidó su sueño.
Al mirarme al espejo, se reflejó la esperanza que una vez
se esfumó, vi ese valor que necesitaba para seguir adelante,
la luz que resplandece de tu alma, ilumina mi andar
dejándome saber, que tan fuerte es tu amistad.

Alexandra Farías
"La bodega"

Cuando en sesiones dulces y calladas
hago comparecer a los recuerdos,
suspiro por lo mucho que te he deseado
y lloro el bello tiempo que hemos perdido.

-Alexandra Farias-

Alexandra Farías
"La bodega"

"Te busqué en el silencio más ruidoso de mi andar,
y a lo lejos solo sonaba el eco de tu ausencia
perdida en mi inquietud, absurda de no
escuchar de ti, un lo siento, aquí estoy."

-Alexandra Farias-

Capítulo 1
Intruso

"Los sueños, a veces, no son más
que una realidad irreal de lo que deseamos en la vida real"

¡Hola chicas! no saben lo que me pasó, bajé al almacén para ver si el arrogante de Delfino había hecho el pedido de los vinos, y como ustedes saben, hay muy poca luz en el depósito para que no se dañen mis reservas, en fin, cuando descendí, Delfino estaba sin camisa y el sudor le corría desde la cabeza hasta donde la espalda perdió el nombre. Él estaba despalda y se roseaba una botellita de agua en su sexy, caluroso y chupable cuerpo.

—¿Te gusta mi cuñado? Pensé que te caía mal.

—Espera Nachi, ¡no me interrumpas! en fin, el caso es que en eso sonó mi teléfono y él volteó, pero no me vio, yo subí y me encerré en la oficina, el caso es que, en la noche, tuve un sueño muy sucio con él.

—Ay amiga, creo que estás en serios problemas.

—En mi sueño él era un salvaje, un hombre rústico que hacía peleas callejeras para sobrevivir. Yo iba pasando por la calle, era de noche y él salió todo sudado y sin camisa, como en la bodega, pero en vez de cargar caja, llevaba cargado a un hombre que le había ganado en una pelea, él me vio y dejó caer al hombre al piso y me miró fijamente, yo salté sobre él y empezó a besarme y ya pueden imaginarse, fue tan salvaje y tan rico a la vez, que desperté asustada y muy, pero muy sudada.

Todas empezaron a enrojecer mientras Alex cuenta su sueño con tanta pasión.

—Querida, hay algo qué aún, no entiendo, ¿supuestamente tu no tragas al cuñado de Nachi? Digo, es lo que todas tenemos entendido ¿O nos perdimos de algo?

—O sea, ¿al final el patán resultó muy patanamente apasionado? (Risas entre ellas)

—Pues déjame decirte querida, que mi cuñado también quedó loco contigo, lo único es que él te fantasea despierto y tú en sueños, él no deja de hablar de ti.

—Seria divertido poner una cámara en la bodega y verlo a ustedes como se demostraban sus "dizque odio" (risa)

—Bueno Nachi, yo no lo soporto, aunque claro, en el sueño fue el mejor amante del mundo, pero en la realidad, él es otra cosa, lo alucino, es un pesado y pedante, él tiene lo suyo si, ¡y sí que lo tiene! pero lo excitante no le quita lo pedante, y tú sabes que le di trabajo en la Bodega, por ustedes.

—Lo bueno es que Adonis duerme profundo y no se da cuenta de tus sueños eróticos.

—¡Ni lo menciones! ese hombre anda de un humor de los mil demonios, no aceptaron su proyecto en la empresa y cómo anda también, con que le dieron el puesto a un recién llegado, pues deben imaginarse como está, hasta me dijo que iba a renunciar, y ahora se le ha metido en la cabeza el ir conmigo a visitar el caribe, pero su humor es insoportable, siempre llega de malas a la casa.

Alex desea crear algo especial en su bodega, por eso quiere ir a su país, para traer algo único de allá y para darle una identidad a su bodega.

—Adonis, tenemos que hablar.

—¿Y de qué quiere hablar la señora empresaria de la casa?

—Por favor sin sarcasmo, quiero ir a R.D en el verano, pero me iré sola, tengo muchas cosas que hacer y no tendré tiempo para estar contigo de arriba para abajo.

—¿Y a ti quien te dijo que yo te necesito para ir a RD? ¿O me ves cara de necesitar una niñera? No mi amor, yo iré, contigo o sin ti, y fin de la discusión.

—No puede ser que siempre terminemos discutiendo, ¿qué te ha pasado? ¿Porque cambiaste tanto Adonis?

—Tengo que irme, hoy tendré una junta con el consejo.

—¿Vas a renunciar?

—No lo sé, adiós.

Adonis, se fue pensando en la pregunta que le hizo su esposa y de repente, se enfadó, y llegó a su trabajo decidido a pelear por lo que le corresponde.

Una vez la junta dio comienzo, Adonis les dijo que no era justo que le dieran el puesto a un recién llegado por el simple hecho de ser familiar de los socios y quería una recompensa por mandarle a hacer un proyecto de tres largos meses y luego desecharlos porque alguien más hizo otro, y si siquiera le dieron la oportunidad de presentarlo.

El consejo ya había tenido varios escándalos en el año y no querían otro más, le permitieron presentar su proyecto y le ofrecieron otro puesto mejor, Adonis aceptó, lo que lo llevó a preparar una gran fiesta en su casa, no sin antes llamar a su abogada y pedirle que redacte su acta de divorcio.

Alex se encerró en su oficina y empezó a grabar otro capítulo de su Podcasts, mientras pensaba en el cambio de su esposo, grabó un episodio, titulado la fe.

Podcast: ***¿Qué reemplaza la fe en el corazón del hombre?***

¿Qué reemplaza la fe en el corazón del hombre cuando este, ya la ha perdido?

Cuando llegamos a este mundo, venimos llenos de amor y una fe invaluable, pero en el transcurso del camino, la vida de muchos se va formando con un poco de dificultades, eso hace que muchos individuos refuercen su fe en Dios y en sí mismos, para poder liderear con toda la adversidad, pero otros son más débiles, y todas las malas jugadas que le van pasando en el camino, en vez de ajustarse a la vida, se lamentan, se quejan y culpan a Dios y al destino de sus desgracias y creen que son unos fracasados, su fe se va apagando poco a poco, dejan de luchar cobardes y rencorosos.

Alguien me recordó, que perdemos la fe, porque olvidamos que somos hijos hechos a imagen y semejanza de Dios y perdemos nuestra identidad de hijos reconocidos.

¡Levanta tu cabeza! entrégale tus problemas a Dios, toma el control de tu vida, ¡tú puedes! Confía, es lo único que debes hacer en estes momento, confiar en ti. Detente, mira a tu alrededor y pídele a Dios que libere tu camino. Escarba en lo más profundo de ti, a veces la repuesta siempre estuvo en tu cabeza, pero te cubriste de escombros negativos, cuando perdiste tu fe. Indaga un poco más profundo dentro de ti y verás como todas las repuestas a esas preguntas que te habías hecho estuvieron siempre ahí.

"La belleza de la tierra se concentra en las cascara de las uvas
y se contempla en los corazones de familiares y amigos"

A veces Dios nos responde con su silencio y solo con fe, no con los oídos podemos escucharlo.

Alex terminó de grabar su Podcast y no dejaba de pensar en qué se había convertido su esposo, tenía la esperanza de que él lo escuchara y pensara en todo lo que ha cambiado, qué lo provocó, cuales fueron esas razones… Pensaba que su marido se ha ido quedando muy solo, ya casi no comparte con amigos ni con su hermano. Meses antes de navidad, Alex le envió un mensaje por WhatsApp a la familia de Adonis, invitándolos a su cena de navidad, les avisó temprano porque no quería que fueran hacer otros planes.

FAMILIA CÁRDENAS

Hola a todos, como están

Hola Alex, como va todo?

Quiero invitarlos a pasar la cena
de navidad en nuestra casa

Sí, claro, te dejamos saber

Gracias.

MENSAJES DE WHASTSAPP

La vida sabe cómo y cuándo colocar personas en tu vida, los amigos llegan no solo para formar parte de tu día a día, llegan para convertirse en familia, aprende a elegir a las personas que llegan a tu vida, muchas de ellas, solo llegan de pasada, para recordarte algo que olvidaste, otras, para hacerte reaccionar y sacarte de tu zona de confort, haciéndote la vida de cuadritos, y muchas, para ser tu guion, para ayudarte a encontrar la salida, se convierte en tu camino, tu luz.

—Hola hija, ¿cómo estás?

—Hola mamá, bien, hoy voy a prepararle una cena romántica a José Ángel, es que casi no, nos vemos por la universidad y por el trabajo. Es su cumpleaños.

—¡Genial hija! si necesitas que te ayude en algo, no más me dejas saber ¿Ok?

—Ahora que lo mencionas, si, ¿podrías conseguirme un vino, que sea especial para esta ocasión? Eres muy buena en eso.

—Claro mi reina, te lo traigo de la bodega, de hecho, voy saliendo para allá.

—Gracias mami, te amo.

—Espera Cam, salgo en dos días para mi País, me iré por una semana, necesito conseguir algo especial para el negocio, aparte, necesito un respiro lejos de tu Papá.

—Lo siento, sigue de malas ¿Cierto?

—Tú no te preocupes, haz tu cena y tu Papá y yo, nos encargamos de nuestros asuntos ¿Ok?

Alex fue a la bodega, trabajó un rato y luego le pidió a Delfino que le consiguiera un Pino Noir de su reserva y que se lo llevara a su oficina. El patán insolente, volvió a la carga.

—¿Me está haciendo una propuesta indecente jefa? Porque yo acepto, lo que usted quiera, ya sabe.

—¡No seas insolente! y haz lo que te pido, Dios, no sé cómo no te he sacado a patadas de aquí.

—Porque me necesitas, soy su norte jefe.

Delfino se va de prisa antes de que su jefa vote fuego por los ojos.

—Ay amigo, un día de estos, Alex te matará, oye que te lo digo.

—Si, María, pero de amor, es de lo único que podría morir por ella, de amor.

Delfino entra a la oficina y le deja la botella, mientras escucha que Alex estaba haciendo las reservaciones de su vuelo, eso puso a Delfino algo triste, no quiso preguntarle y salió, pero ella lo llama y le dice que busque a María porqué desea hablar con los dos.

—Bien, siéntese por favor. En dos días me iré de viaje por una semana, María quiero que te encargues de todo lo que necesite Rosita para la cocina, y por favor, renvíale un correo a los del viñedo de Seattle, dile que a mi regreso estaré por allá.

—Si jefa ¿También quiere que posponga la junta de zoom con los proveedores de California?

—¡Dios! cierto, ¡no me acordaba!

—Descuide jefa, yo puedo encargarme de eso, si usted me lo permite.

—De hecho, si, gracias Delfino, al fin abriste la boca para algo bueno, también quiero que te encargues de los demás, ayuda a María en todo. María por favor, encárgate de que todos los empleados le hagan caso a este tonto, y ayúdalo en todo lo que te pida.

29

—O sea, ¿este tonto será el jefe por una semana?

—No te emociones mucho, no serás jefe de nada, solo me cubrirás junto a María, así que bájate de esa nube.

—Si, será el sereno, pero voy a ser jefe.

—Dios, ¿qué abre hecho para merecerme este castigo?

—Descuide jefa, Delfino está algo loco, pero es unos de los mejores trabajadores. Es muy responsable.

—Si, María eso lo sé, por eso quiero que ustedes dos se hagan cargo.

—Gracias, no la defraudaré.

—Lo sé, María, lo sé.

Delfino, a pesar de lo feliz que está de ser el jefe, también está algo triste, no tiene nada que ver con Alex, pero ella es su medicina, cada día está más enamorado de ella y aun no lo sabía.

Alex se fue a casa y ayudó a su hija con la cena, Camila le avisó con tiempo a su novio, le dijo que lo esperaría en su departamento, su novio le confirmó. Camila se fue y dejó todo listo en su casa, salió de compras con su madre, fue a bañarse y luego se fue para esperar a su amado.

Todo ya estaba listo, Camila estaba muy emocionada, hacia mucho que no estaba con su novio.

—Dios, ya van hacer las 8 y José Ángel no llega y tampoco me llama. Ella decidió llamar al hospital para ver si tenía alguna emergencia.

—Hola, habla Camila, ¿cómo estás? Quiero saber si el Dr. José Ángel está en una emergencia, lo estoy esperando.

—Hola Camila, si, el doctor está en una emergencia. Lo siento.

La enfermera que atendió la llamada de Camila, solo se rio junto a otras enfermeras, todos en el hospital sabían lo mujeriego que era su sexy novio doctor, menos ella. José Ángel se fue con unos amigos a un bar y dejó a su novia en su apartamento. Ella se durmió esperándolo, se despertó a las 12 de la noche, agarró sus cosas y se fue a casa, José aún no había llegado.

El doctorcito llegó a las 3 a.m. a su apartamento, vio la cena y solo sonrió, sin importarle que había dejado a su novia enganchada.

—Buenos días hija mía, ¿cómo te fue? ¿Le gustó el vino a tu novio?

—No lo sé, y no creo que lo sepa.

—¿Qué pasó?

—Jose Ángel nunca llegó y no tuvo la delicadeza de avisarme, llamé al hospital y supuestamente tenía una emergencia, voy a bañarme, debo ir a trabajar.

—Lo siento hija mía, pero debe saber que ustedes los doctores a eso se exponen.

—Si, madre lo sé. Feliz día.

—Adiós mi amor.

—Buenos días mi pequeña.

—Hola pá, ¿cómo estás?

—Yo, excelente, me siento de maravilla, te amo hija

—Yo también pá. Mamá, ¿y ahora qué le pasó a mi papá?

—Creo que ya entró en la menopausia, así que descuida.

—Hahahha, ay mami, las cosas que dices.

Adonis andaba muy feliz, pero aún no le había dicho a su familia que lo habían ofrecido nuevo puesto. Camila andaba tan triste y enojada a la vez, Alex algo le molesta también y andaba preocupada por el comportamiento de su esposo, preparó todo para irse a república dominicana.

Alex había llegado al aeropuerto y Delfino estaba allá, ella se sorprendió al verlo ahí.

—Delfino, ¿qué haces aquí?

—Solo vine a traerle esto y a desearle buen viaje.

—Gracias, pero no tenías que hacerlo, cuídame el negocio por favor y cualquier cosa, en la oficina, en la pizarra blanca está mi dirección de correo, me puedes escribir si hay algo importante que quieras preguntarme.

Delfino se acercó muy despacio hacia Alex y le dio un abrazo muy suave y un beso en la mejilla, Alex se estremeció de una forma, que ella misma quedó sorprendida.

Ya en el avión, Alex vuelve a pensar en ese beso que le dio su empleado cretino, ella sonrió y pidió un trago, quería relajarse y dormir.

Después de 13 horas de vuelo, Alex llegó a Santo Domingo, su prima fue por ella al aeropuerto, ella iba con los cristales abajo. Oler el aire de su tierra, ver las palmeras bailar al compás de la brisa y el sonido del mar, la llenaban de vida, y la devolvían a su niñez, cada recuerdo venía acompañado con cada respiración. Al entrar a su barrio (ciudad) Ella recordaba como jugaba con sus amigos en la calle, como bailaban en la esquina con cada música que sonaba, cuando llovía, salía a bañarse con sus hermanos y amigos, con cualquier cosa se divertían.

—Hola mi vida, ¡qué sorpresa!

—Hola tía, gracias, te ves increíble, no puedes negar que eres García.

—Oh, siiiii, y tú, ¿qué tal te trata el frio y la lluvia?

—Ni me lo digas, creo que tengo un hielo por dentro, no más llegué aquí y me derretí, hahahha, pero ya extrañaba el calor de mi tierra.

—Me dice tu prima que solo estarás aquí una semana.

—Si, solo vine a conseguir algunos materiales para mi negocio.

—Pero me lo hubieses pedido, yo con gusto te lo hubiese conseguido.

—Si, tía, pero necesitaba una semana de relajación.

—Ah, ok, ya no digo nada, ven, siéntate a comer, mira lo que te guardé.

—¡Dios, qué rico! moro de gandules, con bistec y ensalada, mmm.

—Ah, y no has visto la parte mejor, mira.

—No, nooo, en serio tía, ¿te acordaste? ¡qué ricoooo!

—Claro mi vida, ¿cómo me iba a olvidar de prepararte tu pera piña? Si es tu jugo favorito.

Dos días después, Alex compró todo lo que necesitaba, también se encontró con un viejo amor, él, la llevó a comer a la playa, allá le sirvieron un delicioso pescado con tostones, ensalada y una presidente vestida de novia. (Cerveza muy fría) Bailaron merengue y bachata, luego se encontraron con viejos amigos de la escuela. Alex, sus primas y varios viejos amigos pasaron la mejor tarde y noche. Ella llegó a las 2 a.m. A su casa, al día siguiente al despertar y revisar sus mensajes y correos, había uno de Delfino.

"La belleza de la tierra se concentra en las cascara de las uvas
y se contempla en los corazones de familiares y amigos"

De: Delfino

Para: Alex García.

No entendía mi pasión por el vino, cómo disfrutaba cada vez que ese néctar mis labios mojaban y su aroma atravesaba mi piel, hasta que al marcharte descubrí, que el vino y tú eran cómplices de mis mejores deseos.

Porque todos los días que cierro los ojos, sueño con usted mi querida jefa.

Por esa razón, debería subirme el sueldo, por ser su empleado favorito y por colarse en mis sueños sin permiso. Feliz día.

—¿Es en serio que este payaso me escribió eso? Ay Dios, dame paciencia. (Con una sonrisa en la cara)

—Hola prima, ¿por qué tan sonriente en esta mañana?

—Tengo un payaso en mi negocio, y la verdad es que es el payaso más lindo e insolente ¡Dios! ¿Qué estoy diciendo?

—Ay prima, como que alguien está conquistando tu corazón

—La verdad es que a mi corazón ya nadie entra, aunque te juro que a veces lo veo y miro su cuerpo, tiene un cuerpazo, que te juro que cualquiera cometería un delito con ese hombre.

—Uuyy prima, creo que ya estás en problema, mira, si el tipo está tan bueno y te molesta tanto, pues gózatelo, y luego lo despides y listo.

—Dios, qué mala eres.

—Yo, no amor, estás casada, lo menos que deseas es tener problemas, así que gózatelo y listo. Y ya, prepárate, te llevaré a un lugar increíble.

> "La belleza de la tierra se concenta en las cascara de las uvas
> y se contempla en los corazones de familiares y amigos"

Alex pasó la mejor semana de su vida y luego regresó a su realidad. Al llegar a Oregón, fue directamente a su casa, se dio un baño, y su marido la esperó con una borrachera de lo peor. Ella trató de ignorarlo y se fue a dormir, se tomó un par de pastillas y durmió toda la noche.

Unas semanas después.

—Hola Alex ¿Cómo estás?

—Bien amor, ¿y tú? estaba pensando en ti, te iba a llamar.

—¿Y tú por qué ibas a llamarme? ¿Otro sueño erótico con tu patán?

—No mujer, me iré para Seattle esta noche, mañana iré a un viñedo, ellos quieren que venda sus vinos en mi bodega. Me llevarán a un recorrido por los viñedos y sus bodegas, y como Adonis anda tan de malas, quería saber si quieres acompañarme, puedes alcanzarme mañana allá, la verdad es que no quiero regresar sola, toma un vuelo, yo te lo pago y pasamos la tarde juntas y nos regresamos en la noche, ¿qué te parece?

—Pero Alex, ¿olvidaste que vamos a cenar esta noche todas juntas?

—¡Santo Dios, es cierto! lo siento Rosy, lo olvidé por completo, bueno, está bien, cenamos esta noche y nos vamos juntas mañana, y nos pasamos todo el domingo en Seattle.

—Ok, le diremos a Nachi en la cena.

Alex, Rosy y Nachi (las amigas), Se fueron a un restaurante a cenar, sin imaginarse que allí encontraría a su mayor perdición. Cuando Alex se proponía a pedir su trago, el camarero le pone su bebida en la mesa. Resulta que era Delfino, él escuchó cuando las chicas habían hecho la reservación en ese restaurante, el patán apuesto fue y le pagó algo al supervisor y le dijo que era una sorpresa para el amor de su vida, el supervisor, que era Gay y muy romántico accedió a su petición.

—Esto es una broma de muy mal gusto ¿Qué rayos hace tu cuñado aquí, Nachi?

—Tú deberías estar trabajando en la Bodega, para eso te pago. ¿O qué? ¿Te quedó muy grande el puesto y renunciaste?

—Soy el nuevo mesero de este lugar, y por favor señora bonita, pero enojona, ¿podría usted no hablar tan fuerte? No quisiera que me corrieran en mi primer día. Y no, no renuncié, trabajé en el turno de la mañana, y este es mi segundo trabajo. No soy un empresario muy ocupado e importante como su esposo, yo necesito pagar mis cuentas, y no le daré el gusto de deshacerse de mí tan fácilmente, mi bella pero gruñona jefa ¡Qué disfruten sus tragos señoritas!

—Amiga mía, disfruta la cena y olvídalo, a parte el mesero es lindo.

—Cuando estaba en mi país, tu flamante cuñado me envió un correo electrónico bastante cursi, si lo leen, les aseguro que vomitarían la cena.

—Hahahha, en serio, déjame ver, quiero ver el repugnante correo.

—Ok, pero no se rían y les advierto que no vomitarán.

—Ok, abre el correo.

Las chicas leen el correo.

No entendía mi pasión por el vino, cómo disfrutaba cada vez que ese néctar mis labios mojaban y su aroma atravesaba mi piel, hasta que, al marcharte descubrí, que mi vino y tú eran cómplices de mis mejores sueños. Porque todos los días que cierro los ojos, sueño con usted mi querida jefa.

36

*"La belleza de la tierra se concentra en las cascara de las uvas
y se contempla en los corazones de familiares y amigos"*

*Por esa razón, debería subirme el sueldo, por ser su empleado
favorito y por colarse en mis sueños sin permiso. Feliz día.*

—Dios mío ¡Qué romántico! Comparó el vino contigo, en definitiva, te acabas de convertir en su Vino amor, hahahha.

—Lo siento García, pero sí que está clavadísimo contigo.

—¿Es en serio? ¿Ves? Por eso no quería contarles.

—Ay sii, morías por contarnos, ¿o no?

—Siii, la verdad es que cuando lo leí no dejaba de reír, hasta mi prima se enamoró del cursi correo.

Delfino se fue, él solo quería fastidiarle la noche a su jefa.

Cuando se iban, Delfino estaba afuera esperándolas, Nachi, estuvo a punto de abrir la puerta del carro para que él entrara, pero Alex cerró la puerta con rapidez y le dijo que él no iba con ellas ni de ahí a la esquina, Delfino se le acerca muy cerquita y le dice con voz suave, que él sí irá con ellas, porque unas mujeres tan hermosas, no podían salir sin un hombre que las defiendan.

—Estoy seguro que usted mi querida jefa, con esa carita de Ángel y todo, muere por tenerme más cerca, para embriagarme y abusar de mí.

—¡Me importa un carajo lo que pienses o lo que creas! tú conmigo no vas ni de aquí a la esquina, toma estos 10 dólares para que te compres un vuelo a Timbuktú y te pierdas allá.

Alex estaba furiosa por la imprudencia de Delfino, él se retira del carro y las deja ir. En ese instante, le entró una llamada a Alex sobre el recorrido por los Viñedos que tendría al día siguiente, todo pasó a segundo plano, la noche estuvo increíble, pero Nachi empezó a recibir mensajes de su cuñado para que le diera la dirección.

—No lo hagas Nachi, si les da la dirección te juro que hasta hoy llega nuestra amistad.

—Yoo… ¿Y tú como supiste que estoy hablando con él?

—Primero, me estás mirando con curiosidad y no dejas de ver tu teléfono y has borrado el mensaje dos veces, entonces, si no estás hablando con él, le estás enviando un mensaje sucio a tu marido y te arrepentiste.

Alex le dejó en claro a Nachi que no hiciera de cupido, pero Alex cambió de opinión y decidió darle en su orgullo al patán. Llamó a un bar que está a unas cuadras de donde ellas estaban y le dio la descripción del chico, le pidió a la camarera que le diera un lugar en el bar, y que le sirviera un tequila doble y le envió una nota. *__Las caritas de ángel, suelen tener mente de demonio__* Alex pagó el trago y le ofreció una buena propina a la camarera. Delfino solo sonrió al leer la nota y disfrutó su trago. Luego le envió un mensaje a su cuñada, dándole las gracias. Nachi le dice a Alex lo que dice el mensaje y Alex solo sonrió y dijo salud.

—Dios mío, esta mujer sí que es de arma tomar.

—Bueno chicas, las amo, pero ya fue suficiente por esta noche, mañana temprano Rosy y yo viajamos a Seattle y hay que descansar, besos, las quiero. Rosy, ¿ya le dijiste a tu marido que vienes conmigo? Y por favor, empaca todas tus pastillas, no quiero salir corriendo contigo a buscarte un corazón nuevo en vez de una botella de vino.

—Dios Alex, qué te pasa.

—Solo estoy bromeando, tranquila Nachi, tu hermanita sabe que la amo y si tengo que ir a Timbuktú, a conseguirle un corazón nuevo, yo iré, aunque tenga que llevar a tu cuñado de chofer.

—Sabes que si corazón, ya le avisé. Y mi corazón aun aguanta un par de años más, este marca paso tiene baterías nuevas, y si contigo no se me ha gastado, no lo hará en un viaje, así que tranquila y vamos a descansar ok. Buenas noches. (Horas después)

—Pero Alex ¿qué haces despierta a esta hora? ¿Qué hora es?

—Cómo las 2:00. a.m. No sé.

—¿No sabes? ¿O no quieres darle nombre a tu desvelo?

— De qué hablas Rosy, solo estaba organizando todos los documentos que necesito llevar mañana y asegurándome de que el imbécil ese no arruine mi Bodega, mientras estemos en Seattle.

—Alex, nos iremos técnicamente por un día y medio, ¿qué podría hacerle el pobre a tú Bodega?

—¿Pobre? Con esa carita que tiene, las tiene a todas ustedes compradas, pero yo no, no le creo nada a ese cretino.

—¿Tanto te gusta el cretino ese, que hasta tu sueño ya te está robando? Amiga mía, revísate, porque para no sentir nada por alguien tan insignificante como dices tú. Soñar haciendo con él, y ahora esto, es demasiado para mí. Buenas noches.

Las insignias del amor, son como ser padres por primera vez, no vienen con un manual y tampoco hay un video que te instruye y te dice todo lo que pasará desde el mismo instante en que tú aceptes que el amor invadió tu corazón.

"La belleza de la tierra se concentra en las cascara de las uvas
y se contempla en los corazones de familiares y amigos"

*Por eso dale siempre al amor una razón para que invada tu
corazón.*

El recorrido por ese increíble viñedo fue muy impresionante,
Rosy estaba enamorada del paisaje y de todos los vinos que estaba
probando en el camino, el representante le estaba contando a
Alex cómo hacían cada corte de uvas y el proceso que llevaban
cada una, pero Alex no dejaba de pensar en Delfino, eso la estaba
matando, no concilia que alguien al que supuestamente no le
interesa, le podía robar toda su atención.

—Disculpe, ¿tienen ustedes algún insecticida para matar las
plagas que se le atraviesan en su camino? Algo que lo elimine de
una vez y por toda sin dejar rastro.

—Mmm, no creo entender su pregunta, Mrs.

—Mi amiga lo que se refiere es al insecto que se comen las uvas,
como las Eupoecilia y Jacob asca lybica y todas esas. ¿Cierto Alex?

—Si, claro, porque debo cuidar mi inversión, ¿entiendes?
—¡Mirando fijamente a Rosy, Alex le responde al señor!

Una vez, el recorrido y las demostraciones terminaron, Alex quedó
en cenar a las 9 pm. con los dueños para cerrar el trato y así ella
podría vender sus vinos en la Bodega.

Las chicas la pasaron bien, recorrieron toda la ciudad, como a las
6 de la tarde, Alex entró a la habitación y Rosy quería ir a comprar
unas cosas y luego se quedó un rato en el bar.

—Pero Delfino, ¿qué haces aquí?

—Por favor Rosy, necesito hablar con la jefa, dime dónde está.

—No, yo no quiero meterme en problemas, lo siento, corazón.

—Por favor, prometo que no le diré que fuiste tú, por favor, por favor.

—Está en la habitación 615, toma la llave, pero eso sí, no quiero salir embarrada con esto, ¿te quedó claro?

—Gracias, te quiero, gracias, gracias. —Delfino se salió con la suya y entró a la habitación, Alex acababa de darse un baño y se acostó en la cama con la toalla a su alrededor.

—Mmm, Rosy pero que manos más ricas tienes amiga mía, gracias justo eso necesitaba un rico masaje, para olvidarme de tantas pendejadas que tengo en la cabeza.

—Gracias, yo feliz de ser el culpable de quitarte todas esas pendejadas de tu cabeza.

—¿Qué? ¿Pero qué coño estás haciendo en mi habitación? ¿Cómo entraste? ¿Qué diablos pretendes?

—¡Ok! ¿Pero cuál de todas esas preguntas quieres que te responda de primero? —Alex estaba furiosa, se levantó de la cama, con tanta rapidez al escuchar su voz y dejo caer su toalla, y se concentró tanto en hacerles preguntas, que ni cuenta se dio que había quedado al desnudo en frente de él.

—Habla, y quita esa cara de pendejo que tienes.

—La verdad es que no sé qué hacer, si responderte, o seguir disfrutando de tu escultural cuerpo.

—No, aparte de patán, atrevido, invasor, ¿y depredador sexual?

—No, espérate ahí mi amor, usted fue quien se desnudó, aunque te entiendo, no te puedes resistir a todo esto, si a más de una le ha pasado lo mismo, pero descuida, no se lo diré a nadie.

Ella estaba tan, pero tan enojada que agarró el control y se lo lanzó, los zapatos y todo lo que tenía cerca, sacándolo de la habitación y el solo sonreía, le cerró la puerta en la cara y 30 segundo después, él toca la puerta, ella pensó que era Rosy. Y cuándo la abre.

—¿En serio mis manos son ricas? ¿Te gustaron?

—Grrrrr, como te odio imbécil… Donde diablo esta mi teléfono, hay Rosy, más te vale que no tengas nada que ver con esto, porque no llegas viva a tu casa; ¡halo! ¿Dónde estás?

—Estoy en el bar, ¿por qué? ¿Estás bien?

—Sube y más te vale que tengas una excelente excusa, ¿ok? Más te vale.

—Qué habrá hecho este loco.

—Hola, toma la llave, gracias mil. Eres la mejor… Por cierto, suerte, la vas a necesitar.

—¿Es en serio Delfino? A ver, ¿qué le hiciste?

—Nada, porque no me dejó. Adiós

—Hola dormilona, ¿tuviste un mal sueño que despertaste de malas?

—No te hagas la pendeja Rosy, ¿se puede saber porque le diste la llave al cretino ese? ¿Cómo pudiste traicionarme de esa forma?

—A ver corazón, ¿me perdí de algo? Porque yo estuve en el shop del hotel y tengo mi tarjeta de la habitación en mis manos… ¿Puedes calmarte y decirme de qué patán hablas?

—O sea, ¿me vas a decir que no le diste la llave a Delfino y no le dijiste que yo estaba aquí?

—¿Delfino, tu patán, trabajador, y tu sexy amante de ensueños? ¿Ese patán estuvo aquí? Amiga mía, ¿no será que volviste a soñar con él? Porque yo no vi a nadie saliendo de aquí, ¿qué te parece si te sirvo un trago y te calmas? Yo voy a pedir algo de cenar. Espera.

Rosy logró sacarle la vuelta a su amiga y la convenció de que estaba equivocada y cansada, Alex se tomó su trago, las dos se pusieron a comer y se tomaron una botella de vino, mientras que el teléfono de Alex no dejaba de sonar.

—Por Dios, la cena para cerrar el contrato, ¡mierda! pásame el teléfono Rosi, ¡Dios, qué mierda todo esto!

—Tranquila Alex, aún hay tiempo, la cena es las 9, apenas son las 8.15 pm. y es al doblar del hotel.

—No, era a las 7, ¡Dios ya se jodió todo esto!

—Mírame, respira y tranquila, llama al señor este, y como si no sabes nada, pregúntale, cómo se llama el restaurante.

Rosy tenía razón, la cena era a las 9, por una u otra razón ella se había confundido, pero no era solo lo del patán, también era su situación, aun no les había contado a las chicas que le había pedido el divorcio a su marido, y él quiere quedarse prácticamente con todo su dinero y el 60% de sus negocios.

Todo en la cena fue un gran logro, Alex obtuvo sus beneficios y el contrato quedó concretado, las amigas pasaron una mañana muy bonita, pero de regreso a la realidad, le esperaba a Alex una pesadilla en su "maravilloso hogar" Adonis la esperaba con su abogada y un acuerdo, ridículamente miserable.

43

"Un desliz inesperado"

Al entrar Alex a su casa, Adonis tenía una fiesta, supuestamente por su acenso, al parecer logró que lo subieran de puesto, no el que esperaba, pero si algo mejor, aunque, en realidad, él estaba tan mal y enojado que estaba haciendo todo lo posible para sacar de quicio a su esposa y así ella decidiera más rápido firmarle el divorcio y darle todo lo que él estaba pidiendo en la demanda. Alex no soportó su descaro y el desastre que había en su casa, ella soltó la maleta y salió nuevamente de casa. Sin rumbo fijo condujo durante 3 horas y sin darse cuenta llegó a la Bodega, ya era un poco tarde, pasaban de las 8.30 pm y la bodega cerraba a las 9:00. p.m. se encerró en su oficina y les pidió a todos que nadie la molestara, Delfino, que tenía ese día libre fue con unos amigos para enseñarles donde él trabajaba y que ahí podían encontrar los mejores vivos del Estado de Oregón y sus alrededores. 25 minutos después alguien mencionó que la jefa estaba en la oficina, Delfino se despidió de sus amigos y esperó que la bodega cerrara, él se escabulló en la oficina y Alex al verlo.

—Y ahora, ¿de qué viene disfrazado el señor? Mesero, cretino, ¿o masajista imprudente? Si es de mesero, te ordeno que me sirvas otra copa y te largues, quiero estar sola

—No mi señora, hoy usted no me manda, no esta noche, esta noche usted y yo vamos a definir todo esto que llevamos por dentro, porque lo que soy yo, no puedo…

Delfino se acercó tan cerca de Alex que ella, con ese coraje que cargaba, la botella de vino en su sistema, y las hormonas encendidas, no dejó que Delfino terminara lo que estaba diciéndole y lo besó apasionadamente, Delfino la mira y le pregunta:

—¿Está segura? ¿Promete no despedirme mañana?

—Oye tonto, si no me haces el amor ahora mismo, te juro que te despediré y sin recompensa alguna, ¿te quedó claro?

—Lo que ordene mi jefa, usted es la que manda. En mi trabajo y en mi cuerpo.

—¡Ya, cállate imbécil y tómame!

Ese hombre entrelazó su lengua con la de ella, con un salvajismo, se desprendieron la ropa mutuamente, besándose apasionadamente, de repente ella ve su pecho, Dios, eso la derritió, Alex empezó a besarlo suavemente, lo que le provocó cosquillas, le quitó el pantalón y Delfino la levanta y la sube en su escritorio, dejando caer todo al piso, los empleados, solo preguntaban si todo estaba bien allá dentro. Ellos solo decían, trabajen y cállense. Acostándola sobre su escritorio, Delfino empezó a lamer todo tu cuerpo desde el cuello, hasta donde decimos: "Dios que vaina más buena, coñazo".

—Espera, ¿tienes preservativos?

—¿Qué? ¿En serio?

—Si, en serio imbécil.

—Espera, creo que sí, aquí tengo uno.

—No digo yo, están pintados todos.

—¿Y ahora qué hice?

—Te ayudo con eso, porque con esa lentitud, todo se va a enfriar.

Ellos hicieron el amor con tanta lujuria y pasión que ni cuenta se dieron que tantas posiciones, les había desaparecido el condón.

—Dios, eso fue increíble, Alex eres todo un volcán, espera, ¿dónde está?

45

—¿El qué? ¿Qué busca?

—El condón, se me cayó.

—¿Qué? ¿No lo tienes?

—Pues no.

¿Dónde rayo pudo haber quedado un preservativo? Ellos buscaron en todos lados y al final, resultó que Alex lo tenía dentro de ella, ambos sonrieron y solo pensaban en la forma de sacarlo, eso nunca les había pasado a ningunos de los dos, ella se fue al baño y vio un video de cómo sacar un condón de la vagina. Así logró Alex sacarlo; sale del baño y se lo modela a su patán, ellos locos y felices, solo sonrieron y volvieron a besarse.

Al fin esos dos se quitaron las ganas, lo hicieron toda la noche y sin condón, no querían más sorpresitas. Amanecieron en la bodega, él se despierta y busca algo de fruta y café, que era lo único que había allá, para llevarle a su amante jefa, pero Alex aprovechó su ausencia, se vistió y salió sin despedirse.

—Buenos días dormilona, ¿cómo amaneciste? ¿Dónde estás Alex? Alex, no espera, Alexxxxxx. Él solo vio como la mujer de su vida se alejaba, mientras Delfino gritaba su nombre en la ventana del cuarto de pruebas, dejando salir una lágrima por sus mejillas. Semi desnudo y con un desayuno afrodisiaco en mano, Delfino quedó, mientras Alex se alejaba rápidamente.

—Hola, Rosy, ¿estás despierta? ¿Tu marido está en casa?

—Hola mana, no él ya se fue… Pero ¿Tú que tienes?

—¿Puedo pasar a tu casa?

—Si, ven, me baño y preparo café en lo que llegas.

—No, no te bañes, solo pon el café, ya estoy aquí afuera de tu casa.

—Dios mío mujer, pero ¿qué te pasó? No vienes de tu casa, ¿verdad?

—Necesito café, dame café, no, mejor dame agua, mucha agua primero. Tu baño, ¿puedo?

—Claro pasa. —Gracias.

Alex estaba enojada, no podía creer lo que había hecho, ella por más cachonda que es, no suele hacer esas cosas, se sentía avergonzada de sí misma, pero no entiende lo que Delfino le hace sentir, es algo mucho más fuerte que ella, y, en definitiva, ninguno de los quiso aguantar más.

—Perdón amiga, no quise molestar, pero no podía llegar a casa así.

—Tómate el café y relájate, te sentirás mejor.

—No, no lo creo, me sentiré cada día más y más fatal.

—Pero qué fue lo que hiciste para que estés así, yo te dejé en tu casa, ayer en la tarde; ¿Qué pasó Alex?

—Al llegar a casa, Adonis tenía una fiesta con sus amigos jugadores y borracho del trabajo, había mujeres y mucho alcohol en toda mi casa, no lo soporté y salí corriendo, conducía sin saber a dónde ir durante varias horas y al final terminé en la bodega, me encerré en la oficina y me serví 1 botella de vino, luego entró Delfino y…

—Tranquila Alex, por favor no llores, Dios, ¿en realidad dije eso? Si, estás llorando, nunca te he visto llorar, esto es un milagro… Lo siento, ¿qué sucedió para que te sientas tan mal? ¿Mataste a Delfino, lo despediste o te acostaste con él?

—Ohh, por la forma en que me estás mirando, significa que, si te acostaste con Delfino, ¿cierto?

—No, no solo me acosté con él, amanecí con él, y no sabes lo mal que me siento. Cuando me desperté lo escuché en la cocina, cantando y preparando algo, yo salí por la parte trasera y no le dije nada. Técnicamente hui de él. No puedo creer que callera en sus brazos, te lo juro, no tengo ni idea de lo que pasó.

—Por Dios Alex, todos sabíamos que ustedes dos iban a terminar así, esos sueños eróticos, que siempre tienes con él, sus formas de fastidiarse el día, tu manera de insultarlo, y su forma de el demostrarte todo lo que hace. Así que eso ya era de esperarse, la verdad en mi opinión, te tardaste.

—¡Rosy! ¿Qué te pasa?

—Ay amiga, no debes por que sentirte mal, eres una gran mujer y tu marido hace años que no te toca, así que no te sientas mal.

—¿Y por qué me siento la peor basura del universo? Sabes qué, no pensaré más en eso, iré a mi casa a darme un baño de depuración de cuerpo y a ver si puedo dormir un poco, tengo mucho trabajo. Gracias por el café, te quiero, Bye.

En la vida estamos preparados para todo o no estamos preparados para nada, lo único que sabemos es que nunca pensamos en las consecuencias cuando hacemos lo que nunca imaginamos hacer. El adulterio, como un noviazgo normal, empieza de la nada y para ninguno de los dos momentos estás preparado.

Llevamos demasiados sentimientos en nosotros, que no sabemos utilizarlos ni para que sirven, hasta que nos encontramos justo en ese momento donde debemos actuar.

Capítulo 2
Crisis familiar

Alex llegó a su casa y como era de esperarse, estaba la casa hecha un desastre por la famosa fiestecita del señor, ella se puso a limpiar, luego cocinó algo y se dio un baño, se fue a la oficina sin dormir nada, allá la estaba esperando Delfino.

—¿Por qué te marchaste sin despedirte? ¿Tanto te avergüenzas de mí, de lo que hicimos, que no fuiste capaz ni de darme los buenos días?

—Dios Delfino, me asustaste…Buenas tardes, mira lo que paso anoche, solo fue.

—¿Disculpe Alex, acaba de llegar el camión con los nuevos vinos, donde los vamos a colocar?

—Gracias Rubén, el señor Delfino se encargará de colocarlos en el almacén, dígale al chofer que lo espere un segundito por favor.

—Claro jefa.

—Por favor, ¿te puedes encargar de eso? Tengo que terminar un pedido.

—No huirás de mí, ¿te quedó claro? ¡no lo harás!

—No, Delfino, no planeo hacerlo, ahora por favor, ¿puedes atender eso? Gracias.

> "La belleza de la tierra se concentra en las cascara de las uvas
> y se contempla en los corazones de familiares y amigos"

Era demasiado lo que estaba pasando por la cabeza de Alex, nunca había estado en una situación así y ella odia no poder tener el control de todo. El día fue una pesadilla, la tensión entre ellos, todos la notaron, no se hablaron en todo el día, ella se encargó de hacer su trabajo y ver que todo estuviera marchando bien y Delfino también hizo su parte; de repente, algo sucedió con los padres de Delfino, él tuvo que salir de emergencia a ver su familia.

—Debo ir a México a ver a mis padres, pero cuando regrese, hablaremos, porque sabes que tenemos que hablar ¿Ok?

—Descuida, tu encárgate de tus padres, espero que todo se resuelva. Ya, vete, me llamas cuando llegues.

Delfino la abrazó y la besó, ella se dejó, pero sin saber si era lo que deseaba o era para que él se fuera tranquilo, lo cierto es, que eso lo tranquilizó y le encantó. Alex se concentró en hacer sus cosas, pero una que otras veces miraba hacia el piso y solo pensaba en la forma en que Delfino la tomó entre sus brazos, luego salió de la oficina y decidió ir a descansar a casa, sin saber que ese día, todavía tenía más planes para ella.

—Hola esposa mía, me alegra que regresaras, ¿cómo van nuestros negocios? Espero que no hayas arruinado nuestro nuevo contrato… Mira, te presento a mi abogada, ella ya tiene un acuerdo para que este matrimonio se disuelva de una forma justa.

—Buenas tardes señora García, mi cliente le está ofreciendo a usted el 40% de sus negocios y 40% de todos sus bienes. Creo que es un acuerdo justo, ¿qué le parece?

—¿Sus bienes, sus bienes? De qué carajo me estás hablando…
Este pendejo miserable, no tiene más que tres ridículos pelo en el
pecho, ¿bienes?¡ No sea ridícula! La bodega, y el Podcast, son míos,
yo lo construí con mi propio dinero, con mi esfuerzo y trabajo
duro… Mio, mis Bienes, mis negocios; su cliente apena tiene los
miserable 3 pesos que le darán de su nuevo puesto. Porque Adonis,
siempre fue un hombre, mezquino, sin visión, jamás ha querido
invertir en nada, ni siquiera en mi negocio, cuando le ofrecí ser
mi socio. Si quieres que seamos justos, él se puede quedar con
esta casa y con todo su dinero, pero lo mío, nadie lo toca y punto,
buenas tardes. "Sus negocios, hazme el favor"

—Señor Adonis, usted me dijo que los negocios eran de usted y
que ella solo lo administraba, soy su abogada, no puede mentirme,
así no podré ayudarle, así que le recomiendo que piense bien las
cosas y que hable con su esposa. Buenas tardes.

Con una copa de coñac, Adonis entró a la habitación y le dijo
con una burla, que eso será lo que él pide por darle el divorcio; la
discusión entró en calor, se ofendieron de tal forma, que activó un
dolor horrible en el estómago de Adonis, dejándolo inconsciente
en el piso, Alex se vio asustada y llamo al 911. Al llegar al hospital
les dijeron que Adonis tenía un tumor en su estómago.

—¿Cómo que un tumor doctora? ¿Mi marido se va a morir, tiene
cáncer? Dios mío esto no puede estar pasando ahora.

—Tranquila, les explico un poco, desgraciadamente el estilo de
vida que hoy en día llevamos, nos hace mucho daño, ejemplo,
el exceso de estrés, dietas innecesarias, mala alimentación, la
adicción a los fármacos, etc. Todo esto causa daño al estómago,
en el caso de su esposo, tiene un tumor estomacal benigno.
Significa que en el estómago de su esposo está creciendo una

afección anormal. Los tumores estomacales benignos pueden no ser considerados comunes porque estadísticamente máximo 7.9 % de las personas pueden verse afectadas con esto. En general, estos tumores o lesiones son leves, pero pueden convertirse en malignos o cancerosos. El diagnóstico oportuno y el tratamiento apropiado son necesarios para controlar la afección, y gracias a Dios su esposo corrió con la suerte de ser detectado a tiempo, ahora bien, el tratamiento puede ser largo y fastidioso, necesitará mucha paciencia y, sobre todo, mucha calma.

—Doctora, mi marido vive enojado todo el tiempo, llega todos los días de mal humor y por todo discute en la casa, siempre dice que tiene acidez y por eso toma muchos medicamentos.

—Tranquila señora, el especialista vendrá mañana temprano y hablará con él sobre todo este proceso, no estarán solos, siempre estaremos pendientes, podemos ponerle una enfermera para asegurarnos que siga el proceso al pie de la letra porque si no lo sigue, puede el tumor convertirse en maligno, es decir, canceroso, y ahí sí tendrá muchos más problemas.

—Le agradezco.

—Con su permiso.

—¿Cómo te sientes Adonis?

—Para tu mala suerte, aun sigo vivo.

—Si, pero qué le vamos hacer, tendremos que soportarnos un poco más, hasta que tu solito te mates con tu mal humor.

Alex salió del cuarto y lo dejó solo, habló con su hija y le explicó lo que estaba pasando, pero que tenían que ser muy pacientes con su papá, la hija de Alex estudia enfermería en la universidad y prometió ayudarlo para que este proceso sea menos doloroso.

"La belleza de la tierra se concentra en las cascara de las uvas
y se contempla en los corazones de familiares y amigos"

"Nadie sabe de lo que es capaz, hasta que llega ese momento"

—Hola chicas, ¿cómo están? Gracias por venir.

—Claro, nos preocupamos mucho al saber por lo que estaban pasando, pero ¿Cómo esta Adonis?

—Ahí Nachi, Adonis ni siquiera por la noticia que recibió, baja la guardia conmigo. Él dormirá toda la noche, no tiene caso quedarnos aquí, si quieren vamos a casa y allá platicamos ¿Qué les parece?

—Claro, nosotras vinimos en el mismo carro, vente con nosotras; te ves muy cansada.

—Lo estoy Rosy, lo estoy, pero más cansada de todo esto que de sueño.

—Bueno, ¿quieren algo de tomar chicas?

—Mejor pidamos algo de comer y luego nos servimos un vino, ¿les parece?

—Si, Nachi tiene razón, hace hambre. Nachi, hay algo que debo contarte, pero deja que llegue la comida y tomemos algo, porque la verdad que necesito un trago. Es sobre Delfino.

—Ah, no te preocupes Alex, ya lo sé, Delfino nos llamó desde el aeropuerto, mis suegros tienen problemas con su casa. Por cierto, mi honey, te mandó a dar gracias por dejarlo ir y no hacerle la guerra.

—Descuida Nachi, era lo menos que podía hacer.

Rosy mira fijamente a Alex con ojos de: "wow, ya le dijo" Luego las dos respiraron profundo, es mejor que se lo cuente Alex a que lo haga él. La comida llegó, van por dos botellas de vino, Nachi le dice a su amiga, que ahora deberá ser más compasiva con su marido y evitar llevarle la contraria, sin saber lo que Adonis le hizo.

—Chicas, las cosas con Adonis no están nada bien, cuando llegué a casa él me estaba esperando con su abogada, quiere darme el 40% de mis negocios, ¿pueden creerlo? El muy cretino quiere quedarse con el 60 % de mi trabajo y mis sueños, por el hecho de que le pedí el divorcio, ahh, y sin contar que debo pagar a la abogada también.

—Espera Alex, ¿le pediste el divorcio a tu marido?

—Corazón eso no nos lo había contado, ¿qué está pasando contigo Alex?

—Adonis desde hace años empezó a cambiar, había un puesto en el trabajo que él estaba con ansias esperando obtener, pero se lo dieron a un recién llegado, desde ese día, empezó a ser menos amigable, llegaba a casa amargado y tomaba a diario, cada día era peor y peor, al grado que siento que su alma está envenenada, y desgraciadamente, su hija y yo estamos pagando la culpa, tiene muchos pensamientos negativos y vengativos hacia mí. Desgraciadamente, mi marido no solo tiene enfermo su estómago, también su espíritu, esa amargura lo ha convertido en un hombre, mezquino y desleal.

—Ay amiga mía, y eso, que no sabe lo que está pasando ahora.

—¿Qué? ¿Hay más? Pero mujer, ¿dónde he estado yo metida que no me había dado cuenta de todo esto?

—Rosy, Rosy y su bocota. Mira, te lo iba a contar de todos modos, pero bueno, el lunes cuando regresamos de Seattle, tuve un problema con Adonis, me fui de la casa, hacia la bodega, allí pasé la noche.

—Ok, eso no le gustó a tu ma...

—Amanecí, con Delfino en la bodega.

—¿Tú amaneciste con mi cuñado? Pero amanecieron trabajando, porque él no quiso dejarte sola, o por qué.

—Ay hermana, por Dios, ¿eres o te haces la pendeja? ¿No ves que Alex y su patán al fin le dieron rienda suelta a su disque odio? Se cogieron, lo hicieron la noche entera, intercambiaron saliva, se nutrieron con sus leches, él introdujo todo en ella y ella lo…

—Ya, ya cállate Rosy, ya entendí, Dios, ¡qué expresiva eres! Ok. ya todos lo esperábamos, solo estábamos viendo, que tanto se aguantarían.

—¿Ves? fue justo lo que le dije. Bueno ahora sí, a brindar por los dos tórtolos que más se aman, perdón, sc odian… Ay Nachi, ¿no tendrá tu marido otro hermano que le encante odiar a las mujeres así? Hahahha.

—¿Entonces te vas a divorciar de Adonis y te darás una oportunidad con mi cuñado?

—No, de hecho, no pienso volver a ver a Delfino y no le daré el divorcio a mi marido… Chicas, escuchen, la doctora me dijo que el proceso que pasará Delfino será muy difícil y yo no quiero dejarlo solo.

—Perdón, ¿estamos hablando de Adonis o Delfino? Es que dijiste Delfino.

—No, Rosy, no dejaré a mi marido en esta situación, estaré con él hasta que se mejore, ya tomé una decisión.

Las amigas no estaban de acuerdo con la decisión de Alex de quedarse con su marido, pero es lo justo, cuando te casas, lo haces en las buenas y en las peores, Adonis podría curarse o podría morirse, y cualquiera de las dos, si Alex está a su lado, sería mucho más fácil, nadie podría juzgarla y ella no se sentiría fatal por no haber hecho algo por su esposo. La humanidad nunca la puedes perder, sea como sea tu vida, no podemos perder la fe ni nuestra humanidad. Es nuestra esencia, lo que nos hace diferente.

Para Alex, La familia siempre fue su prioridad y a pesar de que todo su matrimonio se ha ido al carajo, ella no iba a abandonar el barco, justo ahora, iría en contra de sus principios, claro, sus amigas no pueden entender su decisión, pero para ella, es una de las decisiones más difíciles que ha tenido que tomar.

Cuando un matrimonio está al borde del abismo y una tragedia se apodera de sus decisiones, es porque Dios tiene otros planes para esa familia. Desgraciadamente, existen millones de familias que enfrentan esta situación, tristemente, muchas de ellas, se rinden pronto, muchos dejan a su pareja morir, y se alejan, otros hacen hasta lo imposible para que sus últimos días sean unas pesadillas. Pero también existen familias como la de Alex, que deciden poner en stand by sus vidas, profesionales y personales, contar de ayudar y apoyar a sus parejas, aunque este haga todo mal para que ella se vaya y lo deje solo. En esta ocasión para Alex, buscar un equilibrio entre todo lo que siente y lo que está viviendo, es un reto muy fuerte, pero por su familia y el bienestar de su hija, lo hará.

Cuando una mujer toma una decisión desde lo más profundo de su ser, no hay poder humano que le haga cambiar.

—Bueno Adonis, quédate tranquilo, descansa, yo te traeré todo lo que necesitas para que estes bien ok.

—¿Qué, me dejarás todo listo como si fuera un niño chiquito porque su mami se va a trabajar y lo dejará solo?

—No, no iré a mi oficina, porque a diferencia de ti, a mi si me importa lo que te pase, así que cállate y no hagas berrinches, estaré en la terraza trabajando.

Adonis, no entendía lo que estaba haciendo Alex, pensó que era un plan para deshacerse de él, llamó a la abogada para ver que ella había decidido y se llevó la gran sorpresa de su vida.

—Hola licenciada, ¿cómo va nuestro caso? ¿Ya aceptó mi casi ex mujer el acuerdo?

—Buenas tardes señor Adonis, espero que ya se encuentre en casa recuperándose ¿No le dijo su esposa su decisión?

—No, ¿de qué decisión hablas? No me diga que la muy hija de. ¿Quiere demandarme?

—Señor, su esposa retiró la demanda del divorcio, dijo que no lo dejaría solo ahora que está pasando por una situación médica, en la cual necesita de mucho apoyo y muchos gastos médicos se vendrán. Ella dijo que tiene como comprobar que todos los bienes son de ella. Las tierras donde está ubicada la bodega, ella, la obtuvo antes de ustedes casarse, y el podcast, la licencia está a su nombre. Ah, aparte dijo que acaba de hace una inversión y que tiene deudas, y si se divorcian la mitad de sus deudas usted sabe que el juez se la dará a usted y con su enfermedad, no creo que le convenga. Así que mi consejo es que lleve la fiesta en paz, ya que su esposa resultó ser más inteligente y aun así decidió quedarse a su lado. Buenas tardes.

Adonis, casi muere de coraje al ver que las cosas no le salieron como él pensaba, y eso de que ahora su esposa se vea como la buena, después de todas las barbaridades que él les dijo a sus colegas, no le convenia. Alex se mantuvo alejada, para evitar discutir con Adonis, solo subía a la habitación a ver si necesitaba algo y listo, pero él no aguantó y le reclamó.

—Y cuéntame, ¿cuándo será?

—¿Cuándo será qué?

—¿Cuándo será el momento en que me envenenes? Para deshacerte de mí y quedarte con todo lo mío, ya me dijo la abogada que retiraste la demanda ¿a qué estas jugando?

—Tú eres el final ¿Crees que voy acelerar tu propia muerte? Los moribundos como tú, se les deja vivir solos su calvario, tú hace tiempo que moriste por dentro, si quieres matarte completamente, tú sabes lo que tienes que hacer y en cuanto a tu supuesto dinero… la miseria que te pagan en tu puesto mediocre, solo servirá para que el seguro cubra tu tratamiento. Feliz día esposo mío.

—Tú eres quien estás muerta, eres fría y seca.

—Si, lo que digas. Yo también todavía te quiero.

Esa pequeña discusión hizo que el dolor de Adonis se agravara, quedó en el piso llorando, su hija entró y lo encontró, lo subió a la cama y le dio sus medicamentos, Camila le contó a su madre lo que sucedió y ella le dijo que habían discutido, Camila se enojó con su madre y le pidió que por favor tuviera un poco de consideración con su padre.

La joven solo sabe que su padre está delicado y necesita estar tranquilo, ella no tiene ni idea por el infierno que está pasando su madre, y es mejor así.

"La belleza de la tierra se concentra en las cascara de las uvas
y se contempla en los corazones de familiares y amigos"

Aniversario de Rosy

Días después de todo el caos, Rosy celebró su aniversario de boda
y ahí se vio con todas las chicas.

¡Vaya Rosy! la fiesta quedó espectacular amiga, muchas felicidades

—Gracias Alex y gracias a ustedes por estar aquí, las quiero mucho.

—Escuchen, tengo algo que contarles, pero si una de ustedes se
ríe la mataré aquí mismo; ¿entendieron?

—Tranquila Alex y antes de que empieces hablar brindemos por
la felicidad de nuestra adorada Rosy, salud.

—Pues ustedes saben que después de lo que pasó con Delfino ya
no ha pasado nada. Pues resulta que anda de coqueto con unas de
las chicas del testing room.

—¿Y a ella también le hizo lo que a ti?

—Gracias Nachi, pero no, a dios las gracias, bueno, creo que no,
la verdad no lo sé y tampoco me interesa, pero creo que no es nada
profesional que se involucre con una empleada, así que mañana
hablaré con él y si se pone al brinco lo corro. Salud.

—Ok, Alex, tengo una duda, lo vas a correr porque está rompiendo
las reglas, ¿o lo vas a correr por que esta celosa y no quieres ni
imaginarte que él tenga algo que ver con ella?

—Definitivamente, con ustedes no se puede tener una plática
seria. (Risa entre ellas)

—Por cierto ¿Por qué no vino Adonis a la fiesta? René se extrañó
mucho de no verlo contigo.

—Mi marido, a pesar de que se ha calmado un poco, la enfermedad
lo tiene algo débil, sigue sin querer salir de la casa. Hace una

59

semana atrás, tuvimos una discusión, me acusó de estar planeando su muerte, imagínense, luego llegó Camila y lo encontró tirado en el piso y como era de esperarse, mi hija me reclamó. Ayer, me tocó, quiso tener intimidad conmigo, les juro chica que estaba tan incomoda, no sabía ni cómo reaccionar.

—¿Y con esa debilidad que tiene, quiso hacerlo?

—Mujer no olvides que él es tu marido, todavía siguen casados.

—Yo lo sé Nachi, pero ¿Tienen idea cuantos años tiene Adonis que no me toca? Además, no sé si es porque hace años ya no tengo apetito sexual con él, o porque estuve con Delfino, pero no soporto ni que respire cerca de mí, ¡No lo aguanto! ¿Creen que estoy mal?

Las chicas abrazan a su amiga, y tratan de calmarla, abren otra botella, cuando una botella de vino se abre, y hay amigas involucradas, las historias y las memorias que se crean alrededor de una botella, son mágicas, el vino en sí encierra un toque de misterio, fantasía y, sobre todo, al embriagar a los corazones, destapa más que un aroma que enamora, abre una puerta imposible de cerrar.

Al día siguiente, Alex fue muy temprano a la oficina y en su escritorio encontró una carta que le dejó Delfino la noche anterior.

"La incertidumbre es la peor enemiga del corazón"

Para la mujer más increíble del mundo.

Ya han pasado más de quince noches desde que tuve tu cuerpo entre mis brazos, y mi corazón se volvió tuyo, no sé qué pasó, qué hice mal, qué no dije, o quizás fue algo qué si dije, nunca me dijiste nada, solo te alejaste y punto.

Yo sigo extrañándote tanto, aunque estoy muy concentrado en todo el trabajo que me pones, para evitar extrañarte de más. Pero me es difícil, si la primera vez que fuiste completamente mía, fue justo donde trabajo. Sé que tu familia te acapara mucho tiempo y eso me hace feliz.

No puedo ser egoísta y pensar solo en mí, en mi alma siento una enorme tristeza por tu indiferencia, sé que todo estará bien. Aunque existen noches como la de hoy que no puedo dejar de pensarte, estoy con una botella de nuestro vino favorito, y con mis manos trato de dibujar tu cuerpo desnudo en el aire, y al tocarlo, se desvanece. No me castigues más con tu indiferencia, solo dime qué hice mal y prometo resolverlo. Att. Tu patán favorito.

A veces tenemos que tomar decisiones que lastiman a los demás, pero es por un bien, aunque ese bien que estás dispuesto a hacer, no sea agradecido, la vida es un tomar de decisiones; no controlamos nuestros corazones, aunque con los sentimientos, muchas veces, hacemos de tripas corazones. No olvides que a veces es mejor hacer lo que sentimos, a quedarnos con la duda de qué hubiese pasado si no lo hacemos.

La mezquindad de su esposo rebasaba los límites, a tal grado, que sus propios amigos ya no se sentían cómodos en compartir en familia juntos. Desgraciadamente, los matrimonios cometen el error de sacar su tristeza y sus frustraciones con las personas más cercanas, sin darse cuenta, que el amor que hay en los corazones de sus amigos es tan grande, que a ellos también les afecta la situación, nadie debe meterse entre una pareja, porque a la larga, si deciden darse una oportunidad, ya sea por una enfermedad, por los hijos o por situaciones económicas, los de afuera, ya no sabrán cómo actuar. Es bonito contar con amistades verdaderas que te ayuden a superar tus miserias, pero a la vez, te sientes mal cuando te das cuenta, que sin querer también los alejaste de tu vida.

—Dios mío, esto será más difícil de lo que pensé, pero yo puedo con esto, soy una mujer fuerte y si puedo con el terco de mi marido, puedo con esto…Pero, ¡qué mierda estás diciendo Alexandria, si nunca en tu vida has estado en esta situación! ¿Cómo rayos lo resolverás?

—Buenos días María ¿Cómo estás? Por favor, necesito que coloques dos de cada una de las botellas nuevas que llegaron de Seattle, vamos a ver cómo reaccionan los clientes con un vino nuevo.

—Disculpe jefa, pero eso lo hace el señor Delfino ¿No?

—A ver María, ¿aquí quién es el que manda? Delfino o yo?

—Usted, claro, disculpe, solo que el señor no le gusta que toquen su área, pero yo hago lo que usted me mande, disculpe usted.

—Ven, María, discúlpame, no fue mi intensión hablarte así, y si tienes razón es un trabajo de Delfino, pero escucha lo que te diré: En la vida, hay que ser ambicioso y siempre debemos tener la mente hacia el futuro, si quieres avanzar en un trabajo, debes conocer cada área, cada cosa que pase, aunque no lo hagas, debes observar, porque el saber es poder, nunca sabrás cuando la vida te pondrá en una de esas situaciones, y debes estar preparada para la oportunidad.

—Si, señora, tiene razón, gracias y ahora mismo hare lo que me pidió.

—Pero ¿Qué haces mujer? Deja esas botellas ahí.

—Lo siento Delfino, si tiene algo que decir, habla con la jefa, yo solo cumplo órdenes.

—¿Alex ya llegó? Mierda, ojalá que no haya visto la carta, ya no quiero que la lea, no quiero que se dé cuenta de lo que estoy sintiendo.

—Disculpa ¿Qué dijiste? No te escuché.

—Nada, estoy hablando solo.

—¿Se puede saber por qué un empleado del piso de abajo está tocando mi área sin mi permiso?

—¿Tu área? ¿Sin tu permiso? ¿Tu quien rayos te crees? ¿El jefe? ¿Porque te dejé una semana a cargo, ya te crees con derecho a opinar? Aquí, quien manda soy yo, aquí la jefa soy yo y hago con mis empleados y mis áreas lo que me plazca y si al señorito no le parece, ahí está la puerta.

—Sabes que es el área más importante que tenemos y me gusta que los clientes tengan buena impresión y que se sientan cómodos ahí.

—Claro, para eso te contraté y por eso te pago muy bien… María solo está subiendo algunos de los vinos nuevos para que usted, haga su magia de siempre y seduzca a todos con su carita de.

—¿Seduzca? ¿Eso es lo que hago allá arriba, seducir a los clientes? Sabes que si, al menos ellos sonríen y me dan las gracias, disfrutan de mi seducción, y no salen huyendo sin decir ni media palabra, al menos ellos si tienen sentimientos y me lo hacen saber.

"La belleza de la tierra se concentra en las cascara de las uvas
y se contempla en los corazones de familiares y amigos"

Delfino salió de la oficina soltando la puerta, Alex entendió perfectamente sus palabras, sabía que estaba hablando de ellos, no de los clientes. Eso la hizo sentir mal y decidió no salir de su oficina en todo el día, no más para no mirarlo a la cara. Era difícil, pero no podía seguir alimentando, lo que sea que estuviera sintiendo, si sabía que no podía pasar nada entre ellos.

—Hola Nachi, ¿podemos hablar?

—Claro Delfino, ¿qué te pasa?

—Sé que sabes lo que pasó entre tu amiga y yo, ¿cierto?

—Si, cuñado, pero mira ella no es una mala persona, solo es

—Solo es que ama divertirse con los demás. Te juro que nunca quise faltarle el respeto y que lo que siento con ella es verdadero, pero al parecer a las mujeres como ella, el amor y la honestidad no es suficiente.

—Creo que debes olvidarte de Alex y seguir adelante, por tu bien y el de ella.

—No puedo, me aterra la idea borrarla de mi cabeza, te juro que aún tengo su aroma en mi piel, verla en esa oficina a diario y no poder tener una conversación normal con ella, o tocarla, me está costando, te juro que me está costando.

—Debes seguir adelante y pensar en ti, olvídate de ella.

—Eres su amiga, dime que pasó, qué hice mal, ¿qué dije?

—Aquí no se trata de quien dijo o hizo algo mal, aquí se trata de que lo de ustedes solo fue un momento y punto. Ella estaba muy enojada, y bastante tomada, tú sabes que a veces bajo el efecto del alcohol, hacemos y decimos cosas que, en realidad en nuestros 5 sentidos, no haríamos, tú lo sabes. Alex es una mujer casada y en mis 15 años que llevo conociéndola, nunca había perdido el control de esa manera con nadie.

—En serio, nunca estuvo con otro hombre, ¿aparte de su marido?

—Así es, nunca. Te tomará tiempo, pero la olvidarás, te prometo que la olvidarás.

—¿Cuánto tiempo?

—Eso solo lo sabes tú Delfino, solo tú.

—Gracias por tus palabras, te veo luego.

Nachi llama a su hermana para pedirle un consejo sobre la conversación que tuvo con Delfino. Rosy le dijo que era mejor ir a su casa y hablar de lo que estaba pasando, estaban preocupadas por ambos. Decidieron ir a casa de su amiga, Alex se sorprendió al verlas llegar a esa hora a casa, pero feliz, porque también andaba algo tensa y triste por la situación con su patán en la oficina, ella de una las invito a sentarse y les preparó café para calentarlas antes de empezar a tomar o comer.

—Rosy, quiero hablar con Alex, pero no sé si ella quiera hablar sobre este tema, ¿crees que deba decirle todo lo que hablé con Delfino?

—Creo que ella merece saberlo, a ver si se olvida de una vez de la absurda idea de alejarlo de ella por la enfermedad de Adonis.

—A ver ¿Qué tanto murmuran las cuervas de mi nido?

—Nada mana, aquí esperando el café que nos ofreciste hace media hora.

—Hahahha, ya viene coño, estaba dándole las pastillas al enfermo, la enfermera no vino hoy.

—Y cuéntanos, ¿cómo va eso? ¿Hay algún cambio con Adonis? digo ya van varios meses.

—Si, pero el tratamiento es lento, aunque si está funcionando, porque ya sale al patio, bueno ahora no, porque estamos en navidad, pero si, ya camina y come todo sin vomitarlo.

—Ok, eso es bueno, ¿no? Alex querida, Nachi tiene algo que decirte. — Nachi mira a Rosy con cara de, te mato-

—Bueno, no es nada importante, pero antes dime cómo va todo en la bodega, ¿se están vendiendo los vinos nuevos que pediste?

—La verdad no, a la gente no le gusta mucho, creo que me iré por los vinos de Willamette, ¿han escuchado de ellos?

—Yo sí, uno de esos Viñedo está en Forest Grove, y la verdad son muy ricos.

—Así es, y he visto las recomendaciones y son increíbles.

—Ok, le escribiré una carta para ver si ellos los quieren distribuir en la bodega.

—Bueno, creo que a Delfino le encantará, él le gusta ese vino y como tiene experiencia como cliente, creo que sería bueno que lo llevaras, ¿tú que dices Rosy?

—Yo, sii, claro, lo que tu dijiste. — Las chicas se estaban mirando y actuando algo raras y Alex, se dio cuenta de que algo estaba pasando.

—Ok, ya dejen sus payasadas, y hablen.

—¿Quién, nosotras?

—Sí ustedes, y no me miren así, ¡hablen!

—Ok, pues tú lo pediste, no puedes quejarte ok.

—Ya, habla de una vez, ¿qué pasa?

—Ok. Delfino fue a verme, y anda muy triste y deprimido, cree que tú eres una de esas chicas que ama jugar con los sentimientos de los hombres. Él está muy mal, Alex, habla con él por favor.

*"La belleza de la tierra se concentra en las cascara de las uvas
y se contempla en los corazones de familiares y amigos"*

—Y según tú ¿Qué quieres que le diga?

En ese instante Adonis venia bajando la escalera y escuchó a su esposa expresarse con dolor en el alma.

—Lo quiero, no tengo duda de eso, ese cretino se me metió en las venas como una maldita droga, pero eso no cambiará nada, ya decidí quedarme con Adonis, él es mi esposo y no pienso abandonarlo.

—Amiga, pero no lo amas, la verdad es que ningunos de los dos se aman, tú me vas a perdonar, pero Adonis hace años que también dejó de amarte, o si no, no se hubiera alejado de ti a tal grado, que todos los temas de ustedes terminaron en discusión, a parte quiere quitarte todo lo que has trabajado en el divorcio.

—Él es el padre de mi hija, y a pesar de nuestras diferencias, yo lo quiero mucho y quiero que sea feliz, por eso no puedo solo entregarme a otro hombre y ser feliz mientras él está en una cama, luchando con un cáncer. No podría vivir con eso, lo siento y fin de la discusión.

—Alex, sabes que tú también te está creando un cáncer en tu alma y corazón, ¿cierto? Porque renunciar al amor, a tu felicidad, también enferma el alma.

—Lo siento amiga, pero creo que debes de hablar con él, mira ya decidiste quedarte aquí, por lo menos dile, que no hizo nada mal, dile la verdad, que también te enamoraste de él, pero que no puedes pensar en eso ahora, no dejes que siga pensando que hizo algo mal o que te faltó el respeto.

—Es cierto amiga, no se me hace justo para ningunos de los dos. Mira es navidad, él se irá a México, lo escuché hablando con mi marido, dijo que no sabía si regresaría, ¿es lo que quieres?

67

—¿Se ira? En serio, él no me ha dicho nada.

— ¿Y en qué momento?, si solo le permites hablar de trabajo.

—Como sea, además, no creo que se vaya, porque tenemos una conferencia muy importante y aparte, le estamos preparando a los empleados una cena navideña muy especial.

—¿Les hará una cena a tus empleados?

—Si, ellos se la merecen.

—Hay amiga, en serio, creo que todavía no me dan mucha confianza, no olvides que no son chicos comunes y corrientes.

—¿A ver Rosy, porque lo dices? ¿Porque Carlitos intentó robarme y casi me mata? ¿Porque María es una joven madre soltera? ¿Porque doña Rosita, también viene de la calle? Justo por eso, ellos se merecen más que nosotros tener una cena de navidad. Te has preguntado, ¿cuántas navidades ellos han pasado sin celebrarla? ¿No crees que se merecen una segunda oportunidad?

—Lo siento amiga, no quise ofender a nadie con mi comentario, de verdad lo siento. Y si tienes razón, la vida de todos tus empleados ha sido muy dura y ellos te han demostrados que desean cambiar, con su lealtad y sus ganas de trabajar, todos los días se alejan de su pasado. ¿Sabes qué? Cuenta conmigo para esa cena.

—Gracias Rosy.

—Y Conmigo también, de hecho, mi esposo ya eligió todas las ropas que no necesita para regalársela a tus chicos.

—Gracias Nachi, te lo agradezco.

3 días después de esa conversación Alex bajó un poco la guardia con Delfino y llegó ese día temprano a la oficina, le pidió a su esposo

prestada su camioneta y al llegar a la oficina, ya Delfino estaba en la bodega porque ese día le tocaba hacer inventario, él siempre le pedía ayuda a Carlitos para que el chico tenga hora extra. Esa mañana Alex le envió un mensaje a María y le pidió que reuniera a todos los empleados que estuvieran en la bodega temprano, y que Rosita preparara un champurrado y panecillos y también le pidió que colocara un anuncio que la bodega hoy se abrirá a las 6:00. p.m. Y que los empleados solo estuvieran allá despolvando y quitando telas de arañas. Era un miércoles, el día más movido de la bodega porque ese día era cuando tenían música en vivo.

María no preguntó, solo obedeció.

—¿No tienes frio?

—Dios mujer, me asustaste.

—Lo siento, ponte la camisa y vámonos.

—¿Y porque no me la pones tú? — Alex se acerca muy lentamente, agarra su camisa y se la coloca muy suavemente, le desabrocha el pantalón y le entra la camisa dentro del pantalón, le sube el pantalón y vuelve y se lo coloca, suavecito, el cierra los ojos, ella agarra sus manos y le pone las llaves de la camioneta en la mano y le dice, nos vamos y tu manejas.

—Dios, un día de esto, un día de esto, usted señora García, un día.

—Sii, si, un día, pero no hoy, vámonos.

—Wow jefe, lo dejaron paralizado.

—Cállate tonto y ni una palabra de esto, ok.

—Ni una, jefe.

Alex observa a Carlitos y le pica el ojo, él solo sonríe, ella le dice, tú también vienes con nosotros, Delfino solo dice, y con el también, ella lo mira y dice, sí, hoy necesito dos, tengo mucha energía y contigo solo no me bastará. Delfino iba todo confundido y a la vez muy feliz, Carlitos iba muy emocionado, nunca había salido con su jefa, sentía que al fin ella lo había perdonado por lo que él, le hizo. Al fin llegaron, después de manejar por 45 minutos, llegaron al bosque, Alex los llevó a conseguir un árbol de navidad, resulta que Carlitos nunca había tenido un arbolito de navidad, el joven empezó a llorar, fue un momento tan tierno, Delfino lo abrazó y le prometió que esta sería la primera navidad de muchas y que nunca volvería a pasarla solo. Pero que todo dependería de él. Empezaron a jugar en la nieve, el corría como niño entre los árboles, Delfino se aprovechó y le agarro la mano a su jefa, ellos caminaron y sonreían, al fin encontraron el árbol perfecto, al llegar a la bodega, todos se volvieron locos de la emoción, los chicos ayudaron a Delfino a bajarlo, lo colocaron, Rosita ya tenía todo lo que Alex le había pedido, los demás ya estaban curiosos, no sabía que hacían en el trabajo tan temprano. Carlitos fue corriendo hacia donde Rosita, la abrazó y le contó con mucha emoción lo del arbolito, ella le dijo que él se había convertido en su hijo, que todos para ella, eran como su familia.

Alex sacó los arreglos de navidad de la camioneta, luego se fue a su oficina a trabajar, los dejó que disfrutaran de sus decoraciones, todos ellos se divirtieron muchísimo.

—Eso que acabas de hacer hoy fue increíble, me quito el sombrero contigo.

—Gracias, y gracias por lo que le dijiste a Carlitos allá, ese chico necesitaba esas palabras, así que gracias.

—Esto es tuyo, te lo envía Rosita.

—Mm, que rico, gracias.

—Te dejo trabajar, te amo.

—Yo también.

Delfino salió y se quedó pegado a la puerta, no podía creer lo que escuchó, pero vio que ella no se dio cuenta de lo que dijo, por como lo dijo, así que no quiso hacer que se arrepintiera, eso lo llenó de una felicidad plena, estaba peor que Carlitos de feliz. Alex, en definitiva, no se dio cuenta lo que dijo, hasta media hora después, que entró María, e hizo un comentario sobre la felicidad de Delfino. En ese instante le dio un flash back, Alex se paró de la oficina y salió corriendo y se fue a casa. Ella tampoco podía creer lo que había dicho, pero a la vez, creo que lo necesitaba, su corazón empezó a latir como una maquina a todo vapor.

Pasaron 2 semanas, hasta el día de navidad, Alex preparó la cena perfecta para los empleados de la bodega, Rosita, María, Rosy y Nachi, cocinaron de todo, luego llevaron toda la comida a la bodega, doña Rosita y María se quedaron allá a esperar a los chicos, la cena era especial para ellos, pero Alex no podía quedarse, tenía la cena en su casa con su familia. Lo importante es que cumplió con su promesa, le regaló una cena navideña en familia a sus empleados los cuales, para ella, era como familia. Todos llegaron, la pasaron increíbles, entre risas, anécdotas, llantos y recuerdos, disfrutaron de su arbolito, regalos y cena deliciosa.

La familia de Adonis fue a la casa, ella les había enviado un mensaje a todos por WhatsApp. Alex preparó una deliciosa cena, Adonis no le había reclamado nada a su esposa, porque en el fondo sus amigas tenían razón, él tampoco era feliz en esa relación. La cena fue increíble, todos la pasaron muy bien, Adonis estaba de mejor ánimo, su hija, no podía contener su felicidad de ver a su papá recuperarse favorablemente. Alex bebió mucho, y ya a media noche, se resbaló en el baño, estaba muy tomada y abrió la ducha y con todo y ropa se quedó bajo la ducha, con una música muy alta, empezó a llorar y a cantar al mismo tiempo, sus lágrimas se confundían con el agua que caía, su tristeza combinada con la música, tocaba una melodía diferente, Adonis entró al cuarto para pedirle que bajara la música, cuando se dio cuenta que su esposa estaba llorando y tirada en el piso de la bañera, bajó la música y trató de ayudarla.

—Dios Alex, qué pasó, ven sostente de mí, yo te ayudo.

—No, no mejor canta conmigo, ¿acaso no te gusta mi música?

—Si está muy bonita, pero debes salir de aquí y quitarte esa ropa.

—Ah ya sé lo que quieres, picarón, me quieres desnudar para aprovecharte de mí ¿Verdad? hahahha, ¿y te acuerdas cómo hacer el amor? Digo hace tantos años que no me tocas, ¿qué? eres gay? ¿Por eso ya no me haces el amor? Hahahha.

—Dios, mujer ¿Qué cosas dices? Pero mira, estás sangrando, creo que te lastimaste, déjame ayudarte, ven, párate. — Adonis trató de ayudarle, ella empezó a llorar y a decir muchas incoherencias, al caer en la bañera, Alex se abrió la cabeza, Adonis no sabía que tan grave era, hasta que llamó a su hija para que la ayudara, Alex abrazó a su marido y le dijo que estaba enamorada de otro patán, pero nunca iba a poder estar con él y se desmayó.

—Dios Papá, ¿qué le pasó a mi mamá?

—Se cayó, ayúdame a subirla a la cama, hay que quitarle la ropa, creo que se dio un golpe en la cabeza, tiene sangre.

—No, hay que llevarla al hospital de inmediato, la herida es muy profunda, no la ves por toda la sangre, papá, mi mamá se está desangrando por la cabeza.

Sacaron el auto y se la llevaron al hospital más cercano, él no podía ir porque la fuerza que hizo, lo debilitó un poco, entre la madre de Adonis y Camila, llevaron a Alex al hospital, Adonis estaba muy angustiado, el hermano de Adonis se quedó con él, y Adonis les contó las razones por las cual Alex estaba así.

—Hermano mío, perdóname por lo que voy a decirte, pero ¿Qué esperas tú de este matrimonio? Lo pregunto, porque, aunque no hablamos mucho, soy un buen observador, y hace tiempo que se ve que tú y tu esposa ya no son un matrimonio; y con tu expresión de lo que me cuentas, es como si te sintieras mal porque ella tomara por otro hombre. ¿Qué esperas tú de Alex?

—La verdad es que no lo sé, he estado muy enojado por muchas razones equivocadas, y siempre le he echado la culpa a ella, hasta quise arruinarla en el divorcio.

—¿Disculpa, dijiste divorcio? ¿Se van a divorciar?

—Estábamos en eso, pero cuando me descubrieron el cáncer, ella retiró la demanda y decidió quedarse conmigo a cuidarme, y lo triste de todo esto, es que lo hizo a costa de su propia felicidad.

—¿Y eso que te dice?

—Si, hermano, lo sé, lo sé.

Decirle al corazón, que debes alejarlo porque no tienes opción, o porque simplemente te importa más de lo que se cree, es lo mismo que decirle a un ciego que mire su reflejo. Es imposible, el amor por más prohibido que parezca, siempre buscará una forma de que lo imposible se vuelva cada día más posible, aunque tengamos que pagar un precio.

CAPÍTULO 3
UNA SEGUNDA OPORTUNIDAD

"A veces el juego más difícil, es el juego de la vida"

Pasaron dos días y Alex estuvo indispuesta en casa, con 5 puntadas en la cabeza, no quiso que sus amigas o sus empleados se dieran cuenta, cerró la bodega, hasta mitad de enero, Adonis le echó más ganas a su tratamiento y decidió pagarle más a la enfermera para que ella estuviera siempre con él y así su esposa no tuviera que cuidar de él. Adonis llamó a su abogada y le pidió que redactara otra acta de divorcio, y esta vez él era el demandante, su abogada le preguntó que, si estaba seguro, él quería hacer lo correcto, entendió que el cáncer fue como una segunda oportunidad que la vida le había otorgado y no quería desperdiciarla. Así pasaron los días y llegó el año nuevo, Adonis le obsequió los papeles firmados del divorcio con lo justo, 50/50 ya que se habían casado por bienes mancomunados. Para Alex fue una gran sorpresa, ella le dijo que por qué había hecho eso, él solo respondió:

—Creo que ambos nos merecemos sanar nuestras heridas y seguir adelante.

—Adonis, por favor perdóname, no quise que te enteraras así, te juro que no tengo nada con Delfino, él solo es...

—Es el amor de tu vida, y tu debes de buscarlo y hablar con él, ya me dedicaste los mejores años de tu vida, creo que ya es hora que sigamos adelante, Camila ya está grande, nuestra hija entenderá y sé que nos apoyará.

—Quiero que estés bien, no quiero lastimarte, te juro que te quiero muchísimo.

—Yo también te adoro, y te juro que es lo más sensato que he hecho en estos últimos meses. Así que usted señora García, haga lo que tenga que hacer para ser feliz, ¿le quedó claro?

—Por favor, dame un abrazo. Perdóname.

—No tengo que perdonarte nada.

Alex no deja de pensar en Delfino y trata de escribirle una carta, tal cual él hizo, no más que no se le da.

¿Como se le escribe un te extraño a un corazón que nunca se le dio la oportunidad de saber que tan fuerte late el mío por él? ¿Como le exijo a mi lápiz que te escriba algunas palabras? las cuales puedan que sean de tu agrado o no... No sé cómo escribir una carta de amor, lo romántico no se me da, contigo solo bastaba una mirada que me desnudaba, un beso robado e inesperado, una crítica, un insulto, o un susurro tras mis oídos, solo eso bastaba para que mi alma se desnudara, aunque tú no lo notaras.

Perdóname porque no me he atrevido a decirte que hace un par de semanas que soy una mujer divorciada, solo lo observo de lejos y me lo imagino agarrándome y haciéndome completamente suya. Dios, parezco una loca hablando sola, maldita sea, porque justo hoy solo puedo pensar en ti y por más que trabajo, no me concentro. Se acabó, llamaré a las chicas, tengo que salir de aquí ahora mismo.

—Hola Rosy, ¿estás ocupada?

—La verdad si, ¿te puedo llamar al rato? ¿Es urgente?

—No, para nada, solo quería chismear un rato, cuídate, Bye.

—Ok, te llamo luego, besos.

—Dios, que perra suerte, déjame llamar a Nachi. Oh, tengo otra llamada

—Hola María, ¿cómo estás? ¿Qué pasó?

—Disculpe señora, no olvide su conferencia con el proveedor, ya Delfino confirmó

—¿Conferencia?

—Si, tienes de hecho 3 hoy. Usted misma las programó.

—Oh, Siii, las conferencias, sii claro, te veo allá.

—¿No lo hará desde su casa?

—No, la verdad es que llevo días encerrada, quiero ir a la oficina.

—Pues dese prisa porque empieza en media hora.

—¿En media hora, María? ¿Por qué no me avisaste antes?

—Lo siento.

La bodega no estaba abierta para el público todavía, hasta febrero, pero Alex y Delfino tenían citas ya programadas vía zoom, ella no quería hacerla desde casa y le pidió a María que la acompañara, era solo un par de horas, María aceptó. La conferencia se dio a cabo, Delfino notó que ella estaba en la oficina, no en su casa como los demás que estaban en la conferencia. Una vez que las reuniones terminaron, él llamó y María respondió, Delfino le preguntó que, si había más trabajadores, ella le respondió que solo ellas dos estaban, pero María ya se iba. Delfino no aguantó la tentación de ir hablar a solas con Alex, al llegar, ella estaba acostada en la nieve en el patio trasero de la bodega, con media botella de vino a su cabecera, mientras hacia el ángel en la nieve, cuando de repente…

—Cómo quisiera ser ese ángel y poder sentir tu cuerpo acariciando el mío.

—¡Santo Dios! qué susto; ¿Tú qué demonios haces aquí? ¿Y porque llegas como un ladrón? A paso fino. Dios.

—¡Ladrón! Sí, eso quisiera ser, tu ladrón de amor, para robarte el corazón y mantenerlo siempre junto al mío, para que nunca más vuelva alejarte de mí… Feliz año nuevo Alex.

—Gracias, igualmente…Aun no me has dicho qué haces aquí.

—No sé, cuando venía para acá, no lo sabía, ahora lo sé. ¿Y no me vas a dar un abrazo ni un beso de año nuevo y de navidad?

—Que beso ni que ocho cuartos. Ayúdame a pararme por favor.

—¿Que fue todo eso que dijiste?

—Hahahha, nada.

—Hay dominicana, me vuelves loco con tu idioma y con tu…

—¿Con mí qué? ¿Ya vas a empezar?

—No, no para nada. ¿Tienes algo más que hacer aquí?

—No, de hecho, ya me iba, ¿por qué?

—Entonces, acompáñame.

—¿A dónde?

—Confía, ven conmigo, te encantara.

—No lo creo, yo me iré a mi casa.

—Por favor, déjame llevarte, confía en mi te encantara el lugar. Vamos, por favor.

—Ok. Vamos.

Delfino decidió no volver a dejarse llevar por su indiferencia, a pesar de que Alex no tenía ni idea de a dónde la llevaba, estaba feliz de estar cerca y respirar su olor. Como Nachi y su familia se habían ido a pasar el año nuevo en Seattle Delfino rentó una cabaña en el Timberline Lodge.

El Timberline Lodge está situado en la localidad de Timberline, Oregón, en pleno bosque nacional del monte Hood, y alberga una sauna, una piscina al aire libre climatizada y 3 restaurantes. Tiene las mejores cabañas hechas de madera, el lugar perfecto para pasar una velada, también tiene la temporada de esquí más larga de los Estados Unidos, y está abierta para esquiadores y snowboards los 12 meses del año. Las actividades incluyen esquí, snowboard, raquetas de nieve, senderismo, ciclismo y escalada.

27500 East Timberline Road, Government Camp, Oregon 97028 · 52.12 mi

Todos en la vida, tenemos ese cada uno, y su cada cual, con el que soñamos cometer las mejores locuras que se hayan inventado por amor.

—Dios esto es un sueño, ¿dónde estamos?

—En el único lugar donde sé que no escaparas de mí. Ven, te muestro.

Alex se sentía como presa de su mirada, quería hacer todo lo que él ordenara, ella se imaginó que la llevaría a una habitación y le haría el amor, pero Delfino tenía otros planes. Alquilaron trajes para esquiar, ella moría de risa, le dijo que nunca había hecho eso, él solo la tomó de la mano y le dijo.

— No tengas miedo, yo nunca dejaré que nada te pase.

Se miraron a los ojos fijamente y era como si el universo les estuviera hablando y todo el mundo desaparecía del lugar. Los dos se fueron tomados de las manos, se subieron al teleférico, bajaron la montaña esquiando y jugaron en la nieve. Tuvieron las mejores experiencias juntos.

Luego Delfino la llevó donde bajaba una cascada de agua, era increíble como esa agua no se congelaba si allá arriba estaban bajo cero. Después de una tarde increíblemente divertida y fría, subieron al centro, allí se cambiaron, tomaron chocolate con bombones dentro, se calentaron bajo la fogata del lugar. Delfino la llevó a comer, disfrutaron una deliciosa comida con una botella de vino, una vez que terminó todo, ya eran casi las 6 de la tarde, él no quería salir de allá oscureciendo, se subieron a la camioneta, iban todo el caminó muertos de la risa, contándose algunas cosas que les su cedieron en su travesía. Alex estaba plenamente feliz. Delfino la llevó de regreso a la oficina, le besó la mano y le deseo feliz noche. Ella se bajó del vehículo y se subió a su carro, él se fue y ella no podía crecer lo que había pasado.

—Hola, Alex ¿Estás bien? Llevo horas llamándote mujer, ¿dónde estabas?

—¿Tú dónde estás ahora?

—Yo en casa, acabo de llegar, ¿por qué?

—Voy para allá.

—Hola, lo siento, estaba en un lugar sin señal. Siéntate y te cuento. Resulta que estaba en la oficina, y luego Delfino llegó, me subió a su carro y me llevó hacia la montaña, pasamos el día más increíble y aventurado de toda mi vida, fue increíble, nos pasaron cosas muy divertidas, hicimos cosas que nunca había hecho ni me hubiese imaginado hacer. Todo estuvo mágico, fue como si no existiera nadie más en nuestras vidas, y solo importábamos nosotros. Y al final de todo, él solo me regresó a la oficina porque hay estaba mi carro. Me besó la mano y se fue… Rosy, se fue, no me dijo que me amaba, no me besó, no me hizo el amor, no discutió conmigo, no me llevó la contraria, nada.

—Ok, antes que nada, respira, hablaste tan rápido, que solo entendí la mitad, pero lo que veo es que no te gusto el final de la historia.

—Ok, en conclusión, pase la mejor tarde con Delfino y yo moría porque me hiciera el amor y nada paso.

—¿Y eso te molesta, por?

—¿Como que por qué? Pues yo pensaba que después de ese mágico momento que pasamos, por lo menos me daría un beso, ¿no crees?

—¿Y tú le dijiste que quería que pasara algo entre ustedes?

—Ay Rosy, no era necesario, ¿o sí?

—A ver Alex, ese hombre te hizo el amor, te demostró de todas las formas posibles que te amaba, hasta soportaba tus maltratos e insultos innecesarios. Tú te divorcias de tu marido, y aun no eres capaz de ser sincera con él y decirle lo que sientes… él, me

80

imagino, que lo único que hizo fue respetar lo que tantas veces tú le exigiste, que no te tocara y ahora te molesta porque al fin está respetando tu espacio y no te tocó.

—Bueno, sí, tienes razón, pero yo pensé que, luego de… Estoy mal, ¿verdad?

—¿Te respondo, o solo te doy un abrazo?

—Un abrazo me agradaría más.

—Eso pensé.

Alex regresó a casa feliz y a la vez, muy confundida, se dio cuenta que todo lo que hizo para alejar a Delfino dio resultado y ahora no sabe cómo arreglarlo. Al llegar, Adonis estaba parado frente al sofá con sus maletas en mano y su enfermera al lado de él, ella no sabía qué estaba pasando. Adonis ya le había firmado el divorcio y se había quedado en casa hasta que terminara su tratamiento y mientras le arreglaban su apartamento, a Dios las gracias el cáncer cedió y él está más recuperado.

—Adonis, ¿qué haces con esas maletas?

—Querida mía, ya es tiempo de que me marche de aquí, técnicamente tenemos dos meses que estamos divorciados.

—Si, lo sé, pero yo no te estoy echando, no me molesta tenerte aquí, además, estás todavía en tratamiento. Eres muy terco, ¿quién te va a supervisar para que sigas tu tratamiento?

—Cálmate mujer, hoy es mi último día del tratamiento, además, la enfermera se irá conmigo, dice que se quedará dos semanas más para observarme, mi apartamento ya está listo y la verdad es que ambos necesitamos espacio.

—Dame un abrazo por favor.

"La belleza de la tierra se concentra en las cascara de las uvas y se contempla en los corazones de familiares y amigos"

—Claro que sí, no me iría sin él, cuídate, y ya sabes, estoy a una llamada de distancia si me necesitas ¿Ok?

Alex se sorprendió de su marido, no sabía que alguien podría cambiar tanto al verse al borde de la muerte, lo que ella no sabe es que fue por ella que él cambió, ahora ya está sola y no tiene ni idea de qué hará con el desastre de vida que según ella tiene.

Cuando tomamos la decisión de hacer cambios, debemos ser pacientes, porque el cambio no llegará de la noche a la mañana, tenemos que poner en práctica todo lo que vamos aprendiendo, y estar muy conscientes de que este paso que vamos a dar es solo por nosotros, no por alguien más. Hacer cambios significa renovarte internamente, y para eso debes empezar con:

Conéctate contigo mismo, renueva tu espíritu y disfruta de tu propio silencio, hasta que te des cuenta que el cambio que decidiste hacer, es por tú bien. Demos gracias por todo lo que sufrimos, porque nos enseñaron a madurar, gracias por lo bueno, que nos ayudaron a crecer, y sobre todo demos gracias por que a pesar de todo lo que pasamos, hoy seguimos de pie y con la frente en alto para seguir adelante.

Si ya la vida te demostró que puedes tener un final feliz, entonces sigue todas las señales. Cuando dejas atrás tanto resentimientos y rencor, empiezas a ver las cosas con más claridad, lo que te permite ser más consiente con tus decisiones y acciones y tu espíritu se renueva.

Alex estuvo buscando más proveedores para su bodega, decidió remodelarla y mientras seguía trabajando y creando nuevas ideas, convirtió la bodega en un mini bar con terraza y área para jugar dominó. Quiere reabrirla el 14 de febrero, Delfino estuvo trabajando con ella, mano a mano, coqueteo de vez en cuando, pero nada más, él decidió aplicarle lo mismo y empezó a coquetear con la misma empleada, con la que Alex lo encontró besándose, cuando ella decidió mandarlo al carajo.

—Quiero encontrar un vino, que, al probarlo los clientes se pierdan en su sabor, un vino, que huela a frescura, a picardía, que su textura te haga volar, quiero un vino que, en cada sorbo, las personas que lo tomen, quieran hablar del amor o vivir el amor.

—Sé justo cual es el vino del que estás hablando, tengo que ir a Hillsboro, pasaré por forest grove y te traeré justo el vino que acabas de describir.

—¿En serio? ¿Cómo sabes cuál es ese vino?

—Porque ya lo he aprobado y sabe justo como lo describiste. Tú tranquila, yo me encargo de todo.

—Ok, te dejare la tarjeta del negocio aquí, cuando vayas te la llevas y haz tu magia.

—Si, primero tengo que ir a casa de mi hermano, ellos llegan hoy, voy a entregarles sus llaves.

—Ok, me los saludas de mi parte, y Delfino…

—¿Si?

—Gracias. (Delfino solo sonríe y se aleja)

Alex queda toda pensativa sin darse cuenta, al describir el vino se imaginaba a Delfino, lo curioso era, que María estaba detrás de ella y al escucharla, ella también se imaginaba a Carlitos, luego despertó de su sueño y sacudió la cabeza y se fue a lavar la cara, al salir del baño Carlitos tropieza con ella, desde la cena de navidad, algo entre ellos había cambiado, pero ella todavía no sabia que era, aparte alucinaba al pobre chico, aunque Carlitos siempre le ha coqueteado.

—Delfino, ¿qué haces ahí?

—Nada cuñada, solo pensando, debo ir a forest Grove a buscarle unos vinos para la inauguración a mi jefa, pero te subí las maletas a tu habitación.

—Gracias, no tenías que hacerlo, y gracias por cuidar la casa, aunque me dijo tú hermano que te fuiste a una cabaña a las montañas. ¿Es cierto?

—Si, pero no te dejé la casa sola, venia y le daba de comer a los perros y los saqué a caminar.

—Si, no me quejo de tus cuidados, pero aún no me has dicho qué haces ahí tan solito.

—Nada, aquí pensando en nada, ya que no puedo pensar en alguien.

—¿Sabes qué? Ya estoy cansada de ese jueguito que se traen ustedes dos. Ahora mismo te vas a su casa, o a la bodega, donde quiera que esté esa loca mujer, la agarras y le dices que eres el hombre que ella necesita y si se pone rebelde, bésala y hazla tuya y listo.

—Wow, cuñada, ese viaje como que te despertó tu creatividad, ¿o te volviste más loca de lo que ya estabas? ¿Cómo crees que voy a ir a su casa, ¿ya quieres que su marido nos agarre a balazos a los dos?

—Marido, marido, ¿de qué marido me hablas? Mira, ven, siéntate ahí y pon mucha atención lo que te voy a decir y Alex que me perdone.

—Mi vida, no creo que sea prudente lo que vas a decir.

—¿A ver esposo mío, estas de parte de tu hermano o de la loca de mi amiga?

*"La belleza de la tierra se concentra en las cascara de las uvas
y se contempla en los corazones de familiares y amigos"*

—De tu parte amor, solo no quiero que salgas peleada con Alex,
ya conoces el carácter de tu amiga.

— Si, mi vida, pero esto también lo hago por el bien de ella.
Delfino

—Yo no quiero escuchar, no seré cómplice de esto.

—¡Cobarde! Como te decía, la vez que tú y ella estuvieron juntos,
al llegar Alex a casa, su marido tuvo un accidente, lo llevamos
al hospital y le diagnosticaron cáncer en el estómago, Alex y su
marido estaban en guerra y a punto de divorciarse, la situación
cambió y ella se quedó con él por su enfermedad, y por eso se
alejó de ti, a Dios las gracias, el tumor no era maligno, ahora
Adonis terminó su tratamiento, él está bien, y hacen dos meses
que le firmó el divorcio a la terca de mí amiga y el ya no vive en su
casa. Así que vuelvo y te repito, para tu sexy trasero de ahí y vete
y demuéstrale a esa terca, quien manda. ¡Vete!

—¿Es en serio todo lo que me estás diciendo?

—Ya se divorció, desde diciembre, de hecho, el día que la llevaste
a la montaña, al regresar a casa, Adonis tenía sus maletas en la
puerta, se fue de la casa. Así que ve y búscala.

—No, no lo haré, si ella sabiendo lo que siento por ella, no ha hecho
nada, es porque yo no le importo, nunca le he importado. Lo siento
cuñada, pero no la buscaré, esta vez no haré nada. Y ya me voy.

—Lo siento Delfino.

Delfino quedó mudo con la noticia, ahora entendía muchas cosas,
pero a la vez, también estaba furioso, porque Alex no tuvo la
confianza de decirle las cosas, le mintió sínicamente y mirándolos
a los ojos. Dejó que él creyera que había hecho todo mal. Fue a
Forest Grove y le consiguió sus vinos.

*"La belleza de la tierra se concentra en las cascara de las uvas
y se contempla en los corazones de familiares y amigos"*

—Aquí están sus vinos, espero que logres todo lo que desea, porque es bueno lograr en la vida, todo lo que uno sueña, ¿cierto?

—Así es y yo siempre logro todo lo que me propongo.

—¿Todo?

—Todo, sin duda alguna.

—Si, ya lo creo, nos vemos en la tarde, jefa.

—Oye ¿Y a ti qué te pasa? Ayer saliste de aquí muy bien y hoy andas algo extraño y sarcástico.

—Ah, ¿le parece que soy sarcástico? Que tenga un excelente día.

"La belleza de la tierra se concentra en las cascara de las uvas
y se contempla en los corazones de familiares y amigos"

"La inauguración de un sueño,
y la declaración de un deseo"

Alex seguía molesta por la indiferencia de Delfino, no entendía qué le pasaba y porque estaba tan sarcástico con ella, solo se concentró en el trabajo. Una vez que todo fue remodelado, ellos hicieron una fiesta para inaugurar la nueva cara de la Bodega. Fueron semanas de mucho trabajo y al fin lo terminaron.

—¡Dios mío, que belleza de mujer!

Alex llevaba puesto un vestido blanco, muy fino y ligero, decorado con perlas y con un escote que envolvían a cualquier hombre que se detuviera a verla. Delfino decidió hablar con ella, de una vez y por todas.

—¿Por qué eres tan cobarde? Pensé que eras una mujer audaz y valiente que siempre obtenías lo que quisieras ¿Por qué huiste de mí? ¿Por qué no me dijiste que ya está divorciada? ¿Por qué jugaste conmigo? ¿Tienes una idea de todo lo que pensaba, creyendo que había sido yo, él que lo había arruinado todo?

—¿Pero de qué hablas? ¡Suéltame bruto! que me estás haciendo daño ¿A ti quien te dijo que yo ya me divorcié?

—Deja tus nervios, porque, aunque esta sea tu gran noche, hoy hablaremos a calzón quitao, lo quieras o no, así que no te servirá de nada que me des la espalda y deja de morderte los labios, que solo me provoca más.

—¿Y a ti quién te dijo que estoy nerviosa?

87

—Te sudan tus manos, tartamudeas y te muerdes los labios; siempre lo haces cuando estás nerviosa, ya lo había notado antes. No entiendo por qué te empeñas en negarlo, si lo único que tienes que hacer es aceptarlo y dejar que nuestro amor fluya, porque, aunque tú me rechaces, sé que me quieres, sé que algo hay dentro de ti, por mí.

—¿Quién te crees, para decirme lo que yo siento o no? Dime, ¿quién rayos eres tú, para arruinar mi noche? ¿De verdad quieres saber lo que siento, o lo que pienso de ti, es lo que quieres?

—Si, es lo que quiero, que ya dejes de ser cobarde y te des la oportunidad conmigo.

—Siento interrumpirlos, pero ya todos los invitados están esperándolos.

—Gracias María, ya vamos.

La inauguración fue todo un éxito, una vez más Alex logró lo que deseaba, la nueva cara de la bodega quedo increíble, los invitados estaban felices, con los adornos que ella trajo de su país, le dio un toque especial, ahora la bodega es un pedacito de su tierra.

—Quiero darles las gracias a todos por estar aquí, para mi es un verdadero placer que mis clientes, que ya saben, son familias, les encante estar aquí y sobre todo que sigan apoyándome.

—Alex, gracias a usted por crear un espacio que nos brinda paz a todos.

—Yo soy uno de sus clientes más regulares, y aquí vengo siempre antes de llegar a casa, al entrar a este lugar, mis cargas del trabajo y todo el peso del día, se desvanecen, este lugar es como un refugio de paz, todos esperamos que lo siga conservando así.

—Muchas gracias… Y si, esa es la idea.

—Usted y Delfino han hecho un increíble trabajo aquí. Felicidades a los dos.

—Gracias a todos ustedes y sobre todo a mi equipo de trabajo, mi familia, porque sin su carisma y su amor por este lugar, la bodega no fuera lo que hoy día es. Así que por favor les pediré un aplauso para ellos y otro para ustedes. Gracias.

Las chicas estaban con Alex, pero al final de la fiesta Alex le reclamó a sus amigas, por decirle la verdad a Delfino.

—¿Se puede saber quién de ustedes le dijo a Delfino que yo me había divorciado?

—Yo le dije.

—Nachi, pero.

—Pero nada Rosy, ningunas de ustedes lo ha visto como yo. Mi cuñado anda destrozado por tu indiferencia y tu forma de tratarlo, tú no entiendes que ese hombre te ama.

—Lo único que yo entiendo es que es mi decisión estar con quien yo quiera, no tenías derecho a decirle nada. Yo iba hablar con él, pero a su debido tiempo, aun no estaba preparada para hablar.

—Por Dios chicas, cálmense, aún quedan clientes afuera.

—¿Sabes qué? Ere una mezquina, egoísta, solo piensas en ti… yo no me arrepiento, porque, aunque ahora no lo veas, también te hice un favor porque te quiero, y también quiero que seas feliz.

—Amiga, no quiero darle la razón a mi hermanita, pero en este caso, se la daré, búscalo y habla con él.

—Ni siquiera sé dónde está, no lo he visto en casi toda la noche, se esfumó.

—Yo iré por un vaso de agua, ya estoy algo mareada. ¿Estarás bien?

—Si, voy a la oficina, necesito algo de silencio. Al entrar Alex a su oficina encontró una carta en su escritorio. ¿Pero esto qué es?

Carta de renuncia

¡Tenía muchas ganas de verte, de celebrar tu nuevo triunfo,
pero también de que me dieras la oportunidad de empezar de
nuevo y volverlo a intentar, pero al parecer, tu prefieres seguir
con ese juego de que no hay nada entre los dos!
No quiero seguir mendigando amor, por eso tomé la
decisión de escribirte esta carta y no decirte adiós frente a frente.
Te quiero llevar así sabiendo que solo será algo temporal
para volverte a ver. Este tiempo a tu lado ha sido una montaña
rusa de emociones y maravillosos momentos, como esa tarde
en la montaña, y me has dado tanta luz que solo puedo
agradecerte por eso.
Espero me comprendas y aceptes mi renuncia que te dejo adjunto
a esta carta.
Eternamente tuyo.

Alex encuentra la carta de Delfino y la de su renuncia, en eso entra Rosy para informarle que sus hijas están en el hospital, por lo sucedido a unas de sus amigas, Alex estaba preocupada por Camila, pero a la vez, aterrada por la decisión de Delfino, era demasiado para ella.

—Alex, ¿estás bien? Tienes mala cara. ¿Qué pasa amiga? Si es por las chicas no te preocupes, yo iré y me las llevaré a casa, tú sigue en tu fiesta; Te lo mereces.

—Delfino renunció y me dejó una carta de despedida, se fue Rosy, se fue.

—No, ¿en serio? Ay amiga, lo siento, pero esto lo provocaste tú por no decirle la verdad.

—Él llegó de primero y me vio cuando yo estaba bajando la escalera, me pidió que dejara de ser cobarde que aceptara lo que sentía por él.

—¿Y tú que le dijiste?

—Nada, le dije que no sabía de lo que hablaba y que no era un buen momento para hablar de esto.

—Ay mujer, por favor, búscalo, mira, yo me quedo con las niñas.

—No, si él se fue, es porque él lo había decidido, fue solo decisión suya.

—Mírame corazón, la vida se está encargando de poner las cosas en su lugar, tu marido, te firmó el divorcio, ya Delfino sabe que no hizo nada mal, tú estás libre, lograste hacer de tu negocio, lo que deseabas, ¿por qué ahora no te concentras en hacer que ese corazón tenga lo que se merece? Busca a ese hombre y date la oportunidad de volver a vivir, mañana podría ser muy tarde.

—Me aterra, no sabría qué hacer o qué decir, sabes que lo que pasó fue porque estaba muy enojada y tomada, no creo que podría estar con él.

—Vamos Alex, tú y yo sabemos que sí, eres la mujer más coqueta y atrevida que conozco, y si después de tus 40ta te has ablandado, pues tómate una botella y vete a buscar a ese hombre y yo me iré a recoger a nuestras hijas. Besos.

Alex no dejaba de pensar en lo que le dijo Rosy, ella agarró valor y después de que todos se marcharon, lo llamó; ahora si veremos si el señor destino, realmente quiere ver a estas dos personas juntas. Delfino está triste y muy decepcionado de la mujer de la cual vivía orgullosamente admirado y enamorado.

Alex sacó de su minibar una botella de Crown Royal, dándole gracias a Dios por lo bien que le fue en la inauguración de su bodega, luego salió al balcón del bar con la botella en mano para despejar un poco la mente antes de irse a su casa. Ella se pone a pensar, si Delfino no le respondió el teléfono, iría a buscarlo, pero antes debe saber dónde él esta, llamaría a Nachi, pero lo más probable es que ella tampoco le responda. Luego decidió llamar al hermano de Delfino y él, le dijo que su hermano no estaba. Alex se extrañó, iba a llamar a Rosy cuando recordó aquella cabaña donde la llevó Delfino en navidad, ella se embicó la botella de whisky y agarró valor y se dirigió hacia allá. Era tarde de la noche, pero a ella no le importó y menos después de tener casi media botella en su sistema.

Cuando se trata de un capricho, una aventura, una relación sin importancia, tomar la decisión de ir a buscar a esa persona, no es tan difícil, solo decidimos y listo, porque no pensamos con el corazón, solo vamos guiados por nuestras hormonas, porque sabemos que solo será un instante de pasión que terminará en el mismo momento que cada uno se la vuelta. Mientras que Alex si necesita de mucho valor, el paso que dará, podría cambiar la vida no solo de ella, si no la de dos personas para siempre, el

amor no es un juego. Por eso cuando se decide estar con alguien en serio hay que pensarlo no una, si no un millón de veces, porqué cuando una relación de pareja empieza, es el inicio de todo. Hoy son dos, y de ahí parten los amigos que se agregan, las familias cercanas, los primeros hijos que llegan y poco a poco, gracias a tu decisión se ha creado toda una comunidad.

Ya jugaste a la casita cuando niño, ya viviste el amor de adolescente, ahora se valiente y arriésgate.

—¿Estás esperando a que la nieve se derrita oh a que los árboles te pidan que le des calor?

—Alex, ¿qué haces aquí y a esta hora?

—No lo sé, creo que me perdí, yo había subido a mi carro con destino a mi hogar y terminé aquí, pero si te molesta mi presencia, puedo irme.

—Estás algo tomada, no debiste arriesgarte así, te llevaré a casa.

— (Con voz muy baja y nerviosa) No quiero ir a casa, si allá no estarás tú.

—A ver, ¿a qué viniste? ¿A burlarte de mí, a eso viniste? ¿qué haces aquí?

—No hables por favor, ahora no, solo disfruta de la noche que está muy hermosa para que la arruinemos discutiendo y diciéndonos ofensas estúpidas. Abrázame y llévame a la cima de tu piel.

Delfino no sabía qué estaba pasando, pero lo que si estaba seguro era de que no quería que Alex volviera a alejarse de él. Ella lo besó y acariciando sus brazos, le pidió perdón, Delfino la cargó y la llevó hacia su cabaña. Acariciando su rostro, la mira a los ojos y le pregunta si no volverá a huir de él. Ella lo besa, y sonríe. Delfino vuelve alejarse y le pregunta si estaba segura de lo que quería, él no quería arriesgarse a salir lastimado por las indecisiones de su jefa.

—De lo único que estoy segura es de que, si no me haces el amor justo ahora, mi piel se congelará y mi corazón no volverá a latir jamás. ¿Estás rezando justo ahora?

—Si mujer, porque solo pidiéndole a Dios que esto no sea un sueño, del cual no quisiera despertar ¿Quieres que te cuente una historia?

—No, no quiero que hables, solo abrázame y hazme sentir que contigo lo podré todo.

—¿Significa que ya somos novios?

—No, no lo sé, lo único que sé es que no quiero que esto se acabe.

—Está bien, no voy a presionarte, solo quiero que entiendas que ya no podrás escapar de mí.

—Cállate ya.

—¿Sabes qué? No, no quiero callar, y si de verdad estas aquí porque quieres estar conmigo, quiero que me escuches, antes de que vuelvas a huir de mí, necesito que me escuches.

—¿Es en serio Delfino?

—¡Si!

Alex no sabía que estaba pasando, ella estaba con unas ganas, solo quería que ese hombre le hiciera el amor, pero él estaba tan aferrado en que tenían que hablar que a, Alex se le fueron todas las ganas, se envolvió entre las sábanas porque hacía mucho frio y se sentó en la esquina de la cama, solo le dijo: habla Delfino.

—Gracias por dejarme hablar.

"La belleza de la tierra se concentra en las cascara de las uvas
y se contempla en los corazones de familiares y amigos"

—¿Tenía otra opción?

—No, pero gracias. Tenemos un tema en particular que tratar, Alex desde que estuvimos juntos en esa oficina, jamás he podido olvidarte, para mí eso más que una bendición fue como mi maldición, te veo en todos lados, te siento hasta en mi sombra, el perfume de tu piel está hasta en el aire que respiro, te metiste entre mis venas como un veneno que ingerí en un bar de mala muerte en un suburbio de mi País, tú significas demasiado para mí y no quiero ni me da la gana dejar las cosas sin aclarar entre los dos. Luego te alejaste de mí, y empezaste a rechazarme, fue como una tormenta que arrasó con todo, dejándome un enorme desierto. Al principio me dije: ¡Wow, Delfino qué mujer! pero nada, es muy arrogante y luego esa noche que pasamos juntos, fue la mejor noche de mi vida, podría decir que fue la primera vez que hice el amor, porque todo lo que he tenido en mi vida, ha sido sexo y nada más.

— ¿Sabes porque te he evitado todo este tiempo?

—Espera mujer, aún no he terminado.

—Lo siento.

—Al enterarme de que ya estaba divorciada me entró una enorme alegría, pero también una furia horrible, porque no confiaste en mí, si me lo hubieras dicho, lo de tu esposo, yo había entendido, te hueras apoyado, te hubiese esperado, y no me hubiera sentido tan mal como me he sentido todo ese tiempo.

— Lo siento, pero me alejé por mí, por mi esposo. Jamás había vivido tanta pasión en una sola noche como la que viví contigo y por eso he huido de ti todo este tiempo, porque tengo miedo de volver a caer, de sentirme mujer plena entre tus brazos... ¡Diablos Delfino! cuando llegaste a mi vida, todavía era una mujer casada

95

y antes de que aparecieras todo era perfecto ¿Por qué tuviste que aparecer y arruinarlo todo? ¿Por qué?

— No pienses así, pensar que te has equivocado y que soy un mal paso en tu vida, pero yo solo sé, que no daré un paso más si no estás conmigo, ¡Cómo desearía hacerte feliz todos los días de mi vida! Porque tú, tú Alex eres mi felicidad.

—No, te equivocas, la felicidad no existe. Lo que sientes por mí es un capricho, nada más; mañana encontrarás a otra que te haga sentir algo más y te olvidarás de mí, de toda esta locura y solo te reirás al verme y recordar que pensaste que yo era tu felicidad. Fue un error venir hasta aquí, lo siento, creo que me dejé llevar por todas esas pendejadas que las chicas me dijeron esta noche y por la media botella que me tomé. Adiós Delfino, que seas muy feliz.

—Lo siento mujer, te voy a enseñar que la felicidad si existe, y lo sé porque contigo la descubrí, y prometo enseñártela cada día. Hoy volverás a ser mía, pero esta vez será mía en cuerpo y alma.

—Quisiera ser tuya en cuerpo y alma, pero.

—Sin peros, esta noche, nada de peros ni miedos, hoy solo seremos tú y yo. ¿Te late?

—¿Me late?

— Pero antes de volver a ser mía, quiero que dejes a un lado todas tus dudas y remordimientos, porque hoy solo quiero que vivas.

Delfino se acostó sobre Alex y sin dejarle decir ni media palabra, se entregaron plenamente, ellos tenían que dejar las cosas claras, y después de esto, no cree que ella vuelva a huir de él, pero para asegurarse, Delfino cerró la puerta con seguro y escondió la llave. La nieve no dejaba de caer, Delfino abrió una botella de vino y le sirvió una copa, después de hacer el amor, los dos quedaron desnudos, con el fuego de la chimenea que había en la habitación, las copas derramadas en el piso y la sensación de felicidad que existía entre ambos eran inmensa.

—¿Qué te pasa hermosa? ¿Te estás arrepintiendo de haber venido?

—No corazón, no me arrepiento, es que no sé qué estoy sintiendo justo ahora, había tomado tanto para agarrar valor y venir a buscarte, pero al verte, fue como si drenaras todo el alcohol de mi cuerpo.

—¿Y eso es malo o bueno?

—Desde que te conozco, me provocas cosas que ni yo misma he podido descifrar, tu mirada estremece mi alma, cada vez que rozabas mis manos, sentía un calor que recorría todo mi cuerpo, te juro que en más de una ocasión solo quería agarrarte y hacerte mío.

—¿Y por qué nunca lo hiciste?

—Por cobarde, como me dijiste, en la inauguración, cuando me viste, me llamaste cobarde y tenías razón, he sido una cobarde, porque siempre hui de ti, aunque en realidad, huía de mí misma.

—Ya no tienes que huir más, ya estás conmigo y prometo no soltarte nunca más.

—No lo sé, Delfino, no soy así, apenas me divorcié, qué le diré a mi hija, a mis amigas, o a los empleados, …

—Tu hija ya es adulta, te entenderá, tus amigas nos apoyaran, ellas me aman, y no tienes que darles explicación a tus empleados.

—Te equivocas, ellos también merecen repuestas, son familia y trabajan contigo, pero no voy a discutir eso ahora, no es el momento.

—Así es, deja a la jefa en la oficina y permite que Alex la mujer viva, pero entre mis brazos.

—Y que brazos. (risas entre ambos)

— Olvídate de todo por esta noche, y solo déjame amarte, quiero amarte, quiero que cada rincón de tu cuerpo me conozca y se vuelva mi cómplice, permíteme ser el único habitante de tu cuerpo, ser un guía para cada uno de tus sentimientos quiero ensenarles lo maravilloso que es el amor.

Alex observaba por la ventana la nieve con una copa de vino en mano, Él la tenía abrazada por la espalda, empezó a besar su cuello, quitándole la bata de baño, poco a poco, ella solo miraba hacia afuera y dejando de pensar, se dejó llevar por sus caricias, él empezó a besar su espalda mientras acariciaba sus pechos con sus manos fuertemente. Su lengua rodaba por toda su espalda, haciendo que Alex se estremeciera, le mordió sus glúteos, eso la excitó mucho más de lo que ellos imaginaron, él, la voltea y subiéndola entre sus caderas y pegados de la ventana, Delfino le hizo el amor a su jefa, dos personas que iban pasando por ahí, vieron el delicioso acto sexual que había en la ventana de esa cabina. El perro que traían, ladró fuerte mientras veía, ellos no hicieron caso y siguieron el camino hacia el cielo.

"Furia, es una fuerza que puede consumirte poco a poco, o puede darte las fuerzas necesarias para salir de ese círculo vicioso en el que te encuentras".

Mentir por amor, no cambia el hecho de que mentiste y lastimaste a las personas que amas, Dios nos otorgó dos ojos y una boca, para que aprendiéramos a observar más y hablar menos. No hay pecado más grande que no decir la verdad por cobardía o por la famosa frase "Mentí por amor" cuando se ama, no se miente,

"mira a los ojos al traidor y aunque le mientas, tus ojos te delatarán y con sangre tu cobardía pagarás".

CAPÍTULO 4
UNA SOMBRA DEL PASADO

*A veces damos un paso hacia el presente, sin terminar cuentas
pendientes en nuestro pasado, que al final, nos alcanza y nos
cobra factura.*

Carlos fue a buscar a Rosy desde su encuentro en el hospital, él
estaba muy inquieto. El saber que ella estaba tan cerca, después
de no verla durante casi 20 años y al descubrir que ella también
tenía sentimientos por él, le provocó muchas preguntas, a parte
quería verla nuevamente y hablarle sin que estuvieran sus hijos y
amigos de por medio.

—Carlos, ¿qué haces aquí?

—Hola Rosy ¿Cómo estás? Disculpa que vine así, sin avisar, pero
de repente me entraron unas ganas enormes de venir a platicar
contigo.

—¿Cómo me encontraste, quién te dijo donde vivía? ¿Me estás
espiando?

—No, tranquila, le dije a Daniel, mi hijo que tú habías dejado tus
guantes en el hospital y que deseaba darte las gracias por cuidar a
su hermana.

—Pero yo no dejé mis guantes en el hospital, ni siquiera traía.

—Lo sé, lo sé Rosy Gilbert.

—Ok. Ya entiendo.

—¿Cómo has estado? Wow, han pasado muchos años y aún sigues viéndote hermosa.

—No mientas, los años no perdonan Carlos.

—Al parecer a ti, sí te perdonaron, te ves muy fuerte y radiante. Lo siento.

—Dime a qué viniste, ¿por qué estás aquí?

—No dejaba de pensarte, estaba ocupado y solo veía tu presencia entrando al hospital, al verte llegar, fue como un balde de agua fría.

—Si, a mí también me sorprendió verte ahí y que fueras el padre de los amigos de mi hija.

—Quisiera tener una máquina del tiempo y volver al pasado.

—¿Y tú porque quieres volver al pasado? ¿Se te quedó algo allá?

—Si, mi valentía, la deje allá, y me vine con toda mi cobardía.

—No entiendo de qué hablas.

—Hablo de que nunca tuve el valor de decirte lo mucho que me gustabas y que tú fuiste mí…

—Por favor, cállate, no sé qué estás pretendiendo, lo mejor será que te vayas.

—Desde esa noche que te volví a encontrar en el hospital no he dejado de imaginarte,

—Si, para mí fue una gran sorpresa también, ¿y cómo está tu hija? ¿Ya está en casa?

—Si, ya está con nosotros, el doctor dijo que estará bien en unos días.

—Me alegra, pero aun no entiendo, qué haces aquí.

— Casí no pude dormir, y la mañana fue un tanto difícil, solo pensaba en ti y por más que trabajaba, no me concentraba. Puse todas las canciones que tantas veces escuché pensando en ti, eso me relajó un poco.

—¿Escuchabas canciones pensando en mí? ¿Por qué si nunca te gusté? Nunca fui tu tipo Carlos, nunca.

—Siempre lo fuiste. (manos agarradas) recordaba tu sonrisa y tu mirada, cuando me observabas en clases antes de hacer un examen y tú me calmabas. En fin, salí temprano del trabajo y me fui a casa, Rita me estaba esperando para para decirme que se llevaría unos días a Daniela con sus abuelos, cuando sin esperarlo, me entró unas ganas de salir corriendo y venir a verte. Le hable a Martín, ¿te acuerdas de él?

—Martin, ¿el promiscuo del liceo? ¡Si, claro que me acuerdo de él! siempre lo encontraba en el baño cada vez que iba a usarlo.

—Hahahha, si ese mismo. Él me dijo que nunca entendió porque no me casé contigo, si todos sabían que tú estabas enamorada de mí, mientras que, a Rita, le gustaban todos, menos yo.

—¿Él te dijo eso? (pasándose las manos por el cuello muy nerviosa)

—Así es, imagina mi sorpresa, fue como despertar de un sueño, busque el anuario que tenía en un baúl enterrado y mientras disfrutaba de ver nuestras fotos cuando chicos, los recuerdos me invadieron, me deleitaba con tu foto. Por eso hoy me atreví a venir aquí para decirte todo lo que por cobarde yo tampoco nunca te dije. Rosy, yo también…

—¿Sabes qué? Prefiero que no digas nada, porque de nada sirve decir algo después de veinte años, yo estoy muy feliz con mi matrimonio y mi vida, y tú, tú también estás muy bien. Creo que ya nos sobró la vida, y nos faltó valentía...No voy a negar que me hizo plenamente feliz el verte otra vez, pero seamos sinceros, ya aquí no hay nada que decir, nada que buscar. Adiós Carlos Mercedes.

Carlos acaricia el rostro de Rosy y cuando se disponía a decirle las veces que se imaginó a que sabrían sus besos, ella lo besó. Luego salió corriendo, ni ella misma supo qué sucedió, Rosy nunca había besado a otro hombre que no fuese su esposo. Al parecer ella también tenía curiosidad de saber cómo sabían sus besos.

Rosy se encerró en su recamara por horas, lloró, sonrió, se preguntaba cuáles eran esas canciones que Carlos escuchaba pensando en ella, luego quiso llamar a sus amigas, Alex estaba de luna de miel, no respondía, Nachi estaba triste por la discusión que tuvo con Alex, por eso su marido la llevó a pasear por la playa, para alegrarla.

Los corazones como tal, no conocen de imposible.

Para una mujer después de los cuarenta, puede que sea difícil, porque es la etapa donde vuelve a tener tantos cambios en su cuerpo como en su vida, la segunda mitad de tu vida es como tus 15 años, te obsesionas con cuidar tu cuerpo, todo lo que quieres comer solo es saludable, frutas secas, verduras, aves y marisco, pero sobre todo, también debes alimentar tu cerebro, con buenas lecturas, elijes tres tipos de libros, uno que solo sea de valor y superación femenino, uno espiritual y el otro sexual. No podrás alimentar mejor tu cerebro con estos tres tipos de lecturas.

A pesar de ser una mujer completamente ocupada, Alex nunca comprometía esas horas que pasaba consigo misma, para

*consentirse y descubrirse, porque, aunque no lo creas, cada día,
así como te sorprende la vida, así mismo descubrirás cosas de ti,
que no sabias, inténtalo y verás.*

—¿Esto qué es? ¿Ahora me escribe notas como novios adolescentes?
a ver, qué dice.

— Hola caribeña guapa, te espero abajo en la bodega, tengo algo
que entregarte, es muy importante.

—¿Y a este qué le pasa? Bueno, déjame bajar a ver qué es eso tan
importante. Hola Delfino, ¿estás ahí?

—Hola, sí, aquí estoy

—¿Y qué es lo que me tienes que dar?

—Esto mujer.

Delfino agarró a su amada por la cintura y la sentó sobre todas
las cajas que habían en el cuarto de la bodega, sin dejar que ella
hablara, solo la tomó y le enseñó que la vida, es así de simple, solo
lo que tú quieres vivir en ella, la vida te lo permite. Hicieron el
amor, como locos, Alex estaba sorprendida, excitada y muy feliz,
pero no se esperaba eso de su galán.

—Dios Delfino, esto fue muy, pero muy excitante, pero debemos
tener cuidado, no olvides que hay empleados que bajan aquí.

—Así es, y por eso me pareció muy excitante, o qué mi caribeña
¿Acaso la vida no se trata de estos momentos de adrenalina que
nos llevan al límite?

—Gracias Delfino, gracias por estar en mi vida.

—Gracias a ti, por convertirte en mi vida.

Justo esa palabra fue la que asustó un poco a la jefa. Alex sabía que lo quería, pero tampoco era como que ella quería vivir un romance, lleno de palabras o frases de amor, eso lo vivió con su matrimonio, no quería volver a sentir la cursilería en su vida. Todo empezó a volverse muy interesante en el trabajo, ellos solo se observaban, y su pasión y química sobre salía por todo el lugar, con una mirada, ellos se compenetraban, se pasaban por el lado y solo bastaba una caricia en su brazo, o en su pierna…. siempre había notas de pura pasión, de citas clandestinas. Tenían un día a la semana, donde su amor era felizmente consumido en el cuarto de una cabaña en la playa, donde su amor era lo único que los mantenía vivos. No importaban las incertidumbres, las dudas, los conflictos, todo absolutamente todo, el día miércoles, se terminaba. Así estuvieron durante un año, pero Delfino quería más, quería ir a su casa, sin miedo, quería ir a un restaurante y tomarla de la mano, quería caminar en la playa agarrados de la mano, tomarse una botella de vino, solo para los dos, en un lugar, donde todos dijeran que ellos eran el uno para el otro. Había un bar donde se veían, se fumaban un cigarrillo, y disfrutaban de un trago de whiskey, luego hacían el amor con tanta pasión y locura, que se olvidaban de que existía un mañana.

—Hola madre mía, ¿cómo estás?

—Yo, muy bien…

—Si, lo he notado, llevas ya varios meses tan bien, te he observado y la verdad es que estás bellísima, ¿te hiciste un tratamiento y no me llevaste?

—No hija mía, solo estoy viviendo y dejándome llevar por la vida. ¿Está mal eso?

—No, para nada, ya era hora que pensaras en ti, me alegra, te amo, solo quiero que seas feliz.

—Gracias hija, esas palabras me reconfortan mucho.

—¿Para dónde vas? ¿Te acompaño?

—Si, voy a *The Home Depot*, a comprar algunas cosas, para el jardín y para la bodega.

—Déjame cambiarme los zapatos y bajo, dame un minuto.

—Ok, mientras, voy a buscar algo en la cocina.

—Hola, ¿alguien en casa?

—Rosy, ¿qué haces aquí? Pasa.

—¿Cómo estás? ¿Estás ocupada?

—Voy a ir a *The Home Depot* con Camila, pero vente con nosotras.

—No, luego hablamos ¿Sí?

—Nooo, espérate, no te irás, tienes cara de culpabilidad.

—Hola tía, ¿cómo estás? ¿Vienes con nosotras?

—Si, ella viene con nosotras, vámonos.

Ya en la tienda, Camila se dio cuenta que esas dos tenían cosas que hablar.

—Mami, estaré en el departamento de limpieza, necesito cosas para mi baño.

—Ok, bella.

—Y tú, ¿cómo estás?

—¡Yo nada, cuéntame qué te pasa!

—A mí, nada.

—Habla ya.

"La belleza de la tierra se concentra en las cascara de las uvas
y se contempla en los corazones de familiares y amigos"

—Ok, Dios, ¡Qué intensa! ¿Recuerdas el día que fui al hospital?

—Si, el día de la inauguración.

—Correcto, allá me encontré con Carlos Severino. Resulta que es el padre de los amigos de nuestras hijas.

—¿Quién es Carlos Severino?

—Fue el gran amor de mi vida en la adolescencia, estudiamos juntos, pero él se casó con mi supuesta mejor amiga y se fueron del pueblo.

—Ok, ¿y qué paso?

—Fue a buscarme a mi casa, al día siguiente, me dijo que estuvo enamorado de mí, pero nunca me dijo nada. Y lo besé, Alex lo besé, luego salí corriendo y me encerré en mi habitación, como una tonta.

—Nada de tonta, solo reaccionaste a un sentimiento y punto… Pero ¿Qué sentiste?

—Ese es el problema, que no sé qué diablos sentí, o sigo sintiendo.

—Mami, mira quien está aquí, tu empleado patán.

—Ah, ¿soy un patán?

—Lo siento, es que así te llama mi madre cuando se refiere a ti.

—¡Camila!

—Hay sobrina que cosas dices, hola Delfino.

—Y en realidad como se llama el empleado patán. ¿Cómo te llamas?

—Mi nombre es…

—¿Qué haces aquí, por qué no estás trabajando? Usted debería estar esperando el pedido de esta tarde.

—Si, estoy aún trabajando, se dañó algo en el baño, vine a comprar lo que necesito para arreglarlo, pero descuidé jefa, ya este patán, se va a su trabajo. Buenas tardes señoras y señorita.

—Oye madre, porque lo tratas así, se ve que es un buen tipo, pobre de él.

—¿Ya conseguiste lo que buscabas?

—Si, ¿y ustedes?

—Si, también, ya compré todas las plantas que necesito, ¿nos vamos?

—Si, claro.

—Oye amiga, ¿por qué trataste a Delfino así? ¿No me digas que ya volvieron a pelear?

—No, para nada, es que…

—No, ¿no me digas que todavía no les ha dicho nada a Camila?

— Así es, la verdad me asusté al verlos juntos, no sabía que decir.

—Si, ya veo, aunque hubiera preferido que no dijeras nada. Pobre del patán, ¡Dios! ¿Así le dices a tu hija que se llama?

—¿Qué? Es que me escuchó un par de veces discutiendo por teléfono con él.

—Habla con Camila, ella te va a entender y tiene derecho a saber que su madre está plenamente feliz.

—La verdad es que no sé si esto vaya a funcionar.

—Por favor Alex, no empieces con tus pendejadas.

—Me encanta estar con él, Dios, tenemos el mejor sexo del mundo, pero a veces, siento que él espera más de mí, ¿entiendes?

—¿Y eso te asusta? Es normal que él quiera más, son adultos.

—Duré más de 20 años casada, apenas estoy disfrutando de mi casa sola, sin hombre, de mi cama, completamente para mí. estoy disfrutando de mi libertad y no quiero estar atada nuevamente a nadie.

—¿Pagamos? Tengo algo que hacer.

—Lo siento hija, ya nos vamos.

Alex y Rosy llevaron a Camila a casa, Rosy no sabía todavía lo que sentía por Carlos y ese beso, su amiga andaba sin rumbo, no quería lastimar a Delfino, pero tampoco quería ser egoísta con ella ni con nadie más.

Se sintió mal de la forma en cómo trato a Delfino delante de su hija, ella no regresó a la oficina, pero lo llamó y le invitó un trago, él no aceptó, dijo que tenía mucho trabajo y no quería dejar nada para después. Alex entendió perfectamente su enojo y se dio cuenta que, si lo había hecho sentir mal en frente de su hija y su amiga, pero como es una orgullosa, no quería aceptarlo y siguió haciendo sus cosas normales, hasta llegar la noche, se dio un baño y se fue a la cama.

La pasión, a veces, no es suficiente

Todos estaban muy felices en la bodega, estaban preparando una cena sorpresa después del trabajo para Delfino, era su cumpleaños número 45 él andaba emocionado, era su primer cumpleaños pasado con su gran amor, ese día no había mucho trabajo, Alex le había llevado un regalo muy lindo, en la oficina, solo estaban ellos, Delfino se había emocionado y le dijo que era el día más feliz de su vida. Se abrazaron y como era de esperarse, terminaron haciendo el amor, él se queda en la esquina del piso de la oficina, y la observa y sonríe. Justo en ese momento, con esa mirada que él, le dio y esas palabras, Alex se había dado cuenta que Delfino la amaba y que estaba listo para pasar a su segundo nivel, lo que la asustó bastante.

—Nachi, ¿dónde estás?

—Aquí en mi casa, ¿por qué? ¿Todo bien Alex?

—No, nada está bien, ¿Delfino ha platicado contigo?

—No, ¿sobre qué? ¿Todo bien?

—Él anda muy raro Nachi, muy extraño.

—¿Extraño cómo? Extraño, porque anda enamorado, ¿o extraño porque se acaba de graduar?

—No estoy bromeando, déjame llamar a Rosy.

—Espera Alex….

—Hola corazón, aquí estoy con Nachi, ella iba a decirte que estaba aquí, pero no la dejaste.

—Bueno, como sea, les cuento, él está muy extraño, hoy me miró muy raro después de tener relaciones.

—¿Tuviste relaciones con mi cuñado y por eso nos llama?

—No, mujer, siempre tenemos sexo, pero hoy fue muy diferente.

—¿Diferente, cómo exactamente?

—Ok, después de hacerlo, prendió un cigarrillo y se dio un trago, luego me observó y sonrió… pero no fue una sonrisa o una mirada normal, no, no, no, fue esa mirada.

—¿Y cuál es esa mirada Alex? ¡explícate!

—Esa mirada, la de quiero ir a otro nivel, esa mirada donde te dice que te aman. Justo esa mirada.

—Hahahha, ¿es en serio? ¿Y por eso es todo este drama, porque mi cuñado te dijo que te amaba? no, tú lo que tienes es que celebrar.

—¿Celebrar? Y qué rayos voy yo a celebrar, nooo, te equivocas, no puedo celebrar, no estoy lista ni para un siguiente paso, y menos, para hablar de sentimientos, nooooo, noo, noo, y no. Lo siento, pero no.

—Señora Alex, ya todo está listo el camión del catering ya está aquí, ¿qué hacemos?

—Las dejo, ya llegó el catering, Nachi no olvides retener a Delfino, por una hora, luego lo traes aquí, ok.

—Está bien, nos vemos al rato, y ya deja de pensar en pendejadas y vive, disfruta del amor.

—Ok, María, voy a enviar a Delfino a llevar algo donde Nachi y ella lo llevará a conseguir algo y luego vendrá de regreso, así que tenemos una hora para sacar todo y preparar la sorpresa.

Así pasaron casi dos horas, Nachi se tardó un poquito más de lo esperado, pero todo salió justo como lo habían planeado todos, fue una fiesta increíblemente hermosa, Delfino es de origen mexicano, aunque nació en California y ama su país, por eso Alex todo lo que mandó a preparar fue al estilo mexicano y con su platillo favorito, su madre le envió la receta.

—Dios, ¿qué es todo esto?

—Feliz cumpleaños mi vida, espero que todo sea de tu agrado.

—Wow, esto no me lo esperaba, qué hermoso, gracias a todos.

—Muchas felicidades cuñado, que Dios te siga bendiciendo hoy y siempre.

—Felicidades hermano, estoy feliz de compartir contigo otro cumpleaños, hace años que no pasamos un cumpleaños junto. Felicidades.

—Gracias hermano, me alegra estar aquí y me hace feliz, que tú estés aquí conmigo, te amo hermano.

—A ver, traigan las bebidas, suban sus copas y brindemos por Delfino.

—Muchas felicidades jefe, este es un regalo especial para usted.

—Así ¿Qué es?

—Ábralo.

—Dios ¿Y esto qué es?

—Es un bastón, porque ya entró a la edad de los viejevos y empiezan los dolores de espaldas. Hahahha.

—¿Y usted no piensa bailar con el festejado?

—Claro que sí, pero no sé bailar esa música.

—Descuide jefa, yo le enseño, solo déjate llevar por mí y te llevaré al paraíso.

—Debo ir al baño, discúlpame.

—Chicas, ¿me pueden decir qué le pasa a su amiga?

—Anda muy extraña, muy seria conmigo y algo alejada. Es como si todo lo que le dijera, le diera pánico.

—Disfruta tu fiesta cuñada y mañana habla con ella, por hoy solo concéntrate en disfrutar de esta noche ¿Sí?

—Entonces si pasa algo, ¿cierto?

—No pasa nada, ella solo está algo agotada, ha trabajado demasiado en estos últimos meses.

—Ok, lo que digas.

—Dios Rosy, qué le pasa a esa mujer ¿está loca?

—No sé, pero no me gusta nada, tengo un mal presentimiento.

—¿En serio, con qué? ¿Qué piensas?

—Creo que Alex va a terminar con Delfino, debemos de prepararnos, para eso, porque lo veo venir.

—No puede ser tan loca esa dominica, ¿será algo de la nacionalidad?, qué le pasa, lo tiene todo, está feliz, todo marcha bien, ¿qué más quiere Alex García? ¿Qué más?

Ya casi cuando todos se iban, Alex llamó a Delfino a la oficina, le dio un beso lo felicitó y le entregó una carta, le dijo buenas noches y se fue. Él planeaba pasar toda la noche con su amada jefa, pero ella ya tenía otros planes para terminar la noche.

Delfino:

A pesar de lo bien que la paso contigo y la forma en que nos compenetramos, sabemos que esto es una locura, que no va para ningún lado. Tú y yo sabemos que esto no es una relación normal, para empezar, nunca debí dejar que esto siguiera, apenas me acabo de divorciar y la verdad, no me veo, ni casada, ni en una relación formal, con nadie.

Nos gustamos mucho, sí, pero mi realidad es más fuerte que todo lo que tú me haces sentir. Una relación que no empieza en los mejores términos, nunca tiene esperanza de terminar bien. Seamos realistas, la primera vez que estuvimos juntos, estaba enojada y peleada con mi marido, y lo demás, pues ni siquiera hay que mencionarlo. Sé que tú quieres gritar a los cuatros vientos nuestra relación, pero yo no puedo, soy una mujer que apenas empieza a vivir su segunda mitad de la vida, estuve 20 años casada, nunca tuve un amante y olvidé hacer muchas cosas, por mi esposo, ahora ya no estoy casada y no quiero dejar de descubrir todo lo que hay allá afuera esperando ser descubierto por mí.

Me encantas sí, pero no es suficiente…

Lo siento mucho, se despide, Alex García.

Delfino fue a casa de Alex, le tocó la puerta, le gritó, le exigió que le diera la cara, Camila que estaba ahí, salió y le exigió al loco que dejara de gritar porque iba a llamar la policía. Disculpe usted, soy Delfino el hombre que ama a su madre y el pobre diablo que ella acaba de mandar al carajo, el mismo día de su cumpleaños con una estúpida carta.

—Lo siento mucho, ni siquiera sabía que mi madre tuviera una relación.

—Ah, no, ¿no sabía de mí?

—La verdad es que no, lo siento.

—Tu madre, es la mujer más increíble que yo he conocido, es mi jefa, pero ella se empeña en alejarse de mí, yo le juro que solo busco hacerla feliz.

113

—Lo siento mucho, me encantaría poder ayudarle y seguir escuchándolo, pero como se ha dado cuenta, digo si es que lo ha notado, soy enfermera, y voy de salida, mi madre no está aquí, aún no ha llegado.

—Disculpe señorita Camila, no fue mi intensión importunarla, buenas noches.

—Buenas noches señor patán... lo siento, es que aún no se su nombre

—Delfino, mi nombre es Delfino.

—Adiós Delfino

Camila llama a su madre, pero no responde, ella le deja un mensaje, luego les llama a unas de sus amigas, antes de entrar a trabajar, Rosy le dice que están juntas, que no se preocupe, Camila se va más tranquila.

—Te dije que algo así iba a pasar, pero nunca imaginé que fuera justo hoy.

—Qué hiciste Alex, por qué te empeñas en lastimar a todas las personas que te aman, y porque te lastima tú de esa manera.

—Lo siento, pero él quiere una relación formal y yo no estoy lista para eso.

—Y entonces, por qué lo buscaste, por qué le diste esperanza.

—A ver, yo no sabía que Delfino estuviera pensando en formalizar tan rápido, apenas nos estamos conociendo.

—¿Conociendo? ustedes ya llevan un año en esto.

—No, juntos, no y que me conozca en el trabajo no es lo mismo, no sé casi nada de él, y él no me conoce, apenas supo que no me gustan las rosas, no sabe nada de mí. y ya, no seguiré justificándome con ustedes, mejor me voy a mi casa.

—Espera Alex, no te vayas así, gracias Rosy, pero prefiero estar donde tu hermana no me esté sermoneando.

Delfino desapareció por una semana, nadie sabía de él, lo buscaron en hospitales y en las cárceles, pero no aparecía, Alex se estaba sintiendo muy culpable de su desaparición, y cómo no, al pobre le terminó el día de su cumpleaños, justo cuando Delfino planeaba pedirle que vivieran juntos.

El miedo que sentimos al descubrir que somos capaces de despertar sentimientos puro en otras personas, a veces nos asusta, pero es más el miedo a perder un poco de nuestra esencia que a la misma relación. Muchas parejas pasan por lo mismo, son más felices cuando tienen una relación sin ataduras y sin sentimientos de por medio, aunque para otros, los sentimientos y las ataduras, son el símbolo más fiel del amor verdadero.

Los corazones Clandestinos, siempre piensan en el amor, como el mayor delito que los enciende, sin pensar que puede convertirse en un pecado mortal, para unos de los dos. Para muchos, una dosis de adrenalina, es como una inyección de imposibilidad que le da vida a los sentimientos que llevan dentro, pero no se dan cuenta, el encanto tan peligroso que de esto puede surgir.

Un romántico adiós, puede dejar a ambos satisfechos y sin ningún rencor ni tragos amargos, pero también existen casos que dejan grandes heridas en el corazón de unos de los involucrados, que, a la larga, deja una secuela, desafortunada para seguir adelante.

"La belleza de la tierra se concenta en las cascara de las uvas
y se contempla en los corazones de familiares y amigos"

El amor es el amor, sea prohibido, clandestino o merecido,
siempre será amor y por tal razón, siempre habrá una brecha de
posibilidad de salir lastimado.

La noche en que Delfino fue a buscar a su jefa a la casa, después de la larga charla que tuvo con su hija Camila, el pobre hombre siguió caminando toda la noche hasta encontrarse con un grupo de obreros de frutas que esperaban ser recogidos para llevarlos a sus jornadas, resulta que el pobre hombre no andaba con sus documentos encima y al quedarse con los obreros, lo confundieron y llegó a parar a California, nada más y nada menos que a Napa, a un gran viñedo a cortar uvas.

—No entiendo amigo, su jefa, era su novia, ¿y lo mando al diablo el mismo día de su cumpleaños?

—Esa mujer es muy mala, usted se ve un buen tipo, lo que pasa es que le falta dinero. Las mujeres aman a los hombres con dinero, no los pobres diablos como nosotros.

—Así es amigo, pero esta de suerte, en tres días tendrás mucha plata en tu bolsillo.

—¿En tres días porque en tres días? ¿Que pasara en tres días? ¿Me van a llevar a robar un banco?

—Dios este hombre está muy mal, nos vamos para Napa a cortar uvas, nos pagaran muy bien, tú no te preocupes y descansa, mañana será otro día.

—Me lo promete, que estaré bien.

— Si, duérmete, nosotros te cuidamos.

Cuando se le pasó la borrachera a Delfino y vio su realidad, quiso hablar con el supervisor, pero nadie le creyó su historia, porque no tenía identificación, unos de los empleados le dijeron que no se preocupara, que solo serian tres días y que pagaban bien, que con ese dinero podría regresar.

El pobre hombre estaba tan triste y decepcionado de la vida, que pensó que nadie lo extrañaría y se quedó trabajando de obrero. Después de los tres días, por fin pudo regresar a casa. Se dio un buen baño y le dijo a su cuñada y a su hermano que no planeaba regresar a la bodega.

—Entiendo tu decisión Delfino y te la respeto, si quieres yo iré y hablaré con ella, para que no tengas que verle la cara.

—Gracias Nachi, pero no soy tan cobarde como ella, además, tengo cosas allá y necesito recogerlas.

—Ok, como quieras, suerte.

Todos los empleados estaban felices al volver a ver a Delfino, para ellos él era su jefe también, así lo veían. Él sintió el cariño de sus compañeros, pero necesitaba enfrentar a la osa mayor.

—Disculpe, ¿se puede?

—Vaya, ya apareció el fiestero, sabias que te voy a descontar los días que...

—No me interesa, haz lo que quieras, solo vine a dos cosas, a decirle que renuncio y a recoger mis cosas.

—Espera, ¿estás renunciando?

—¿Qué esperabas, que después de lo que me hiciste me quedaría? Lo siento Alex, pero, aunque tu no lo creas yo también tengo dignidad, adiós.

—Espera Delfino, Delfinoooo.

—Chicos, los voy a extrañar mucho, se cuidan, en la pizarra dejé anotado mi nuevo número, por favor no se lo den a nadie, y cuando todos los tengan, bórrenlo. Estaremos en contactos por las redes. Los quiero.

Delfino se despidió de todos, Alex quedó en shock, no sabía ni qué hacer y menos qué decir. Resulta que el apuesto patán de la bodega después de su travesía en los viñedos de Napa, habló con el gerente y le contó de su experiencia como vendedor y servidor en el "testing room" le ofrecieron un trabajo y él aceptó, pero no le dijo a nadie en Oregón, ni para dónde iba y menos en qué iba a trabajar.

—Jefa, ¿por qué se va Delfino? ¿Porque lo despidió?

—Yo no lo despedí, él decidió irse, fue su decisión.

—Pero jefa, no puede dejarlo ir, lo necesitamos.

—¿En serio? Si quieres, vete detrás de él, si tanto lo necesitas, porque yo no lo necesito.

—Lo siento jefa, solo es que Delfino…

— Defino nada, María, te encargarás de su puesto y tú, Carlitos, ahora te encargarás del puesto de maría, ella te va a enseñar lo que necesitas saber, y todos ya dejen de estar de chismosos y pónganse a trabajar.

Alex llama a Nachi, pero ella no le contesta, estaba muy enojada, luego llamó a Rosy, pero ella tampoco le respondió, no sabía qué hacer, estaba furiosa, triste, enojada con ella misma, no sabía qué hacer y menos qué decir.

Fue a Forest Grove a conseguir más botellas para su bodega, al llegar allá, ya la estaban esperando con varias cajas listas.

—Señora García, qué gusto verla, la estábamos esperando, aquí están sus cajas, y esta es la factura.

—No entiendo, apenas llegué y aún no he pedido nada.

—Oh, es que lo hizo su asistente, el señor Delfino, la semana pasada, pensé que el vendría por las cajas, pero nos llamó ayer y dijo que usted vendría por ellas.

—Ok, si está bien, gracias.

—¿Quiere probar uno?

—No, gracias, debo manejar.

—Creo que usted lo necesita, venga por aquí.

—¿Tanto se me nota?

—Si, un poco, descuide, no le diré a nadie.

—Gracias.

—Aceptar que nos arrepentimos, a veces es más difícil que pedir perdón, pero tanto el perdón como el arrepentimiento, reconfortan el alma, cuando lo siente.

—Disculpe, ¿de qué hablas?

—¿Yo? De aquellos jóvenes que están allá, ¿lo ves?

—Uno le reclama por no llevar las cosas que necesitaban, y el otro al tener que volver, se está arrepintiendo de no escuchar a su jefa, cuando le dijo todo lo que le dijo.

—Aquí tiene su vino, disfrútelo.

—Gracias.

—Ya sus cajas están en su vehículo.

—Él que consciente está de lo que hizo, está a un paso de ser perdonado. Disfrute su vino.

No lastimes ni decepciones, lo único puro que tienes en tu vida, no sabes como puedes arrepentirte, y no por lo que hiciste, si no por lo que provocaste.

"La belleza de la tierra se concentra en las cascara de las uvas
y se contempla en los corazones de familiares y amigos"

"Te amo en el silencio neutro
de una noche cualquiera"

-Amor-
Alexandra Farias

Capítulo 5
Un corazón desahuciado

Alex trabajaba y trabajaba como loca, tenía a los empleados vueltos locos también, pasaban días y Camila no veía a su mamá, tampoco se veía mucho con sus amigas, hasta una tarde que no aguantó más y de repente, se soltó en llanto, y decidió escribirle un correo a Delfino.

Carta a Delfino.

Hola Guapo:

Ya han pasado varios meses desde que te rompí el corazón, pueda que suene irónico, mentira, o estúpido, pero yo sigo extrañándote tanto, aun no me acostumbro a no tenerte cerca, no encuentro con quien pelear, nadie me lleva la contraria. Perdóname si te herí con mi decisión, pero tenía que ser sincera, aunque sé que no fue la mejor forma. Nachi me dijo que estás muy feliz allá, donde estás.

Sé que tu nueva vida te acapara mucho tiempo y eso me hace feliz, aunque sienta una enorme tristeza por tu felicidad, sé qué todo estará bien; no esperaré repuesta, sé que no lo merezco, pero tenía que escribirte, quería llamarte, pero como cambiaste de número y no lo tengo, fue la mejor forma de contactarte.

Se despide quien fue libre entre tus brazos.

Delfino murió de amor con el correo de su jefa, pero a la vez le volvía el enojo, se quedó tarde en el trabajo y agarró una botella de wiski que tenía en su carro y se sirvió un trago, el padre de su jefe que es un señor muy mayor, salió y lo vio, le preguntó que cómo se llamaba la causante de su tristeza, él trató de disimular, pero no pudo, el viejo zorro le sacó la verdad, y entre tragos y charlas, le dio un consejo.

Hijo: escucha a este viejo, las mujeres a los 40ta. Están volviendo a sus 20, todo es confuso y nuevo, pasan por muchos cambios, los cuales le asustan tanto que prefieren alejar a todas las personas que aman para evitar perderlos por cosas peores que no tengan solución. Esa carta que te escribió, dice por todos lados, un Te quiero en mayúscula.

Delfino no dejó de pensar en las palabras del viejo, a pesar de que él ya tiene una relación con su nieta, y decidió responderle el correo, luego se acordó que Alex ama las historias de amor antiguas y se compró un paquete de papel de pergamino y le escribió la primera carta.

Para mi jefa:

Hola mi guapísima caribeña, mil disculpas por no responder antes, pero he estado muy ocupado. Tu carta me alegró la vida, ¡Yo solo aquí esperando que estés bien mi amor! Yo estoy trabajando muy duro todos los días y estoy viendo adelantos en mi proyecto.

Quisiera ya no pensar en el pasado y menos lo que me trajo hasta aquí, quiero olvidar y seguir adelante, me encantaría que tú también lo hicieras y no menciones más nuestra ruptura. Con sinceridad puedo decirte que hoy quisiera ir a tomar un

whiskey, fumar un cigarrillo y hacerte el amor. Me encantaría tener uno de esos hermosos y ricos senos en mi boca. Te extraño y te deseo lo mejor siempre. Espero que ya estés descubriendo todas esas cosas que deseas conocer, te mereces ser feliz.

¡Hasta pronto, se despide su amor prohibido!

Para Alex fue una gran sorpresa recibir una carta y más en pergamino, no dejaba de reír al ver lo cursi que era su loco amado, pero más feliz se puso al leer el contenido de ese increíble pergamino.

—Hola chicas, debo contarles algo. Esta mañana llegando al trabajo abrí mi buzón de las cartas y lo primero que vi fue un sobre a mi nombre con letras de Delfino.

—¿Qué, no me digas que mi cuñado al fin se desahogó y te mando al carajo como lo hiciste tu?

—¡Wow, Nachi, cuánta agresividad! ¿qué te pasa?

—Nada, que estoy cansada que las decisiones de Alex sigan afectando la vida de los demás y ella como si nada, muy campante.

—¿Y de qué me perdí Nachi?

—Nada, olvídalo, y sigue tu historia.

—No, claro que no seguiré, está claro que aquí hay un problema, si tienes que decirme algo dímelo ahora.

—Ok, ¿quieres escuchar lo que tengo para ti? ¡Perfecto! ¿Tienes idea de lo feliz que estaba mi marido con la presencia de su hermano? Llevaban años separados y al fin habían resuelto sus diferencias y se habían unidos como hermanos otra vez, y vienes tú, con tus locas y repentinas decisiones y lo obligas a alejarse nuevamente.

—Espera un segundo…

—No, nada Rosy, no la defiendas, sabes que tengo razón, has visto a mi marido anda muy triste. mejor me voy, las veo luego.

—Alex, te juro que no sabía nada, si la veía algo extraña, pero nunca me dijo nada, lo siento.

—No, ella tiene razón, ¿y sabes qué es lo peor? Pue toda la vida ha sido así, siempre estoy pensando en los sentimientos de los demás y nunca pienso en mí. Y ahora que lo hago, resulta que soy una egoísta, ya me voy, tengo mucho trabajo.

—No te vayas así, mejor termíname de contar que encontraste en el buzón.

—Otro día, otro día, buenas tardes.

Nachi le cantó algunas verdades a su amiga y se fue a casa, ella volvió al trabajo y se concentró en todo lo que tenía que hacer.

Técnicamente todo era una locura en la bodega desde la partida de Delfino, Alex no dejaba de trabajar, su hija va de vez en cuando a verla, porque hay días que no ve a su madre, pasaron varios días antes de que Alex decidiera pedirle perdón a su amiga y a su esposo.

—María, ven por favor.

—Si señora, ¿qué necesita?

—¿Podrías por favor prepararme una canasta bien elegante de esas que a veces le sorteamos a los clientes? Pero solo le pones un vino blanco y uno rosado, y lo demás que le pones

—Listo jefa, hago eso y le aviso.

—Gracias bella. Ah, algo más.

—¿Sí?

—Estás haciendo un gran trabajo, me alegra mucho el no equivocarme al darte el puesto de Delfino, gracias.

—Gracias a usted, la verdad trato de que todo quede tan bien como lo hacia él, aunque es imposible igualarlo, pero hago mi mayor esfuerzo.

—Te lo agradezco.

—Gracias.

Alex decidió ir a casa de Nachi, le llevó una canasta a su esposo que le encantan los vinos blancos, le pidió disculpas por alejar a su hermano de él y le dijo a su amiga que tenía razón en todo lo que le dijo.

Pero Nachi le había contado a su marido lo que había hecho y él, le dijo que no debió, ya que él sabía que tarde o temprano Delfino volvería a irse, era lo que siempre hacía, además, habla con él a diario, más que cuando estaba aquí y lo siente muy contento con su trabajo.

—Gracias Alex, sé que eres una mujer ocupada y el que vengas hasta aquí solo para decirme esas palabras, la verdad es que dice mucho de ti, y lo valoro, pero no tengo nada que perdonarte, mi hermano seguirá siendo mi hermano allá o aquí, y estoy feliz por él.

—Gracias.

Y en un abrazo Alex fue perdonada por sus amigos, en eso llega Rosy y se pone feliz al saber que ya no hay nada de enojo entre sus amigas.

—Ahora sí, Alex, termina de contarnos lo que nos iba a decir el otro día.

—No, ya olvídenlo.

—¿Qué? Nooo, la verdad, a pesar de que fue mi culpa que no dijiste nada, yo he seguido con la curiosidad.

—Y la verdad es que yo también, vamos Alex, dinos qué encontraste en tu buzón de correo.

—Ok, les cuento, como les decía, iba llegando a la oficina, pero antes hay que destapar una botella, creo que merecemos una copa ¿No creen?

—Tienes razón, déjame buscarla, tu sigue, yo escucho.

—¿Y luego?

—Dios, qué intensas. Ok; unos de los sobres tenían la letra de Delfino, les juro chicas que mi piel se estremeció, corrí a mi oficina y ni buenos días les di a mis empleados y sentada y emocionada lo abrí, y ahí estaba, era un pergamino antiguo, con sus letras, contándome un poco de sus cosas. Y me dijo que…

—Nooo, no nos cuente, enséñanos, queremos ver, ¿verdad Nachi?

—Sí, claro.

—Ok, pero no se vayan a reír.

Hola mi guapísima caribeña, mil disculpas por no responder antes, pero he estado muy ocupado, tu carta me alegró la vida. ¡Yo solo aquí esperando que estés bien mi amor! Yo estoy trabajando muy duro todos los días y estoy viendo adelantos en mi proyecto.

Quisiera ya no pensar en el pasado y menos lo que me trajo hasta aquí, quiero olvidar y seguir adelante, me encantaría que tú también lo hicieras y no menciones más nuestra ruptura.

Con sinceridad, puedo decirte que hoy quisiera ir a tomar un whiskey, fumar un cigarrillo y hacerte el amor. Me encantaría tener uno de esos hermosos y ricos senos en mi boca. Te extraño y te deseo lo mejor siempre. Espero que ya estés descubriendo todas esas cosas que deseas conocer, te mereces ser feliz.

¡Hasta pronto, se despide su amor prohibido!

— ¿Qué te pasa Nachi? ¿Estás llorando?

—¿Y ustedes no? ¡Dios, qué romántico!

—¿En serio te puso que quiere unos de tus senos en su boca?

—Dios Rosy, ¿de todo lo que leíste solo le pusiste atención a esa parte?

—¿Qué? Nunca imaginé que un hombre escribiera eso en un pergamino, ¿eso es válido?

Todas ríen y eso las obliga a brindar con la botella y empiezan a reír y hablar de lo cursi. Aunque a Rosy no se le quitaba de la cabeza lo de los senos.

—Ya, no más bromas, ahora sí, cuéntanos, ¿le respondiste la carta?

—No, solo eso, ¿qué sentiste a leerla?

—No saben qué feliz me hizo saber de él y que me perdonaba y, sobre todo, saber que está bien me llena de mucha emoción.

—¿Por qué no lo buscas?

—Si Alex, ya déjate de pendejada y ve por él, mereces ser feliz.

—Ambos lo merecen.

—No, no me siento preparada para ofrecerle lo que él quiere, chicas, apneas han pasado un año y 6 meses de mi divorcio, la gente me pregunta en la calle por mi marido. Sé que fue mi culpa, yo me apresuré al estar con Delfino sin estar completamente preparada. Delfino merece a una mujer que lo ame y que quiera vivir toda esa locura que él deseaba vivir, lo merece.

—Y entonces, ¿qué harás? ¿Te quedarás aquí, conformándote con pergaminos lleno de amor? ¿Eso es lo que tu mereces?

—Por favor, necesito de su ayuda, no me presionen, apóyenme en esto ¿Sí? Las necesito chicas, de verdad que las necesito.

—Ahora que ya tenemos un par de copas en la cabeza, yo también tengo algo que confesarles.

—¿Qué pasa Rosy?

—No me digas que por fin violaste a tu profesor de yoga.

—Alexxxxxx, qué cosas dices,

Ay, no te hagas Nachi que tú también te diste cuenta que ese profesor está buenísimo y ya vimos como nuestra amiga lo mira, ¿o no?

—¿Me dejan hablar o me callo para siempre?

—Habla, manita, habla.

—Cuando estuve en la primaria, estaba enamorada de mi mejor amigo, pero él era un chico muy dulce, y nunca se fijó en mí, en la segundaria todo cambio, éramos un poco más cómplices, mi amor por el creció, pero un año antes de graduarnos, él se casó con Rita, una de nuestras amigas. Nunca más los volví a ver, ellos se fueron de la ciudad. Bueno, para no hacer la historia más larga. ¿La noche de la reinauguración de la bodega, recuerda Alex que unas de las amigas de nuestras hijas estaban en el hospital?

"La belleza de la tierra se concentra en las cascara de las uvas
y se contempla en los corazones de familiares y amigos"

—Si.

—Yo recuerdo que me llamaste esa noche, pero yo no conteste el teléfono, estaba muy molesta con ustedes dos, y me fui para la playa con Marcos

—Correcto, resulta que los papas de esa chica, es Carlos Mercedes, mi amor de la escuela.

—Wow que chulo, ¿ah por eso recibí más de 15 llamadas tuya, en mi luna de miel?

—Si, cállate. Él fue a mi casa dos días después y me dijo que él siempre estuvo enamorado de mí y que nunca se perdonó, el no decirme, quería hablar, me acaricio la piel y nos besamos… bueno, yo lo besé y luego lo eché de mi casa. Y fin de la historia.

—¿Lo besaste y fin de la historia? ¿En serio hermana?

—Que, ya no había nada más que hablar con él, moría de curiosidad de cómo sería un beso mío, y yo le quite la curiosidad.

—No, no me refiero a eso, ¿porque hasta ahora? Porque nos lo cuenta ahora.

—Porque ustedes han tenido demasiado y no quería molestarlas con mis cosas. (Rosy pisa con discreción a Alex para que no le diga a su hermana que ya se lo había contado a ella.)

—Hermana mayor, tú nunca molesta, ¿debiste contarnos antes… ¿Este Carlos era el chico que tu dibujaba en tus cuadernos su nombre y el tuyo?

—Si, ese Carlos.

—Oh, Nachi ¿Tú también lo conociste?

—Si, era muy lindo, pero muy flaco, recuerdo que Rosy lo miraba como ternera degollada. (Risa entre ellas)

129

—¿Él volvió a buscarte? Digo, ya sabe dónde vives y que nuestros hijos son amigo, tiene ya dos pretextos para buscarte.

—No creo, le dije que no lo hiciera, ¿pero les digo algo? Los años si le sentaron bien, sus canas les quedan hermosas. Parece un galán de película.

—Uuyy hermana, que no te escuche Rene.

—Hahahha. No, Rene sabe que él es el protagonista de su historia, aunque sí, este esta tan belloso, que se cuide del villano que desea robarle los recuerdos a su esposa hahahha.

—Para ustedes todo es un juego, no, ya no les contaré nada.

—Ay, no te enojes, salud. Por nuestros villanos y nuestros protagonistas.

Los amores de colegialas también suelen ser intensos e inolvidables, a veces nunca se olvidan, otras veces, ni se recuerdan. Hasta que un detonante vuelve hacer que resurjan esas memorias en nuestra cabeza, y solo nos queda sonreír, o en el caso de Rosy, besarlo. Pasaron varias semanas desde que Delfino envió esa carta, Alex está en el sofá de su oficina en casa.

—Hola madre, ¿por qué en vez de estar ahí, pensando en él, no agarras el teléfono y le llamas y le dices que vuelva porque lo extrañas como loca?

—Yo no lo extraño… a ver, ¿a quién extraño? ¿Y tú, porque me dices eso?

—Ay mami, te conozco como si te hubiese parido, sé que estas así por ese señor, tu patán, Delfino, o como se llame.

—Bruja, tengo una bruja en mi casa.

—Solo soy observadora y esa cara que tienes, dice por todos lados, que estás pensando en ese señor. Arrópate, la noche está muy fría, te amo, adiós.

Alex nuevamente queda sola y con los demonios acosándola.

—Alex pensando *Ya han pasado 3 miércoles desde que recibí tu carta, hoy me tomé un wiski a tu nombre y solo deseaba volver a ver mi cuerpo desnudo reflejarse en tus ojos y calentar mi piel con tus brazos, bailar con la música de tu sonrisa. Cierro los ojos y es como si estuvieras aquí, siento tu perfume, imagino tu presencia frente a mí, pero lo abro y vuelvo a morir por tu ausencia.*

Quisiera tener el valor de escribirte, pero no quiero pasarme todos los días revisando mi correspondencia, esperando una repuesta tuya, por eso solo seguiré tomando a tu salud, hasta encontrar el valor para escribirte. Te extraño horrible.

Al día siguiente, a pesar de su dolor de cabeza por la borrachera que se puso, Alex quiso reinventarse, se dio el día libre y se fue al salón, se hizo un corte de pelo, también se cambió el color, se arregló las uñas de las manos y los pies, fue a darse un masaje de relajación, luego se fue de compra, llegó casi a las 7 de la noche a su casa, preparó pasta, con ensalada, y por supuesto una botella de su vino favorito, desempolvó unos de sus libros favoritos, pablo Neruda, (20 poemas de amor y una canción desesperada) apagó su teléfono para no ser interrumpida; a lo que ella le llamo, "Un día conmigo" Le dieron las 11:00. P.m de la noche, se fue a la cama y durmió como niña, el lunes no fue a la oficina temprano, se quedó en casa para pasar la mañana con su hija y olvidó prender su teléfono, sus amigas se preocuparon al no recibir ni mensajes ni llamadas de ella y menos que Alex no respondiera sus llamadas. Fueron a la oficina, y no estaba, llegaron super asustadas a su casa.

—Hola Camila, mi amor, ¿cómo estás?

—Hola tías, bien ¿Y ustedes?

—Aquí preocupadísima por tu mami, ¿ella está bien?

—Claro, está en la cocina preparando café.

—Alex, por Dios mujer, ¿qué te pasó?

—Hola, estoy bien gracias... ¿Ustedes que hacen aquí?

—Déjame verte, ¿qué te hiciste? Estás guapa corazón.

—Y nosotras preocupada por ti, pensábamos que ya te habías muerto o te fuiste a buscar... Rosy pellizca a su hermana, para que se callara, ya que la hija de Alex estaba presente.

—No se preocupen por mí, yo sé lo de Delfino y también estoy de acuerdo con ustedes. Bueno madre, me voy, ya que estarás acompañada, te amo, gracias por el almuerzo.

—¿Ustedes porque pensaron todas esas cosas?

—¿Cómo que por qué? No respondes nuestros mensajes ni las llamadas, no fuiste a la oficina.

—Oh, es que apagué mi teléfono ayer y he olvidado prenderlo, lo siento, no fue mi intención preocuparlas, pero necesitaba hacer algo por mí misma, sin tener la opinión de ustedes, no lo tomen a mal chicas, solo tenía la necesidad de estar sola conmigo misma y hacer cosas, sin pensar y atreverme a respirar sin escuchar la opinión de los demás.

—¿Y cómo te sentiste?

—Increíble, me sentí bien, creo que fue la primera vez en años que escuché mi propia voz y me gustó, creo que todos deberíamos de hacer eso de vez en cuando, estar solos con nosotras mismas, buscar repuestas dentro de nosotras, mirarnos en el espejo y ver, lo que realmente queremos ver y no lo que los demás desean ver de nosotros.

—¿Es en serio Nachi? ¿Vas a llorar otra vez?

—Lo siento, pero es que Alex está hablando tan bonito, y no está hablando de sexo y eso sí que es emotivo. Te amo amiga, las amo a las dos, son como mis hermanas.

—Nachi, yo soy tu hermana.

—Ah si, lo siento a veces creo que eres hermana de Alex y no mía.

—¿Que? ¿En serio? —Risa entre ellas.

—Solo bromeaba, Dios que sentida eres.

—Bueno chicas, me dio mucho gusto verlas, pero debo irme a trabajar.

—Si yo también debo volver a la oficina, solo no podía estar allá, sin saber de ti.

—Ay, ya deja tu drama y vámonos.

Alex regresó a la oficina y todos se quedaron con la boca abierta al ver el cambio de look de su jefa, al sentarse en su escritorio y ver la correspondencia, ahí había otra carta de Delfino.

Hola caribeña:

¿Cómo estás mi apasionada, pero enojona jefa? Yo estoy siempre trabajando al máximo posible, me canso, pero estoy con buen ánimo. Hay días que despierto y pienso en ti y paso el día entero recordando tus besos y esas miradas que me dabas, cuando con ella me decías tanto sin gastar ni una palabra.

Como quisiera olvidarme de todo y volver, pero sé que eso es lo que no quieres, tampoco puedo ser desagradecido con las personas que aquí me han apoyado. Solo desearía que fuera todo más sencillo, no haber leído tu carta, no haberme venido,

*aunque sé que estos meses nos han hecho bien a los dos y eso
es lo único que me da un poco de alivio, bueno ya no quiero
aburriste con mi letanía.*

¡Te extraño!

Era justo lo que ella no quería, algo que la volviera al pasado,
sonrió, se hizo la fuerte, disfrutó su carta y no le dijo a nadie.

Alex llegó del trabajo muy cansada y con actitud de libertad,
como ayer, puso música, se dio un baño y abrió una botella
de vino y suena la canción de Gloria Trevi, "el valor de pedirte
perdón", esa canción fue como un flash back para ella, de una
empezó a recordar lo bruta que fue con Delfino y como había
terminado con él, eso la tenía muy enojada y triste. En pijama
y con una botella completa de vino en su estómago, buscó su
pasaporte y su bolso, se subió en el carro y salió al aeropuerto,
llamó a la aerolínea y pidió un vuelo de emergencia para
California, luego llamó a María y le dijo que saldría unos días
de emergencia, que se hiciera cargo de todo y cualquier cosa que
la llamara al celular.

María la escuchó algo diferente y se preocupó, llamó a Nachi y le
contó, Nachi la llamó y hablando con ella, el vehículo de Alex se
volteó.

Nachi llama a Rosy esperando que llamen a Camila para que
le digan dónde la llevaron, ya que no sabían por dónde fue el
accidente ni en qué hospital estará. Dos horas después, tuvieron
noticias, fueron al hospital, Alex sufrió varios daños en la columna
y en la clavícula.

"La belleza de la tierra se concentra en las cascara de las uvas
y se contempla en los corazones de familiares y amigos"

Accidente trágico o beneficioso

La muerte se acerca, pero el corazón que nunca ha sido cobarde sabe cómo enfrentarla, la incertidumbre se apodera de los seres queridos, mientras la muerte juega a la ruleta rusa con los sentimientos incierto de sus víctimas. El frio se apodera de su cuerpo, la agonía de no hacer lo que deseaba hacer, se convierte en el timón para lograr traspasar ese túnel y cerrar la puerta que podría desconectarte para siempre de la realidad. Los recuerdos de un amor fallido empiezan a florar en tu subconsciente, mientras que la muerte sigue burlándose de tu cara, pero el coraje de no saber perder y la impotencia de no poder gritar que aun sigues ahí, te da el valor para regresar, aunque todo tu cuerpo este destrozado y tu corazón tenga una debilidad más grande que la emocional.

—Doctor, ¿cómo está mi madre?

—Todavía no podemos dar un diagnóstico, lo que si podemos decir es que su madre se encuentra luchando por su vida, estamos haciendo todo lo posible para salvarle la vida, sufrió varias fracturas en su columna baja y en su hombro izquierdo y un trauma en la cabeza.

—Dios mío, mi mamá.

—Tranquila chiquilla, ella es una mujer fuerte.

—Qué rayos hacia ella en esa avenida y en pijama.

—Ella iba camino al aeropuerto, iba a buscar a Delfino.

—¿Qué?

—Y eso no es lo peor, creo que iba muy tomada.

—Todo esto por un imbécil que a la primera de cambios salió corriendo y no fue capaz de enfrentarla y demostrarle su amor desde aquí y ahora por su maldita culpa mi mamá se está muriendo.

Camila estaba muy enojada, pero era más el susto que su enojo, su papá llegó y estuvieron todos ahí en espera, pasaron las horas y las chicas no sabían si avisarles a Delfino o esperarse, después de casi 5 horas de cirugía, el doctor salió y les dijo que la operación fue un éxito, pero ahora las últimas 72 horas serían críticas, había que esperar que Alex reaccione para calcular los daños que le dejó el accidente. Alex duró dos días sin despertar, tenía su cerebro inflamado.

—Hola mami, que bueno que ya despertaste, me tenías muy preocupada.

—Tengo sed.

—Si, espera, llamaré al doctor, a ver si puedes tomar agua.

—Hola, ¡qué alegría que ya despertó! ¿Cómo se siente?

—La verdad no siento nada, solo quiero agua, ¿qué me pasó?

—¿Puedo darle agua doctor?

—Si, un poquito, no más.

—Me duele horrible la cabeza, ¿qué me pasó?

—Tuviste un accidente, de milagro estás con vida, fue muy fuerte.

—No recuerdo nada.

—Tranquila, es normal, las dejaré sola unos minutos, la enfermera vendrá a hacerle unos análisis.

—No sabes cómo estaba de asustada, pensé que ya no te volvería a ver. Te amo muchísimo, mami, no sabría qué hacer sin ti.

—Tranquila mi niña, ya todo pasó, lo siento mucho.

*"La belleza de la tierra se concentra en las cascara de las uvas
y se contempla en los corazones de familiares y amigos"*

De repente Alex empieza a recordar y se pone algo nerviosa, intenta mover un brazo, pero le dolía, estaba enyesado, su hija le dijo que no se moviera, que había que hacerle algunas pruebas para ver si no había secuelas del accidente.

—Señora, yo le haré algunas pruebas, por favor señorita, debe dejarnos solas.

—Si, por supuesto.

—Ok, yo la tocaré y usted me dirá que siente, ¿de acuerdo?

—Okay.

—Empecemos.

—Oiga enfermera, pero hace dos minutos dijo que empezábamos y aun no empieza.

—Ya empecé, deme un minuto.

—Doctor Thompson favor venir a la habitación 115.

—¿Qué pasó señorita?

—Mire esto. (La enfermera empezó a puyarle los dedos de los pies y las piernas, pero Alex no sentía nada)

—Yo me encargo, gracias. Alex, ¿recuerdas algo de tu accidente?

—Solo recuerdo que iba camino al aeropuerto y un camión me envistió, nada más.

—En realidad, fueron dos camiones, de hecho, está viva por obra y gracias de Dios.

—Ok, doctor, vi su expresión, ¿me puedes decir qué pasa?

—Sus piernas no reaccionan, tuvimos que hacerle una operación de emergencia en su columna, y lo que temía, sucedió, Alex debes ser muy fuerte.

—Mis piernas, no las siento, era lo que estaba haciendo la enfermera, ¿tocaba mis piernas? ¿Por qué no las siento doctor? ¿Voy a quedar paralitica?

—Tranquila Alex, enfermera.

El doctor tuvo que sedarla y salir a decirle a sus familiares las malas noticias.

—Por favor, Camila y Adonis, podrían venir a mi oficina, necesito hablar con ustedes.

—Ok, ¿qué pasa con mi madre doctor?

—Siento mucho darles esta noticia, pero tu madre Camila, ha quedado paralitica.

—Dios mío, noo, eso no.

—Tranquila hija, tu mamá es muy fuerte, saldrá de esto.

—Así es Camila, la médula espinal contiene fibras nerviosas, estas fibras llevan mensajes entre su cerebro y su cuerpo. La médula espinal pasa a través del canal vertebral de la columna en su cuello y baja hasta la primera vértebra lumbar, no podríamos decir que se quedaría para siempre o si volvería a caminar en un determinado tiempo. Debemos esperar para dar un diagnóstico. A pesar de que estás especializándote en pediatría, estudiaste esa parte del cuerpo humano, sabes que no es tan simple Camila.

—Quiero verla, quiero estar con ella.

—En este momento no podrás, ella está sedada, tuvimos que hacerlo, porque al enterarse, se alteró mucho y no queríamos que se hiciera daño, dormirá toda la noche; Lo siento.

—Camila mi niña, ¿qué tienes? ¿Se puso mal tu mamá?

—Esta, lo siento, no puedo con esto.

138

"La belleza de la tierra se concentra en las cascara de las uvas
y se contempla en los corazones de familiares y amigos"

—¿Qué paso Adonis?

—Lo siento chicas, su amiga por el momento no podrá caminar,
sus piernas quedaron inmóviles, le harán más estudios, pero hay
que esperar a que la inflamación de la médula espinal baje, solo así
podrán saber si su parálisis es temporal o será para siempre.

Rosy y Nachi no soportaron y terminaron en un abrazo envuelto
en llanto, estaban muy preocupadas por su amiga, dos horas
después, ellas decidieron llamar a Delfino y contarles, lo que no
sabían era la reacción que Camila y Alex iban a tener al verlo. él
tuvo que dejar todo y regresar, se le hizo algo complicado porque
tenía que terminar unos pedidos y unos trabajos que ya tenía en
su escritorio, pero sus jefes lo vieron muy distraídos y dieron el
permiso de irse.

Al llegar al hospital, Camila le gritó que por su culpa su mamá
no iba a volver a caminar y le dijo que no lo quería ver allí,
la joven necesitaba buscar un culpable para poder entender de
una u otra forma lo que le pasó a su mamá. Nachi le explicó a
Delfino porque Camila había dicho eso, él quedó completamente
atónito, no sabía que Alex lo iría a buscar, se sentía feliz por la
noticia, pero muy triste al saber que le pasó eso, justo por ir a
verlo.

—Hola, Alex qué bueno que ya estás despierta, ¿cómo te sientes?

—¿Cómo quieres que me sientas? Si de ahora en adelante seré una
inútil que no podrá valerse por sí sola.

—No digas eso, eres más que eso y tú lo sabes.

—Delfino, ¿tú que haces aquí? ¿A que viniste? ¿A burlarte de mí?
A darme tu lastima ¡se me van todos!

—Por Dios amiga, ¿cómo puedes decir eso? solo estamos aquí para apoyarte.

—¿Apoyarme? ¿Por qué? ¿Acaso creen que no puedo sola?

—Mujer deja de ser tan terca, solo queremos...

—Queremos un carajo, quiero estar sola, y tú, ¿a qué viniste?

—Vine, por ti, para estar contigo.

—Muy tarde, por lo visto el destino no me quiere cerca de ti, ni Dios quiere que estemos juntos.

—¿Como puedes decir eso?

—¿Como? Fíjate, te dejé justo en tu cumpleaños, te largaste sin ni siquiera enfrentarme o cuestionarme, solo te diste por vencido, yo decido ir por ti y termino perdiendo mis piernas… ¿le sigo?

—Ustedes me van a disculpar, pero deben salir, la paciente necesita descansar y ustedes la están alterando, les voy a pedir que se retiren por favor.

Así pasaron los días y las semanas, Alex cada día más enojada con la vida, Delfino se encargó del negocio sin que Alex supiera, Alex aceptó ir a terapias porque ella estaba cansada de sentirse una inútil y de lamentarse, aparte su hija estaba sufriendo mucho al verla así. Empezó la terapia y le pidió a su hija que no dijera nada a nadie. Pasaron dos meses, Alex poco a poco fue saliendo de su encierro y un día decidió ir a la oficina, ella pensó que estaba cerrada y no se le hacía justo para los empleados que tenía allí.

—¿Pero qué es todo esto?

—Señora García, qué gusto verla por aquí.

—Hola Mari, ¿por qué está abierta la bodega?

—Porque yo la abrí.

—Delfino, pero tú…

—Vente, vamos a la oficina y hablaremos.

—¿Me puedes explicar cómo es que tú estás en mi negocio y sin mi permiso?

—Me alegra que estés bien y que ya salgas de tu casa. Después de la última vez que me echaste del hospital, vine aquí y vi a los empleados muy tristes y preocupados, no solo por tu salud, también por su trabajo, tú sabes que muchos de ellos solo tienen este trabajo para mantenerse, hablé con tu hija y ella me dijo que tú no querías saber nada, por eso decidí venir y abrir, ella me dio la llave de la oficina, de hecho, le paso un reporte semanal.

—Ya veo, ¿y cómo va todo?

—A Dios las gracias todo marcha como si estuvieras aquí, tus clientes preguntan por ti y te envían pronta recuperación y todos los empleados han cooperado muy bien.

—Ok, puedes quedarte, Bye.

—Espera, ¿cómo así, te vas? Si veo que aquí no hago falta, como en ningún lugar, por lo visto la inútil de Alex nadie la necesita, así que me voy.

—Espera Alex, eso no es así.

—Adiós Delfino.

Sabemos que los traumas por accidentes son muy comunes, en ocasiones pueden ser fatales si no se toma en cuenta los síntomas. Alex ya experimentó las pesadillas, pérdida de peso, mal humor, enojo, ansiedad por sentirse inútil, coraje por no ser capaz de lidiar con sus propios asuntos como antes, todos estos son traumas que pueden afectar la salud mental y psicológica de las víctimas de accidentes de auto. Alex reconoció que necesitaba ayuda y por eso aceptó la rehabilitación, pero aún no ha aceptado ver a un psicólogo, qué en estos casos, son de mucha ayuda, por eso, aunque si decidido ir a su terapia, también su cerebro necesita de terapia.

CAPÍTULO 6
UNA RIVAL INESPERADA

*Existen 3 formas de abrir los ojos y darse cuenta del error que se
está cometiendo, esto es aplicable en todos los sentidos. Tocar fondo y
despertar por ti mismo, que llegue un tercero y te haga ver tu suerte,
y cuando estás al borde de la muerte.*

Alex se molestó con su hija por lo que hizo, pero su hija no se
lo permitió y le dijo que no era justo que por su inconciencia
y por su egoísmo de echarse a morir, los empleados pagaran su
frustración quedarse sin sus ingresos. Alex aun no le daba la razón
ni a su hija ni a Delfino, y en medio de su coraje, dejó que su
mente se nublara y puso el negocio a la venta.

Camila fue a la oficina a decirle a Delfino, y entre pláticas y
pláticas, Delfino le propuso un trato a Camila.

La bodega es todo para Alex, no sería justo que se deshiciera de ella,
en eso llegaron las amigas de Alex y entre los cuatros decidieron
hacer algo. Rosy propuso comprar el 15% Nachi también decidió
comprar el 15% y Delfino decidió el 20%. Seria entre ellos 3 el
50% y el otro 50 se lo queda su mamá, mientras ella se recupera,
porque sus amigos tenían fe en que así sería. Camila aceptó, pero
aún no sabía cómo decirle a su mamá.

La bodega fue creada por una necesidad, cuando Alex decidió
comprar ese lugar lo hizo porque un joven en ese mismo lugar le

intento robar en la esquina, había una joven con un bebé en brazos pidiendo dinero. Carlos y María eran esos jóvenes que no tenían ni trabajo, ni hogar y menos tenían la oportunidad de cambiar sus vidas, la bodega se convirtió en una casa en vez de un negocio. Cada uno de los empleados tenían historiales no muy aceptables por la sociedad y ella vio humanidad, vio amor y esperanza en sus corazones. Hoy día, los jóvenes y casi todo el personal de la bodega, tienen una oportunidad para agradecerle a Dios y para cambiar sus vidas. La bodega es todo para Alex y sus empleados, por eso su hija tomó la decisión de permitirle a Delfino y a sus tías que salvaran el lugar que para su madre era sagrado.

—Mira sobrina, tu mami confía en ti, así que ella no va a revisar los documentos, le decimos al notario que escriba un poder para que Delfino se encargue de todo el negocio mientras ella se recupera. Tú no le digas nada, más que son las firmas necesarias y que ya tu leíste el contrato y listo.

—Tienes razón Rosy, así lo firma y usted puede seguir tomando las decisiones y ella no tendría que venir aquí a firmar nada. Son unos genios ustedes.

—Entonces casi hija, ¿aceptas?

—Más respeto, una cosa son los negocios y otra su confianza.

—Lo siento, mala mía.

Camila habló con los abogados y todo salió cómo lo planearon, Alex firmó sin leer nada. Duró tres días llorando por haber vendido la bodega.

—Delfino, ¿qué rayos haces aquí?

—Tu huiste de mí, y no me dijiste por qué me buscaste, me enamoraste y no me dijiste por qué luego me sacaste de tu vida como un perro, y tampoco me dijiste por qué, ibas a buscarme y aún no me has dicho para qué. Vendiste la bodega, me dejaste sin trabajo y tampoco me has dicho el porqué. Yo voy a estar contigo, ayudándote a volver a caminar y de aquí no me iré y no me da la gana de decirte el por qué lo haré. Usted, se callarás, no preguntarás y obedecerás.

Alex lo mira, Camila y la enfermera también la miran, se voltean y alzan los hombros y se van, Alex pregunta que para donde van y ellas solo dicen que no creen que sean útiles en ese momento y se van, Delfino fingiendo que no tiene trabajo, decidió encargarse de su entrenamiento, él va a la oficina temprano, revisa los asuntos pendientes, habló con los empleados y les dijo su plan, ellos lo apoyaron y las chicas también, como ahora son socias, irán de vez en cuando a la oficina.

Alex no era que estaba contenta con eso, tener que verlo a diario, no era lo que ella quería, así que le hizo la vida de cuadritos, pero Delfino como todo un gran guerrero no se dio por vencido.

—¿Qué rayos haces aquí tan temprano, no tienes novia o perro que te ladra en tu casa?

—No, no tengo nada de eso, así que prepárate, que en 15 minutos empezamos.

—¿Empezamos qué?

—Sus ejercicios, seré su entrenador, su sirviente, y todo lo que se necesite hacer.

—Ah, sí olvidé que el señor es multifacético ¿Y cómo te debería llamar? ¿Entrenador, sirviente, cuidador? ¿Cómo?

—Como mejor le parezca, usted sigue siendo mi jefa.

—Ok, te llamaré sirviente.

—Sirviente será.

Pasaron los días y Alex cada día era más insoportable, pero lo disfrutaba, era como una forma de esconder ese amor que siente por el pobre hombre. Una mañana, llegaron sus amigas a casa y Delfino estaba ahí, Alex había amanecido con ganas de joder.

—Hola Delfino, ¿cómo estás? ¿Cómo va tu amada?

—Insoportable, cada día me la hace más difícil y sé que es para que yo renuncie, pero no la dejaré, lograré qué ella, se pare de esa silla, sí o sí.

—Así mismo cuñado, no te dejes vencer por la loca de nuestra amiga.

—Hola Alex, ¿cómo estás querida?

—Hola chicas, muy bien, que tal, vengan, sentémonos aquí, ah, verdad que ya estoy sentada, por la eternidad. ¿Quieren algo de comer o tomar?

—No, de hecho, nosotras trajimos comidas, para comer juntas, solo déjame buscar algunos platos y vasos.

—No, Rosy espera, sirviente, sirviente.

—Si, que se le ofrece a la señora, por favor, tráenos platos, vasos y una botella de vino.

—Si, con gusto.

—Muévete por favor, que no tenemos todo el día.

Las hermanas se miran, con la expresión de: ¡Qué rayos está pasando aquí!

Nachi quería ir a la cocina para ayudar a Delfino, pero Alex no la dejó, le dijo que esperara, que él sabía dónde estaba todo, por eso es su sirviente. Nachi le pregunta porque le llama así a su cuñado, y le dijo que podría ser algo ofensivo para él, pero ella insistía en que no, era su nombre y a él le encantaba. Así se pasó todo el día, llamándole sirviente y obligándolo a hacer cosas innecesarias. Las chicas, terminaron de comer y se retiraron.

Más tarde, se vieron con Delfino en la oficina y le preguntaron, que qué estaba pasando, Delfino le dijo que ella decidió llamarlo así porque no quería ni le interesaba mencionar su nombre. Pero que ella solo lo hacía para molestarlo y para que él se fuera, pero que por eso no se irá.

Un día en la mañana, Delfino había ido directo del doctor a la casa, y tenía ropa formal, pero en una mochila, traía su ropa para trabajar con Alex, Delfino entró al cuarto de servicio para cambiarse la ropa, en ese momento Alex pasó y la puerta estaba semi abierta, ella logró verlo sin camisa, Alex amaba su cuerpo, porque el hombre es un criminal, tiene un cuerpazo y una piel, que la derretía. Ella se quedó idiotizada mirándolo, pero él se dio cuenta y le cerró la puerta en la cara, por fin Delfino le había dado un poco de su propio chocolate.

Días anteriores, la lucha para que Alex hiciera los ejercicios hasta ahora eran pérdidas de tiempo, ahora él aprovecha que es verano y empieza a estar más cómodo con ropa más ligera por el calor y que muestren muy bien su figura. Eso ha motivado un poco a su jefa, ella decidió poner empeño en sus ejercicios, luego buscó una clínica que dan terapias en la piscina, donde ambos deben estar en traje de baño, las demás enfermeras se distraen al ver el cuerpo de Delfino, lo que pone a la jefa algo celosa y la motiva hacer sus ejercicios con más ganas y rapidez, con tal de salir de la piscina para que las demás mujeres no sigan comiéndose a su ex hombre con los ojos, pero él no se queda atrás, al ver la incomodidad de Alex el provoca más las miradas de las demás mujeres.

—¿De verdad es que usted no tiene nada de, decencia ni respeto por los enfermos, ¿cierto?

*"La belleza de la tierra se concentra en las cascara de las uvas
y se contempla en los corazones de familiares y amigos"*

—¿Perdón? ¿Y ahora de que me acusas?

—Ah, te vas a ser el que no entiendes nada, ¿verdad?

—No, no entiendo, pero me sentaré aquí, en su cómodo sofá para que usted me lo explique.

—Te crees muy listo, pero eres un...

—¿Un, un qué, según tú? ¿Qué hice ahora? Porque si no mal recuerdo lo único que he hecho es soportar tus maltratos, insultos y malas caras. dime, de qué me acusa la señora ahora.

—¡Que cínico! ¿Crees que no me di cuenta lo que haces en la piscina? Uuyy sii, "vamos a la piscina que esa terapia te hará muy bien" Y no más es una excusa para estar exhibiéndote ahí y seducir a las demás mujeres.

—Entonces, ¿te molesta que coqueteo con ellas y no contigo? ¿Crees que tengo cuerpo sexy?

Delfino se le acerca y empieza a subirse en la caminadora, mientras le dice que, si su cuerpo la provoca, Alex empieza a enojarse y trata de no mirarlo, él acerca su cara a la de ella y le dice con mucha sensualidad.

—No tengo la culpa que las demás mujeres si noten lo que tantas veces te ofrecí y que usted rechazó, buenas tardes.

—Eres un pedante, ni creas que me gusta tenerte cerca, eres más de lo mismo, ¿me oíste? ¡no me gustaaas!

—Mom, ¿a quién les grita? ¿Estás bien?

—Hola corazón, no le grito a nadie, y sí, estoy bien, ¿me ayudas con esto por favor?

—Si, claro y Delfino, ¿se fue?

—Si, ya se fue, el sirviente.

—¿Por qué te empeñas en tratarlo mal y hacerle la guerra? Ese hombre se ve que muere de amor por ti, no cualquiera deja su vida en pausa para hacer lo que Delfino está haciendo contigo.

—Ay por favor, ¿qué dejó el señorito por mí?

—Todo, mamá, su vida en california, por si no lo sabías, tenía un puesto muy importante, había empezado una relación con alguien, estaba haciendo su vida, y la dejó por ti, por ayudarte a volver a ser la misma mujer.

—¿Una relación? Delfino tiene novia en California?

—Si, y por lo que escuché, es una mujer de negocios también, es vinícola, o algo así, pero como a ti no te importa Delfino, me imagino que a ella sí y no creo que dure mucho tiempo sin ver a su guapísimo novio, ¿tú qué opinas madre? ¿Dejarías a tu novio mucho tiempo solo con su ex?

—No debió venir ni quedarse, nadie se lo pidió, y si él, se quedó es porque ella no es tan importante para él.

—¿Qué? ¿Estás celosa? Significa que todavía te interesa, lo sigues queriendo ¿Verdad?

—Claro que no, ¿de dónde sacas eso?

—Ay mami, si tuviste el accidente, justo porque lo ibas a ir a buscar a California. Qué, no me mires así, lo sé.

Ya han pasado 5 meses desde el accidente, Alex ha avanzado en sus ejercicios, a pesar de que le ha hecho la guerra a su entrenador personal, la situación en la bodega no es la mejor, pero siguen sobreviviendo, en definitiva, ella era el alma de ese lugar. La bodega había sido su refugio, y así empezó, cuando Alex tomó la decisión de comprar ese local, lo hizo con esa intención de que fuera un refugio para todas esas personas que se encontraran sin rumbo y que necesitaran un espacio para relajarse y pensar.

La bodega está ubicada en Brownsville en Willamette Valley, un pueblito muy acogedor, Delfino estuvo hablando con su novia sobre la preocupación de la bodega y como ella es una famosa catadora de vino y experta en hacer actividades y eventos sociales para darle popularidad a los viñedos, le dio algunas ideas a su novio, lo malo es que la bodega no es un viñedo y lo que ella plantea no va con la dinámica del local.

Por otra parte, Alex no ha dejado de pensar en esa novia que nadie le había mencionado y que su patán dejó en california, eso la tenía algo celosa, molesta, confundida.

—Buenos días, ¿cómo estás Alex?

—Hola Rosy, aquí, volviéndome loca con este encierro. ¿Sabes qué? ¿Tienes algo que hacer en las dos próximas horas?

—No, ¿por qué?

—Déjame y me cambio la blusa, vamos a salir.

—¿Ah si, a dónde?

—Vamos a un viñedo

—Ok, pero ya vendiste la bodega, no necesita comprar esos vinos, ¿o, hay algo que yo no sé?

—Si, o bueno, no, al contrario, es algo que al parecer tus sabias sobre Delfino y yo no, mi hija también y todos me lo ocultaron, pero descuida, vamos a platicar, pero cuando lleguemos, necesito una botella de su mejor vino.

—Estás tomando medicamentos, no puedes beber.

—¡Al diablo los medicamentos! que no sirven para nada, hoy vamos a beber y punto, ¿me acompañas o llamo un Uber y me voy sola?

> "La belleza de la tierra se concentra en las cascara de las uvas
> y se contempla en los corazones de familiares y amigos"

—Siendo así, mejor te llevo, no vaya a ser que…

—¿No vaya a ser qué?

—No, nada, vete, cámbiate, te espero aquí.

Rosy estaba super nerviosa, pensaba que Alex había descubierto lo de su sociedad con Delfino en la bodega, estaba a punto de meter la pata, los nervios no la dejaban, no sabía ni cómo comportarse en el auto camino al viñedo.

—Buenos días, bienvenidas

—Buenos días, gracias.

—Wow, mira la carta, la verdad es que si tienen una gran selección.

—Si, ¿tu cual vas a querer Alex?

—Este que nos tomamos una vez en navidad, ¿recuerdas? El "P. Road"

—Gracias señorita.

—Ahora sí, me vas a explicar porque…

—Mira Alex antes que nada yo no te dije nada porque tu hija nos lo pidió.

—¿Mi hija? Pero si justo fue Camila quien me lo dijo, claro, después de echarme un sermón encima.

—Ay manita, sabes que te queremos y lo hicimos por tu bien, no te moleste con nosotras por eso, además…

—Además, tienes razón, no tengo porque estar molesta por eso, digo yo fui quien terminó con Delfino y al terminar con él, pues le di la oportunidad a que otra mujer lo conquistara, pero sabes lo que no entiendo, ¿por qué si él tiene novia en California, decidió quedarse aquí, ayudándome?

—¿Estás hablando de la novia de Delfino? Uff, sí a mí también me sorprendió.

—¿Y tú de que pensaste que estaba hablando? ¿O es que hay algo más de lo que yo deba saber?

—No, no, qué bueno esta esté vino ¿Cierto?

Rosy estaba muerta de los nervios, casi que arruina todo, pero gracias a Dios después de un rato se calmó y siguió platicando y disfrutando con su amiga, a pesar de que veía la tristeza en los ojos de Alex y ya no sabía por cuáles de las tantas cosas estaba su amiga así. En eso le entró una llamada y Rosy se retira a contestar, Alex aprovecha y da una vuelta, sin fijarse quedó frente a frente a las maquinarias de los viñedos en el área de producción. Sin darse cuenta, el dueño de los campos estaba detrás de Alex, escuchándola hablar sola.

—No se deja todo por nada, cuando se renuncia a algo, es porque se quiere algo más grande, aunque no entiendo sus razones… Al igual que las mías, no sé cómo pude deshacerme de lo que más adoraba, que era mi bodega solo por coraje; Dios Alex mira este lugar esta gente hace magia es como…

—¿Como si la belleza de la tierra se reflejara en las cascara de las uvas y se contemplara en los vinos?

—¿Exacto?

—¿Disculpe, usted es?

—Soy un viejo que la vida también lo ha puesto a prueba a preguntarse, qué vale la pena en esta vida.

—¿Y obtuvo repuestas? Porque por más que yo la busco es como si yo misma las ahuyentara. Por miedo a perder mi libertad, alejé al amor de mi vida, aunque la verdad aun no estoy segura de eso, pero cuando estoy con él, siento que todo es posible, por no pensar estoy en esta silla de ruedas y para terminarla de embarrar, me deshice de algo muy valioso para mí. Mi refugio, mi cueva, la cual con el paso de los años la convertí en la cueva de muchas personas.

—Acaba de darte algunas repuestas, pero ya veo donde está tu falla.

—¿Ah sí? ¿Dónde?

— No te detienes a escucharte a ti misma, ni a observar a tu alrededor, observa, las respuestas que busca, están muy cerca de ti.

—la belleza de la tierra se reflejará en las cascará de las uvas y se contemplará en los vinos.

—Eso es imposible, espera, ¿dónde se fue?

—Alex, por Dios me asustaste, pensé que te habías ido sin mí.

—¿A dónde se fue?

—¿Quién?

—El señor que estaba hablando conmigo.

—Aquí no había nadie y no vi a nadie pasar cuando venía hacia acá.

—¿Estás segura?

—Así es ¿Nos vamos?

—Si, estoy algo cansada, ¿seguro que no viste a nadie?

—Que no corazón, ya vámonos.

Alex llegó a casa, pero las palabras de ese viejo no se le quitaban de la cabeza. *"No te detienes a escucharte a ti misma"* Aún no sabía que significaba eso, pero sabía que era importante, porque no dejaba de pensarlo, de repente, le llamó a Delfino y le pidió que la viera en la bodega, él, le preguntó que para qué, ella solo le dijo que deseaba pasar a ver como estaban los chicos y quería que él, la ayudara con algo.

"La belleza de la tierra se concentra en las cascara de las uvas
y se contempla en los corazones de familiares y amigos"

"El mundo está lleno de buenas intenciones"
dependerá de ti, descubrir cuales son.

Alex llegó a la bodega muy emotiva, pero triste a la vez, aún no podía creer que había vendido una parte de su vida, al entrar al negocio, María la ve y la saluda con mucho cariño, todos le hicieron un círculo y empezaron hacerle preguntas, ella estaba muy emocionada de volver a ver a sus empleados y escuchar sus voces nuevamente.

—Bueno, bueno, ya dejen a la jefa en paz, la van a ahogar.

—¿Necesitas algo, agua, té, un vino? Lo que sea, usted manda.

—No, María, gracias.

—¿Quiere un morir soñando jefa? Mire que Rosita lo prepara como a usted le encanta.

—Que lindo chicos, pero no, no quiero nada, gracias, de hecho, estoy esperando a Delfino, nos vamos a ver aquí.

—Ah, el patrón ya está en la oficina, pero creo que está reunido con alguien, déjame y le aviso.

María que, si sabía la historia, no más miró a su compañero, y vio la cara de Alex de asombro, ella solo dijo, "patrón" y Carlitos volvió y afirmó que sí, Alex miró a María y vio su cara de asustada y preocupada.

—Yo le avisaré que usted está aquí, descuide.

—¿La oficina sigue estando en el mismo lugar?

—Si, señora.

—Gracias.

—Carlitos ¿Qué hiciste? ¡tú y tu bocota!

—¿Yo qué dije?

—Buenas tardes, vaya pero que cómodo está el patrón ¿No?

—Who the hell are you? and why do you enter like this?

—Alex, llegaste temprano, ella es mí…

—Alex, ósea ¿Esta inválida fue la mujer por la cual mandaste todo al demonio para venir ayudarle?

—¿Le puedes decir a tu amiguita que regrese más tarde por favor?

—I can't believe it apart from being in a wheelchair rude. Mira mijita, esta "amiguita" es la mujer de Delfino y la que vino a salvar tu changarro, así que bájale dos rayitas, ¿sí?

—Por favor Catalina, ¿podrías dejarnos solos un momento, ¿please?

—Alex déjame explicarte, antes de que te hagas ideas que no son, y me disculpo por lo que dijo Catalina, en realidad ella no es así.

—Me importa un reverendo pepino, si tu noviecita es o no es así. Me mentiste, me dijiste que no tenías trabajo y por eso te pusiste de mi entrenador, dijiste que estabas buscando trabajo en varios lugares. ¿Sabes lo horrible que me he sentido en estos meses, al verte ayudarme por una paga miserable? Y resulta que fuiste tú quien compró mi negocio, eres el dueño. que estúpida, yo que venía para…

—¿Para qué? ¿A qué venias? Dime mujer por favor

—Quiero que vayas y recojas todas tus cosas de mi casa y te largues hoy mismo, no quiero volver a verte nunca más.

—Espera, debes dejarme hablar, esto lo hice por ti.

—¿Por mí, en serio? A ver dime, ilumíname, porque en ningún idioma, que te engañen por tu bien, se ve bonito. ¿Sabes qué? Vete al diablo.

Alex salió enojada y muy triste de la bodega, llegó a casa, esta vez no llamó a ningunas de sus amigas ni a su hija, solo quería llorar y quería sacar todo eso que llevaba por dentro. Delfino llamó a sus socias, que en este caso eran las amigas de Alex y a su hija y las reunió en casa de ella. Antes de ir a la casa, Delfino platicó con su novia, le dijo que por favor le ayudara, que la bodega era todo para ella y que tenía un significado increíble no solo para Alex, si no para todos, le dijo que, si se quedaba unos días, ella misma vería lo mágico del lugar, y en realidad la bodega era algo así.

Alex no solo la convirtió en su refugio de escape, la convirtió en un pedacito de su tierra natal, Republica dominicana, dentro de ahí, la música no faltaba, cuando alguien llegaba con tristeza o mal día, una sonrisa, y un refrán le alegraban la vida al cliente, los ejecutivos iban y botaban su estrés allá, jugando dominó, o billar, bailando bachata, comiendo pequeñas porciones de comida, hechas con recetas caseras de su isla. A los clientes les encantaban platicar con Alex, ella siempre sabía qué decirles, por eso el negocio cayó cuando ella tuvo el accidente.

Ella es la bodega en persona.

Catalina, no solo vio que Alex era el espíritu de la bodega, si, no también de su novio, pero decidió ayudar.

—¿Qué hacen todos ustedes aquí? ¿Y qué rayos hace este traidor y su noviecita, mitad Mexicana, mitad gringa en mi casa?

—Mire doña, agradece que estoy aquí.

—¿Doña, la niña me llamó doña?

"La belleza de la tierra se concentra en las cascara de las uvas y se contempla en los corazones de familiares y amigos"

—Por favor Delfino, controla a tu novia, no le voy a permitir que le falte el respeto a mi mamá en mi casa.

—Lo siento. Ya me callo.

—Mami, todos estamos aquí porque tenemos que hablar sobre la bodega, ah, no me digas que todos ustedes sabían que el traidor la había comprado, porque si es así, todos ustedes son unos traidores. Por eso Rosy estaba tan nerviosa en el viñedo, ¿cierto? pensaste que había descubierto el engaño, pero te callaste al saber que no hablaba de eso.

—Lo siento amiga, pero todo tiene una explicación.

—Amiga, a las amigas no se le engaña, son unas traidoras.

—Cálmate Alex, y déjanos hablar por favor. Delfino no es el único socio de la bodega, en realidad todos los somos.

—¿Qué?

—Así es amiga mía, cuando Camila nos dijo lo enojada que estabas y que le pediste ponerla en venta, tanto a ella como a nosotros nos pareció una locura, todos sabemos lo importante que es ese lugar para ti y todo lo que significa.

—Si lo sabré yo, que duraste 3 años sin auto solo ahorrando para comprar el lugar. No podríamos dejar que te deshicieras de él. Sabíamos que te ibas a repentir algún día.

—Así es, y no, nos equivocamos, María nos dijo que fuiste a la bodega hoy era porque querías hablar con el dueño para recuperar el negocio.

—Yo solo compre un 15%

—Y yo también, solo para eso me alcanzo un 15%,

—Yo compre un 20% entre nosotros tres tenemos el 50%

—Mami, el otro 50% sigue siendo tuyo, tú sigues siendo la socia mayoritaria de tu bodega Entre los papeles de compra y venta, te di un documento para que lo firmaras, donde decía que Delfino podía tomar todas las decisiones del negocio hasta que tu estuvieras recuperada y volvieras hacerte cargo del negocio.

—Así es bonita, aquí está el documento, y si fuiste hoy con la decisión de comprar el negocio, significa que ya estás lista para volver.

—Y yo, no solo soy la novia mitad gringa de Delfino, también vine ayudar, disculpa mi agresividad. Soy Camila Mendoza. Pero entraste de una forma muy aterradora a la oficina y solo reacioné, lo siento.

—¿Mendoza, de los vinos de Napa, de los Mendoza de napa?

—Si, de los Mendoza de napa.

—Y esa también fue la razón por la cual Delfino nos pidió que te convenciera de ser tu entrenador, porque él quería asegurarse de que te levantaras de esa silla rápido para que tomaras las riendas de tu negocio rápido.

—¿Entonces bonita, recojo todas mis vainas y me voy al carajo o aun sigo siendo tu sirviente?

—Estás llorando, no puedo creer, la dama de hierro está llorando. ¿Eso es un sí? ¿Estamos perdonados y no crucificados?

Alex no aguantó las lágrimas y empezó a llorar de emoción, Delfino la abrazó y entre ellos surgió esa mirada nuevamente. Alex estaba feliz, no podía creer que sus amigos y el hombre que ella tanto daño le ha hecho, hayan logrado hacer hasta lo imposible por devolverle su vida de regreso.

Esa ha sido la mayor lección de vida que una persona pueda recibir. Cuando el amor verdadero abraza los corazones de los amigos, la magia que puede surgir de ahí es un puro sueño, hecho de oro, con el brillo de la esperanza y la marca de la fe en el centro del alma.

—Ahora entiendo todo. "La belleza de la tierra se concentra en las cascara de las uvas y se contempla en los corazones de familiares y amigos"

—Perdón, ¿dijiste algo mami?

—Si, dije que *"El poder de la amistad se desarrolla en una sonrisa y se exhibe en los ojos del alma, cuando esta emplea la honestidad"*

—Sabias palabras, no está nada mal para una…

—¿Una anciana en silla de ruedas?

—Si, hahahha.

—Gracias, gracias a todos, sé que me he comportado como una ogra, y no fue justo para ninguno de ustedes. La bodega es mi vida y me alegra que ustedes lo tuvieran más claro que yo.

—No diría como una ogra, yo más bien diría, como…

—No abuses de mi paciencia sirviente, te puedes arrepentir.

—Si, cuñado, mejor te callas.

—¿Cuñado? Explícame honey.

—Ella es Nachi Gilbert, la esposa de mi hermano menor, y ella es Rosy Gilbert, su hermana mayor, las dos son las mejores amigas de Alex García. Mi jefa, y ella es Camila, la hija de Alex.

—Mucho gusto, y no, no es tu jefa, por si no lo tienes claro, ahora son socios, y ya que terminó el drama, ¿podemos irnos? Estoy muy cansada, y la verdad, necesito estar a solas con todo este cuerpo.

(Catalina se le pega a su novio y le rosa todo su cuerpo mientras lo besa delante de todas.)

—Si, vámonos, hasta mañana.

—Bye.

—Hay si, "Necesito estar sola con todo esto" Estúpida engreída, muñequita con problema de identidad.

—¿Alguien por aquí esta celosa?

—Ay por favor ¿Creen que estaría celosa de esa niñita con cuerpo perfecto, vestuario increíble y voz de lagartija?

—Sii, claro que sí.

—En serio, Delfino, ¿qué rayos le vio a esa niña? Tu cuñado necesita un oftalmólogo, dile que yo se lo pagaré.

—Ok. Hahahha.

—Ahora sí, amiga mía, Aceptarás que ese hombre, que un día lo dio todo por ti, y volvió para regresarte tu vida, y que tú, nuevamente solo fuiste una bruja maldita con el pobre hombre, ¿es todo un amor?

—Si, lo entiendo, y lo acepto y la verdad es que ya habrá tiempo para resolver mi situación con Delfino, ahora no quiero pensar en él, debo concentrarme en ponerme al corriente de todo lo que está pasando en la bodega.

—Tienes razón, debes devolverle la alegría a ese lugar y creo que para eso deberás aceptar la ayuda de mi cuñada.

—Ah, ¿ya es tu cuñada? La conoces hace menos de dos horas ¿Y ya es tu cuñada?

—Chicas ayúdenme, o me matará.

—Tranquila Alex, deja a la pobre Nachi, ella también está cansada y no sabe lo que dice, ¿verdad hermanita?

—Eres mi mejor amiga y te amo. (todos se ríen y se unen en un bonito abrazo)

Cuando las personas que nos importan están pasando por momentos difíciles, debemos apoyarlas. muchas de ellas, lo que hacen es alejar a sus seres queridos, porque en el fondo, no creen que son dignos de su ayuda o misericordia, hacen lo imposible por lastimarlos y alejarlos de sus vidas. Pero cuando el amor es grande y fuerte, esos obstáculos, no son suficientes, las personas siguen ahí, persisten, aunque sea desde la sombra, buscan la manera de mantenerse al corriente de todo lo que pasa en su vida y tratar de ayudarles sin hacer el menor ruido posible.

El amor de la familia, y de los amigos son piezas importantes para que una persona que caiga en depresión, desgracia, o cualquier otro problema que lo sumerja en una obscuridad absoluta, pueda volver a ver la luz, pero deben ser pacientes y no dejarse vencer.

"En la más absoluta angustia, finalmente
logré ver un vacío que no era mío"

No olvides que lo imposible solo es un paso que te empuja a buscar otra salida, solo eso, no permitas que predomine lo negativo en ti.

"La belleza de la tierra se concentra en las cascara de las uvas
y se contempla en los corazones de familiares y amigos"

Autoaceptación

La vida es un constante de tomar decisiones
hoy voy y mañana también, pero no sé
cuál será mi edén, voy cargada de muchas
emociones, tratando de evitar que siga en un
círculos llenos de errores.
Viviré el presente con la elocuencia de la decisión
que ayer tomé, buscando de mi presente un acierto,
aunque todavía no sé, qué me espera el futuro,
no quiero aceptar que simplemente sea incierto.
Hoy quiero ser dueña de mi propio destino
contando mis errores y recordando los intentos
fallidos, tengo la seguridad, que voy por buen camino
al fin puedo ver la mujer que realmente soy, y no la que
pensé que podría ser.
Acepto mis errores, sí, aprendo de ellos claro, celebro
mis logros y comparto el conocimiento adquirido, por
supuesto, porque me cuestioné ayer, para tener la certeza
hoy, de ser quien me apasiona ser.
-Alex García-

CAPÍTULO 7
"LA MEJOR BATALLA
SE GANA EN EL CAMPO"

Alex escribió lo que sería su lema de vida, no solo para ella, si no para todo el equipo que trabajara con ella en La "Bodega"

—María ¿Puedes conseguirme una ayudante mientras yo termino de recuperarme por favor?

—¿Un ayudante? Eso no es innecesario, no podemos hacer ese gasto ahora con otro empleado, Alex, estamos tambaleando, yo estaré aquí mano a mano contigo.

—Tú tienes muchas cosas que atender.

—Mi vida, déjala ella tiene razón, necesita una persona con ella todo el tiempo, demás yo estoy aquí, vine para que trabajemos juntos.

—Si, Cata, pero podemos trabajar los tres juntos ¿Cierto Alex?

—No, lo siento, pero ya sabes cómo trabajo, pienso mejor a solas, sin una segunda cabeza argumentado todo el tiempo.

—Ah, entonces es lo que hago ¿Argumentar todo el tiempo?

—Si, es lo que haces, siempre estás cuestionándome, pero descuida, eres un cuestionador encantador.

—Alex, contigo nunca es ni blanco ni negro.

—Exacto.

—Creo que podríamos hacer algo juntos.

—Delfino, te recuerdo que llevo años en este negocio, sé perfectamente lo que les gusta a mis clientes.

—¿Tus clientes? ¿Cuáles? ¿Los que dejaste abandonados y te fuiste a llorar a tu casita de princesa porque la señorita no pudo comportarse como adulta y aceptar su problema? yo me he tenido que encargar de todo y lo he hecho muy bien.

—¿Oh sí? También, que tuviste que mandar a buscar a tu muñequita con problema de identidad para que te viniera a salvar el trasero.

—Yo creo que ustedes...

—Eres una mandona e insoportable, era justo lo que no extrañaba de ti.

—Por favor, señores, dejen de gr.

—¿Y por eso te metiste en mi casa? ¿Porque soy tan insoportable, que no puedes vivir lejos de mí?

—No te soporto.

—Yo tampoco.

—Me arrepiento de haber dejado todo para venir ayudarte.

— A ti nadie te lo pidió, puedes irte por donde viniste, eres un cretino insoportable.

—Y tú, una bruja.

—¡¡YA BASTA!! Por el amor de Dios, parecen niños chiquitos, ustedes dos. Sabes qué Delfino, me iré al hotel, esto es too much for me.

La discusión se salió de control, Catalina no soportó la calurosa pelea entre Alex y su novio, lo que le dejó en claro la terrible química que existe entre esos dos y lo difícil que será para ella si decide quedarse.

Catalina ya no soporta más los pleitos entre su novio y su socia, no importa lo que haga, ellos siempre logran tener un momento para quitarse las ganas gritándose y estar siempre en desacuerdo, pero ella no quiso seguir ese juego. Una semana después Catalina le puso un ultimátum a su amado Delfino.

—Hola Carlitos ¿Cómo estás? ¿Cómo va el pintor, ya ha avanzado con la pared?

—Si, jefa, ya casi terminan, está quedando muy bien.

—Ok, y tú, ¿qué tanto mira por la ventana?

—Nada, jefa es que el jefe y su novia sexy están discutiendo.

—Carlitos, más respeto.

—Lo siento jefa.

—Vete a terminar tus asuntos.

—¡Hola Alex! ¿Cómo estás? ¿Qué se siente volver a ser la jefa?

—Shiii, vente, cierra la puerta y cállate.

—¿Qué pasa?

Delfino y Catalina están dejando su situación en claro, Alex y Nachi están escuchando todo desde la oficina.

—Entonces Delfino, ¿qué decides? Porque te juro que ya no aguanto más esta situación.

—Catalina, no es justo que me pongas a elegir ahora.

—¿No es justo? ¿Para quién? ¿Para Alex o para ti?

—Ya ella técnicamente salvó el negocio, ni siquiera te necesita a ti, con sus dos locas amigas ella se da abasto.

—¿Nos llamó locas?

—Shii, sii.

"La belleza de la tierra se concentra en las cascara de las uvas y se contempla en los corazones de familiares y amigos"

—Por favor Catalina, respeta a las chicas.

—Ah, ¿yo si tengo que respetar al grupo de cuarentonas y cuando ellas me insultan, tú no dices nada?

—Vamos a calmarnos, ¿por qué mejor nos vamos a la casa y allá hablamos?

—No, yo me voy y tu quédate a pensar, tienes una semana para que te regreses conmigo, si no vuelves olvídate del contrato y olvídate de lo nuestro, te dimos 4 meses para que regresaras y van 6 meses.

—Uuyy, ahora si se la pusieron difícil al cuñadito.

—¿Se irá? Delfino se irá otra vez?

—No, Alex, espera, no lo creo… Pero tu quería que él se fuera, tu misma se lo gritaste delante de todos, quería que se fuera, ¿o no?

—No lo sé, no sé nada.

Alex estaba muy triste, enojada, y asustada a la vez, no quería perder a Delfino, no quería separarse de él, aunque no estuvieran juntos, tenerlo cerca, era un poco de consuelo para ella. Tres días después, Delfino decide irse y va y se lo dice, Alex no quiso mirarlo a la cara, sus ojos estaban llenos de lágrimas, su pecho se estaba suprimiendo.

—Hola jefa, ¿podemos hablar?

—Lo siento, estoy algo ocupada, puede que más tarde.

—Mi te quiero y el deseo de tenerte no pueden enmudecer tus palabras por siempre. (con las manos en su espalda Delfino le habla)

—Cuando en sesiones dulces y calladas, hago comparecer a los recuerdos, suspiro por lo mucho que te he deseado y lloro por el bello tiempo que hemos perdido. (los ojos de Alex no pueden sostener más las lágrimas)

—Tiempo que tú, mi bella caribeña, no has permitido y hoy yace en el olvido.

—Ya no somos unos aquellos enamorados que se olvidaban del tiempo al darse un beso, hoy debes partir nuevamente a tu nueva vida, una vida que yo, con mi egoísmo te obligué a elegir.

—Mírame a los ojos por favor.

—¿Para qué? No hará diferencia si solo escucho la puerta cerrarse tras de ti, o verte caminar hacia una vida, lejos de mí.

—No sé qué decirte, pensé que deseabas que me marchara lo más pronto posible.

—Pudo decirte cualquier otra cosa Delfino, pero desgraciadamente soy mujer.

—Alex, yo.

—Ouch, maldición.

—¡Alexxxxxx! ¿Te lastimaste la cabeza? Alex, háblame, ¿dónde te lastimaste? Dios, este piso ¿Por qué está mojado?

—No, me duele dentro.

—¿Dónde? ¿Dime, quieres que llame al doctor?

—No creo que exista doctor para el dolor del corazón.

El camino no es difícil y la distancia nunca será lejos, mientras nuestros corazones se alimenten de nuestros recuerdos.

Amor lejano

Alexandra Farias

"La belleza de la tierra se concentra en las cascara de las uvas
y se contempla en los corazones de familiares y amigos"

Ámame o déjame

En ese instante empezó a llover, Alex tiene en su oficina zinc en su techo, ella quería escuchar la lluvia cuando callera, como si estuviera en su país. Ya era tarde, todos los empleados se habían marchado, ellos le habían dejado ir temprano, sonó un trueno muy fuerte y Alex se abrazó de su hombre muy fuerte.

—Tranquila, no te voy a dejar, ven sostente fuerte, te subiré, creo que deberíamos esperar aquí hasta que se calme todo.

—No, llámame un Uber, me quiero ir a casa.

—Alex, yo.

—Por favor, no digas nada.

—No llamaré un Uber, yo puedo llevarte, ¿me lo permites por favor?

—Ok.

—Vamos.

—Abre la puerta, ¡Dios ya nos agarró la lluvia!

—Si, está muy fuerte, tranquila, manejaré despacio.

—Wow, hacía tiempo que no llovía así ¿Cierto?

—Bésame Delfino

—¡Perdón!

—Bésame y hazme el amor antes de irte, por favor, hazme tuya por última vez. Hazme tuya. Te deseo y te necesito tanto mi vida, que solo pienso en cada ves que fuimos uno. Perdón por ser tan bruja y obligarte alejarte de mí, la verdad es que moría de miedo.

—¿Miedo a qué Alex?

168

—Miedo a sentir justo todo esto que estoy sintiendo ahora, miedo a no poder vivir sin ti, miedo a amarte como loca, te extraño, necesito tenerte muy dentro de mí.

La lluvia no paraba de caer, los cuerpos de Alex y Delfino se volvieron uno, Alex sin darse cuenta recuperó la movilidad de las piernas, pero era tanto y tan grande el placer que en ese instante estaba sintiendo, que ni ella se dio cuenta, Delfino devoró sus pechos, como un bebé sin comer durante 5 horas, los cristales del carro sudaban por dentro, ellos sudaban dentro y fuera, la lluvia caía y los vientos no cesaban.

Durante una hora ellos se amaron, dejando atrás todo el daño que se hicieron, olvidando a la novia que esperaba, olvidado el peligro de una tormenta que llegaba y la angustia de una hija que no sabía dónde estaba su madre. Los tórtolos sintieron un placer único, eran tantas las ganas que habían retenido que, al hacerlo, sus cuerpos se estremecieron.

—Cada vez que te hice mía, fui feliz agarrado de tu cintura, ¡no importaba que éramos prohibidos lo gozábamos sin importar nada! Recuerdo esa primera vez que fuiste mía, en la oficina, cuando huiste de mí, ¿lo recuerdas?

—Si, gracias por recordármelo

—Extrañaba tus ricas tetas en mi boca, extrañaba el olor de tu piel, extrañaba sentirte mía.

—Dios Delfino, no necesitas ser tan expresivo.

—Para que entiendas lo loco que me tienes mujer.

—Debo confesar algo, la vez que llegaste a casa y te vi sin camisa, te juro que casi tuve un orgasmo, no más de recordar tu cuerpo, cerraba los ojos y te tocaba con mi lengua. Ahha

—Mmm, que rico, a ver, ciérralo y tócame, me encantaría verte tener un orgasmo sin yo estar dentro de ti.

—Dios pero que sucio te has vuelto y no, no podría

—¿Por qué no? ¿Ah porque ya te vacié?

—No, porque cuando te imaginaba y lamia tu cuerpo, tú me detuviste y me dijiste, sucia, suéltame.

—¿Yo hice eso en tu fantasía?

—Si, es que tú eras gay.

—Entonces no era yo, porque si me hubieses lamido, te hubiera cogido hasta en la cocina.

—Si, eras tú, y que expresivo te has vuelto.

—¿Qué? Tu empezaste. Te amooo, te amoooooooo Alex García, te amooooooooo.

—Estás loco, hombre.

—Si, loco por ti.

—Aaahhhhh

—¿Qué pasó, qué paso mujer? ¿Estás bien?

—¡Mis piernas Delfino, mis piernas!

—¿Qué les pasan a tus piernas?

—Míralas, las estoy moviendo, puedo mover mis piernas, las puedo mover.

—Dios, esto es un milagro, debemos ir al hospital, espera, llamaré al doctor le diré que vamos para allá.

Alex no podía creer que al fin había una luz de esperanza para ella, la carretera estaba que no se podía ver nada, la lluvia era muy fuerte, pero lograron llegar al hospital, el doctor estaba en casa, pero le llamó a otro colega que conocía el caso y estaba en turno.

—Tranquila, ya llegamos, el doctor nos está esperando.

—No me dejes, tengo miedo Delfino.

—Tranquila, todo saldrá bien, tiene que salir bien.

—Llamaré a todos para contarles.

—No, por favor, no les diga nada a nadie, no todavía.

—Pero mi vida, esto es…

—Lo sé, por favor, no.

—Ok, pero si llamaré a tu hija, ella está muy preocupada.

—Ok, llámala.

—Hola Camila, ¿cómo estás?

—Delfino, hola

—Estoy con tu madre, la tormenta nos agarró, pero ya vamos para tu casa, tranquila, ok.

—Gracias Delfino, pero mi madre ¿Está bien?

—Si, claro que sí. Bye.

—Entonces doctor, ¿ya estoy curada? ¿Ya puedo salir de aquí caminando?

—Alexxxxxx

—Doctor, ¿qué pasó?

—Era lo que les iba a decir, pero la señora no me dejo hablar.

—Doctor, qué pasó ¿Por qué ya no las siento?

—Tranquila señora García, lo que sintió fue real.

—¿Real? Acabo de caer como una guanábana de la mata

"La belleza de la tierra se concentra en las cascara de las uvas y se contempla en los corazones de familiares y amigos"

—¿Qué dijo?

—Dice, que porque no se sostuvo en sus pies

—Ah, usted si sintió movilidad en sus piernas, eso es excelente, pero es un proceso lento, mire, mueva los dedos, no tengas miedo, inténtelo

—No tengas miedo mi vida, toma mi mano, aquí estoy.

—¿Ve? Ya puede mover sus dedos, eso es un gran paso, ahora lo que hay que hacer es cambiar la terapia.

—¿Cómo doctor, si al parecer la que le estoy dando está funcionando?

—Oh si y mucho, pero ya la paciente empezó a tener movilidad, ahora le daré una serie de ejercicios diferentes, para que continue fortaleciendo sus músculos.

—¿Entonces, tendré que seguir utilizando la silla de rueda?

—Es recomendable, para su recuperación, pero no se desanime, ha logrado un paso gigantesco, y le cuento algo, vi su caso y he visto pacientes con el mismo trauma que usted y han durado años para recuperarse, usted apenas tiene 6 meses y va excelente.

—Gracias Doctor.

—Wow mi vida, ¿ves? lo vas a lograr.

—Si, lo voy a lograr, sola, sin ti. Pero descuida, te enviaré una postal esquiando desde la montaña, para que veas que ya camino.

—Vamos a casa, tu hija espera por ti.

Delfino lleva a su jefa a casa, la hija la ve algo triste, no quiso preguntarle delante de él, esperó que se fuera. Alex abraza fuerte a su hija y le dice lo que pasó con sus piernas y lo que le dijo el doctor, Camila estaba feliz, pero aún no entendía por qué estaba su madre con su mirada y su voz apagada si había recibido una gran noticia, la hija le preguntó que si había pasado algo más.

—Catalina le pidió a Delfino que regresara, le dio una semana para que volviera o todo entre ellos y su contrato en la compañía se iba a terminar, él deberá volver mañana a su vida, con su novia y su nueva vida.

—Lo siento mucho, mami, yo si pensé que ustedes iban a volver, porque él estaba tan preocupado por ti y todo lo que hizo por ayudarte, mami perdóname, pero eso solo lo hace un hombre enamorado. Pídele que se quede, estoy segura que Delfino se quedaría a tu lado si tú se lo pidiera.

—Miro a mi alrededor y me doy cuenta de mi situación y de tantas cosas que en el mundo están pasando, que me hacen darle gracias a Dios.

—Dios ha sido bueno y justo contigo madre, no puedes quejarte y si, dale muchas gracias a Dios.

—Delfino me devolvió las ganas de vivir, me regaló un cielo sin estrellas, porque todas ellas las creábamos nosotros cada vez que le robábamos a la vida momentos de pura felicidad y yo solo le hice daño, lo eché de mi vida, deje ir al hombre que solo quería crear hermosas memorias conmigo, que solo puso en mi vida horas de calidad, para recordarme que si puedo amar. Por eso no tengo derecho a pedirle que se quede conmigo, no tengo derecho a seguirle arruinando la vida de un hombre que lo único que ha hecho es arreglarme la mía.

Delfino se fue, tenía que dar la cara en California. En la bodega, todo va más o menos, Alex tiene un asistente, mandó a poner en un poster algo que escribió, quería que fuera el lema de todo su equipo de trabajo, había mandado a pintar la parte de atrás con una pintura popular, una playa con palma, mata de coco, niños jugando, etc. Un paisaje de su país, república dominicana. Empezó a enviar correos electrónicos a todos sus viejos clientes, para decirle que ella volvía a estar al frente de la Bodega nuevamente y estaba preparando una deliciosa comida para todos sus clientes favoritos.

El correo dio resultado, el 70% de sus viejos clientes confirmaron, pero casi no tenían vino en la bodega, ella recordó el delicioso vino que se tomó en el viñedo con Rosy y le pidió a su nuevo asistente que la llevara hacia allá, claro, no sin antes, enviarle un correo electrónico al director de publicidad de ese viñedo. Mientras Alex tenía repuesta del director, reunió a todo el equipo, incluyendo a sus dos socias, sus mejores amigas.

—Ante que nada, quiero darles las gracias a todos ustedes por quedarse cuando el barco parecía hundirse, eso me ha dado la razón al darme cuenta que no me equivoqué al contratar a cada uno de ustedes. Aún recuerdo cuando me encontré con Carlitos, María, Rubén y Rosita, hay mi bella Rosita, le aguantaba de todo a unos jefes porque no tenía papeles y ellos la amenazaban con llamar a inmigración.

—Si, nos salvaste a todos nosotros.

—Nos diste una familia.

—No, Dios los puso a cada uno de ustedes en mi camino, para convertirlos en mi familia, en la familia de la bodega. Desde la salida de Delfino, mi accidente y la caída del negocio, esto se ha convertido en una guerra interna para mí, una guerra que no tengo por qué pelearla sola. Entendí que, en el campo de batalla, no hay más armas para disparar solo quedan mucho amor, hermandad, solidaridad, y porque no, mi amistad para dar.

"La belleza de la tierra se concentra en las cascara de las uvas
y se contempla en los corazones de familiares y amigos"

Estoy en una constante batalla con la vida, lidiando una guerra y aunque no tengo experiencia me protejo con la fe de Dios, el amor que late en mi corazón y unos que otros turrones, para endulzar el café que calma la inquietud que me provoca esta guerra. Una guerra que no quería hacerla suya, pero que ustedes mismos, se pusieron la armadura para pelearla a mi lado. Por eso hoy les puedo decir, que esta guerra ya ha llegado a su final, porque, aunque mis piernas todavía no funcionan al 100%, sé que lo harán, y sin más preaunbulos hoy les digo que ya me quité mi armadura y solo cargo una bocina que tocará la canción que nos alegrará la vida, porque gracias a ustedes, a su fe en mí, y en este negocio, le devolvieron la fe a mi alma.

—¿Significa que no vas a vender?

—Significa que la bodega volverá a tocar el merengue que tanto le hizo mover sus caderas.

Todos se unieron en un abrazo y en lágrimas, felices de que ya no perderán su trabajo y que al fin todo volverá a la normalidad, eso les dio más ganas para seguir trabajando, y fue como si Dios le inyectará a cada uno paz y esperanza. Todo empezó a verse más bonito, la comida, volvió a tener ese sabor increíble que siempre caracterizó ese lugar, todo volvió a caminar nuevamente. Alex fue al viñedo y mientras esperaba su pedido, el viejito se le acercó y solo le dijo:

—Al parecer encontró la forma de como exhibir su propia belleza, ¿cierto?

—¡Hola! Sabes, si, tenía razón, y si logré encontrar la forma, solo tengo que buscar la manera de mantenerla viva y evitar que se vuelva a secar.

—Si, es la parte más difícil, pero no significa que sea imposible, ya que lo imp…

—Lo imposible solo es un paso que te empuja a buscar otra salida.

—Correcto, lo hará muy bien, tengo fe en ti, tú deberías tener más fe en ti misma también. Porque todos dependen de tu fe.

—Gracias, ¿y su nombre cuál es?

—Jefa, ya tengo todas las cajas en la camioneta, ya podemos irnos.

—Si, espera, ¿y entonces… ¿A dónde se fue?

—¿Quién jefa?

—Nadie, olvídalo, vámonos.

Nuevamente Alex tuvo la experiencia de platicar con el señor extraño en el viñedo, y nuevamente el desapareció sin previo aviso, saliendo del viñedo ella recibe un ramo de lavanda.

Delfino tuvo un par de dificultades en california, terminó con Catalina, pero aceptó algo que le propusieron para dejarlo libre del contrato, Delfino debió cerrar un contrato millonario con unos inversionistas y tenía que ir con Catalina a esa fiesta donde debería ir a conocer al inversionista.

La inquietud de Delfino era muy grande, no sabía con quién estaba lidiando y menos si lograría conciliar ese contrato, él solo quería ser libre para entregarse en cuerpo y alma a su amada jefa y a la Isla, pero no podía regresar, no podía llamar, necesitaba llegar con algo concreto.

Ya en la comida, todo estaba casi listo, Delfino se tomó algunas copas para matar los nervios, Catalina, estaba enojada, no quería que esto saliera bien, estaba planeando hacer algo para que todo saliera mal, pero desgraciadamente, cuando se encontraron con el inversionista, el hombre era un machista, egocéntrico que pensaba que las mujeres solo eran un adorno en la vida de los hombres.

"La belleza de la tierra se concentra en las cascara de las uvas y se contempla en los corazones de familiares y amigos"

—Buenas noches caballeros, soy Cata

—Disculpa niña, por favor, ocupa tu lugar y deja que el caballero hable, buenas noches, ¿usted es?

—Soy Delfino Peña y perdone, usted no sé de qué mundo vienen, pero en mi mundo, los caballeros respetamos a las mujeres, y en el mundo del negocio ellas son tan digna como nosotros.

—Perdón, ¿esto es un chiste? ¿Mundo del negocio? ¿Ella es empresaria? Mira jovencito, en el mundo donde me muevo, es un mar de tiburones, donde las "Mermaid" son simplemente adornos.

—Ok, lo siento, creo que me equivoqué de fiesta, vinimos hacer negocios con hombres no especies marítimas; buenas noches "Tiburón"

Delfino agarró a Catalina de la mano y salió de la fiesta muy enojado, ella se sorprendió al ver como el la defendió y ella que tenía todo un plan para arruinarlo, pero al ver que ella tampoco tendría ni una oportunidad, mejor se quedó callada.

—¿Puedes creer las agallas de ese patán? Te llamó adorno, perdóname bella, pero si tu familia hace negocio con esa clase de gente, están muy mal, muy mal.

—¿Y ahora que les vamos a decir a mi papá y a los socios?

—Descuida, tú no tienes que decir nada, yo me hare responsable de todo. Te dejo en tu casa, y me voy al hotel, pensaré en algo, te veo mañana.

El tiburón se quedó picado y muy enojado, nunca nadie le había hablado así y menos delante de tanta gente, pero ahí había muchos empresarios.

Al día siguiente Delfino llega como a las nueve de la mañana a la oficina y ahí están todos los inversionistas del viñedo, cosa que él no esperaba, ya que deseaba hablar solo con su ex suegro. Y también había alguien más invitado a la mesa.

—Buenos días, disculpen, no sabía que tenían una reunión, regreso más tarde.

—No, espera, justo esperamos por usted señor Peña.

—¡Ah caray! Pues si es por lo que pasó anoche, les cuento que no les tengo buenas noticias.

—Tranquilo hijo, supimos todo lo que pasó, aquí la familia Verte, nos dijo y Catalina nos la confirmó. Debemos de agradecerte por defender el honor de nuestra hija y sobre todo por tomar la decisión de no hacer parte de nuestro negocio con tan repugnantes personas.

—¿Entonces? Y mi contrato, ¿cómo queda?

—Ellos son los Verte y desde hace años han querido comprarnos nuestras uvas verdes, hoy y al ver en la forma que te expresaste anoche, ellos ya no quieren comprar nuestras uvas, quieren asociarse con nosotros, para que produzcamos el vino blanco que ellos van a distribuir, pero con una condición.

—¿Y cuál es?

—Que tú, mi querido amigo este al frente de las distribuciones del norte del país.

—Señor, pero.

—Pero nada, es nuestro acuerdo, no necesitas quedarte aquí, te puedes regresar a Oregón y todo el cargamento que viaje para el estado de Oregón tú deberías estar encargado de él, tendrá una muy buena paga por cada cargamento que reciba, sería una comisión directa.

—O sea, ¿no tendré que estar aquí? ¿Puedo trabajar desde allá?

—Claro, allá es justo donde te necesitamos, la familia verte tiene sus mayores clientes en Oregón, ellos quieren que seas tú, su vocero principal.

—Si, nos gustó mucho con el honor que defendiste a la hija de los Mendoza y como enfrentaste al tiburón, por eso cambiamos nuestra visión, ya no queremos las uvas, decidimos ser parte de esta gran familia, y contigo al frente de nuestra distribución en el norte, creo que sería un gran negocio, donde todos ganaremos.

—Acepto.

—Excelente, brindemos por esta nueva sociedad.

—Pero tengo una pregunta. ¿Si los clientes deciden preguntarte de qué año son nuestras botellas y cómo se produjeron, tú que les dirías?

—Cada proceso empieza después que las uvas se recogen, el tiempo y la temperatura tienen mucho que ver, aunque no siempre afecta, hay que estar en un constante chequeo de las plantas. Hay que estar siempre pendiente de la cantidad de azúcar que las uvas contienen, todo de penderá de eso, para su fermentación. ¿Algo más que quiera saber?

—¿Ustedes están seguros que este hombre solo sabe vender vino?

—Delfino, no sabíamos que también conocías el proceso de la Vid.

—Se lo necesario, una dominicana, una vez me dijo, que no se necesita de un título universitario para conocer un poquito del mundo que nos rodea.

Delfino logró librarse del contrato con los Mendoza, del compromiso con Catalina, y salió con un trabajo extra, fijo y en su estado. Ahora veremos cómo le ira en Oregón con Alex y sus cambios de humor. ¿Domará Delfino a esa fiera caribeña, como lo hizo con el tiburón?

"La mejor batalla se gana en el campo"

Cuando se decide luchar por un amor, por tu futuro, es porque ya te convenciste de que ese ser que amas, es lo más importante y sabes que debes formar una sola vida con esa persona. No te rindas cuando las cosas en el camino empiecen a salir mal, es solo un aviso de la vida para ver qué tan dispuesto (a) estas para darlo todo por el todo.

Lucha por la persona que hace de tu mundo un paraíso hermoso, que no importa como se ve antes los ojos del mundo, solo debe importar que tu mundo sea el reflejo que le de vida a ese amor cada instante que vivan juntos.

"La belleza de la tierra se concentra en las cascara de las uvas
y se contempla en los corazones de familiares y amigos"

Vino el amor

"El esperar a veces se vuelve insufrible,
más el transeúnte no deja de preguntarse,
sí es dolor, si es locura, o si es simplemente
un imposible que se alimenta bajo la lluvia"

-Alexandra Farias-

CAPÍTULO 8
QUE EL SER VALIENTE VALGA LA PENA

Después de lograr salir libre, Delfino se dirigía a salir del aeropuerto cuando unos hombres lo secuestraron y le dieron una paliza, que lo dejaron casi por muerto, una vez que terminaron de golpearlo le dijeron que eso era un regalito del tiburón. Con dificultad, el pobre moribundo llegó a subirse a un taxi, el señor le preguntó si quería que lo llevara a un hospital, pero él no quiso, le dio la dirección a la cual quería que lo llevara y ahí lo dejó, tenía miedo que lo acusaran de haberlo robado, con la poca fuerza que le quedaba tocó la puerta, pero nadie abrió.

Alex y su hija se encontraban en la bodega celebrando, Alex había preparado una comida para recuperar a todos sus clientes y dio resultado porque la mayoría fueron, fue una velada muy bonita, todos les agradecieron a la anfitriona, la fiesta continuó, pero Alex ya estaba algo cansada y decidido irse a casa, le pidió a Nachi que la llevara, Camila estaba con su novio y estaba muy feliz y su madre no quería que terminara la noche por su culpa, al llegar a casa, Nachi vio algo tirado en la puerta, se asustaron, Alex le dijo que no se bajara, podría ser un animal, pero Nachi no le hizo caso y se bajó.

—Dios mío, pero si es Delfino, está muy mal herido.

—Ayúdame a bajar, corre.

—Si, espera, quien le habrá hecho esto, debo llamar a mi marido

—Vamos a entrarlo a la casa. Delfino, despierta, ¿me escuchas? Por favor mi vida despierta, Delfino.

—Alex, yo lo veo muy mal, creo que debemos llevarlo a un hospital.

—No, no sin antes saber que le pasó, no sabemos quién le hizo eso, podríamos ponerlo en riesgo.

—Ok, ya Marcos viene en camino.

—Ok, ya está despertando, ¿me escuchas, mi vida, me escuchas, estás bien, Delfino?

—¿Ya me morí? ¿Estoy en el cielo? Si esto es el cielo quiero quedarme aquí, porque es maravilloso este ángel que veo.

—Si, definitivamente va a sobrevivir.

—Hola, Dios, hermano, ¿qué te paso? ¿Qué le hicieron?

—Pregúntale, a ver si a ti te dice. Pero no te preocupes, creo que ya está bien.

—Alex por Dios, ¿qué te pasa?

—A mí, nada, ¿porque lo dices?

—Estás enojada con Delfino, todavía no le perdona que se haya marchado, ¿cierto?

—No se dé qué hablas.

—Si lo sabes y yo entiendo, pero una cosa es que estés enojada y otra cosa es que lo trates mal justo ahora, ¿no ves lo mal que está el pobre? Necesita un doctor.

—Está bien, está bien, llamaré al doctor amigo de Rosy, Dios, cuánto drama.

Si, Nachi tenía mucha razón, Alex estaba enojada porqué Delfino después de haber hecho el amor con ella se fue para california y no le dijo si volvería o no, si se quedaba con su novia, y a la vez estaba preocupada. El doctor Thompson fue hasta la casa y revisó a Delfino, le vendó las costillas y le dio par de puntadas en la frente, le dio unos cuantos analgésicos y les sugirió a Alex que no lo moviera, que lo dejara en cama, mínimo un par de días, y que no podía hacer fuerza. Técnicamente Delfino quedó internado en casa, los papeles se intercambiaron, ahora era él quien necesitaba de Alex para reponerse.

—Me quedaré en vigilia, por si algo pasa. Mami vete a dormir.

—Si, por favor hija, prepárame el cuarto de visita, me acostare allá.

—Mami, no lo dejes solo, el doctor dijo que dormiría toda la noche, pero aun así quédate a su lado por si se mueve, podría lastimarse, aunque estaré despierta.

—Buenas noches mami, me llamas cual quiere cosa, ok, trata de descansar. Te amo.

—Igual princesa, buenas noches.

—Dios mío, no puedo creer, la primera vez que te acuestas en mi cama y no es porque me hiciste el amor. Qué ironía, tantas veces que te imaginé así, desnudo en mi cama, y mírate, te tengo completamente para mí y no puedes ni con tu alma. Esto debe ser mi karma.

—Haló.

—Haló, Alex, ¿todo bien? ¿Se puso malo Delfino?

—No, él esta dormido.

—Ok, ¿y por qué estás llamando? Son las dos de la madrugada. ¿Estás bien?

—Rosy, ¿tú crees en el karma?

"La belleza de la tierra se concentra en las cascara de las uvas
y se contempla en los corazones de familiares y amigos"

—¿Que? No, o si, no sé, ¿podemos hablar de eso mañana?

—Espera, sabes, creo que esto que le pasó a Delfino es por mi karma, porque lo desprecié muchas veces, y luego quise volver con él y luego se fue y ahora regresa y está en mi cama, pero esta ma pa' ya, que 'pa' ca. Creo que es por el karma de nosotros ¿Cierto? haló, Rosy, Rosy, ¿te dormiste? Creo que no le interesó mi platica, ok, buenas noches.

Alex pasó toda la noche contemplando a Delfino y visualizando su vida con él, luego empezó a pensar en llamar a Catalina para informarle, si ella era su novia tenía que saber lo que le había pasado. Como a las 4 de las madrugada Alex le envió un mensaje de texto a Catalina.

Mensaje de Alex.

Buenos días, o madrugada, noche, bueno, lo que sea.

En fin. Hola, soy Alex García de Oregón, solo quiero informarte que anoche encontré en mi puerta a tu novio Delfino muy mal herido. Él está estable, pero tiene par de costillas maltratadas, no sabemos todavía qué pasó, aún no ha podido hablar. Pero como eres su novia, me pareció prudente informarte. Bye.　　　4:15. A.m.

Mensaje de Catalina:

Buenos días, Dios míos no puedo creerlo... Espero que se recupere pronto, por favor, dígale que no haga nada y que no vaya a la policía, lo más probable que esos golpes se lo mandara a dar alguien a quien Delfino dejó en ridículo delante de mucha gente. Yo voy camino al aeropuerto, me dirijo a indonesia.

9:05. a.m.

185

"La belleza de la tierra se concentra en las cascara de las uvas
y se contempla en los corazones de familiares y amigos"

Posdata:

*Delfino ya no es mi novio, dijo que no podía seguir conmigo
mientras tú seguías como una droga metida entre sus venas.
Espero que se recupere pronto, les deseo que sean muy felices y
que logren recuperar el negocio. ¡Suerte!*

9:07. am

Alex se quedó dormida como a las seis de la mañana, su hija
se levantó, y le preparó desayuno y café, le reviso las heridas a
Delfino, él se despertó y la vio dormida, pero ella estaba en un
mueble a un lado de la cama.

—Buenos días, ¿cómo se siente?

—Como si me hubiese pasado un tren por encima. No recuerdo
cómo llegué hasta aquí.

—Mi mamá y la Tía Nachi te encontraron en la puerta casi
muerto, llamaron al doctor Thompson, él te atendió, dijo que
no podías moverte, tienes algunas costillas lastimadas, aparte de
varias puntadas en la frente. Y si, en definitiva, te pasaron varios
trenes por encima.

—Gracias Camila, ¿tu mamá pasó la noche en ese mueble?

—Al parecer sí, yo la dejé en la cama, me imagino que no podía
dormir o quizás te escuchó quejarte de dolor y decidió cuidarte.

—¿Y cómo llegó ella a esa silla?

—Ah es que ella ya puede dar algunos pasitos sola, o con sus
muletas.

—¿En serio? Eso es increíble, me alegra.

—No soy quién para meterme en tus asuntos, pero los que te
hicieron esto, querían matarte o darte un mensaje muy claro, no

quiero saber, pero creo que deberías contarle a mi mamá y a tu hermano, creo que ellos tienen derecho a saber.

—Gracias, la verdad no sé quiénes me golpearon, pero lo averiguaré.

—Por tu bien, lo espero, aquí te dejo las pastillas, debes tomártelas, son para la inflamación, el dolor y la infección.

—Gracias doctora, es usted muy amable. Creo que tu madre ya está despertando.

—¿Qué hora es? Dios, que dolor.

—Buenos días madre, te dije que te quedaras en la cama, déjame ayudarte.

—Buenos días hermosa, ¿dónde te duele, te ayudo?

—No, no, tú no te muevas, ¿cómo te sientes?

—Feliz de despertar a tu lado y ver que no huiste y muy adolorido.

—Dios, tú, ni porque estás casi moribundo dejas de hacerte el chistoso, ¿no?

—Bueno, qué sería la vida sin esos ratitos de felicidad que el amor nos regala.

—Payaso y ahora poeta. Demasiado para mí ¿Necesitas algo? Porque voy a bañarme.

—Si, tu beso de los buenos días y que me lleve a bañar contigo.

—¿Podrías cuidar tu bocota? Mi hija está aquí, ¿o es que el golpe también te dejó tarado?

—Buenos días hija, ¿me ayudas a ir al baño por favor?

—Buenos días má, claro, y no te preocupes, no escuché nada de lo que él dijo.

187

—Gracias hija.

—Hey, no te pases.

—Lo siento.

—Gracias (slam, sonido de la puerta)

—Ay Delfino, te gusta sacarle los demonios a mi madre, ¿cierto?

—¿Yooo? (Risa)

—No, el sereno.

—Ah, ok, ese no sé quién es. (Risa, pero con mucho dolor)

—Si, espero que le duela, así piensa primero antes de volver abrir su boca.

—uy, de tal madre ta la hija.

—Por favor, me avisas cuando mi madre termine del baño, no quiero que vaya a resbalarse.

—Lo que usted diga, jefecita menor.

*"No importa que tan lejos o cuantas veces me marche,
siempre tus recuerdos me harán volver"*

Alex sale del baño y mientras se está secando el pelo, lee los mensajes que le renvió Catalina. De todo lo que le escribió, lo único que leyó fuerte y claro, fue "Delfino ya no es mi novio" eso le cambió el semblante, le cambió su actitud, ella salió y fue directo a la cama.

—No tienes que contarme lo que te pasó, si no quieres. Lo que si me causa curiosidad es qué haces aquí, si yo te hacia muy feliz viviendo tu segunda luna de miel con tu novia lingüística.

"La belleza de la tierra se concentra en las cascara de las uvas
y se contempla en los corazones de familiares y amigos"

—Cuando iba en el avión sentía en mi corazón, que mi ida no era como si nunca te fuera a ver de nuevo, sentí que solo sería un tiempo que iba a estar sin ti, porque cuando ese momento llegara y volviera a verte, yo te tomaría entre mis brazos y te haría el amor de todas las formas inventadas y por inventar, fundiríamos nuestros cuerpos y tus labios solo se abrirán para pedir más. Cerraba mis ojos y solo imaginaba cómo recorrería tu cuerpo cada centímetro y no tendríamos tiempo para discutir, porque te amaría hasta salir el alba, y nuevamente volvería amarte hasta que llegara la noche.

—¿Porque me haces esto Delfino?

—¿Y ahora que hice? Solo quiero amarte, no ves como muero por ti, casi me muero y solo pensaba en verte por ultima ves, cada golpe que me daban solo veía tu rostro, tu sonrisa y pensaba en todas las veces que no te tuve entre mis brazos, en todas las noches que dormí sin tu calor, en todos los bes…

(Alex no aguantó más y lo besó, olvidando que el pobre estaba lastimado y él solo gemía mientras disfrutaba de sus labios).

—Ok chicos, aquí está el desayuno, lo siento, lo sientoooo, yo no vi nada, ya me voy, ya me fui, lo sientoooooooooo. (Risa)

—Lo siento, solo te besé para que te callaras, hablas mucho. ¿Te duele?

—Si, un poco. ¿Dónde nos quedamos?

—En que te fuiste y regresaste to ¨parti'o y na pal sobrino¨. Tengo que ponerme ropa, come algo. Hablamos luego sí.

—¿To pal quién? ¿Eso qué significa?

—Hahahha, nada, come, se te enfriará el desayuno.

—Lo que se me enfriará será otra cosa.

"La belleza de la tierra se concentra en las cascara de las uvas
y se contempla en los corazones de familiares y amigos"

—Chistosito el niño.

—¿En serio? ¿Me dejarás así? No necesitas ponerte ropa, así te ves muy bien.

—Come y cállate.

—Dios, en esta casa, solo me mandan y me ordenan, creo que renunciaré.

—¿Si, podrás?

—Algún día tú obedecerá mis ordenes, algún día.

—Sii, buenos días, bye.

—Ouch me duele hasta el pensamiento.

Las amigas de Alex llegaron a casa en la mañana y Alex ni dejó que ellas se acomodaran, les pidió que la sacaran de la casa, ellas solo la miraron y la subieron al auto y salieron de la casa.

—¿A dónde quieres ir Alex?

—Vamos a desayunar, tengo mucha hambre, muchaaa

—Pero en tu casa olía muy rico, ¿no estaban cocinando?

—Nachi, ¿podrías por favor llevarme a un restaurant por favor?

—Dios, me huele a historia, y muy tensa, Nachi vamos a Elmes, ahí podemos platicar muy bien.

—Ok, allá vamos.

Las chicas llegaron al restaurante, se sentaron, y ordenaron y ahora sí, empezó la historia.

—Ok, ¿cómo sigue Delfino?

—¿Como te sientes tú, al volver a verlo? ¿Ya le avisaste a su novia?

—¡Nachi, por Dios!

—Rosy, nos guste o no, mi cuñado tiene novia y ella tiene derecho a saber que su hombre está moribundo, aunque, no le agradará nada saber que está en casa de su ex.

—Delfino, está estable, yo no sé cómo estoy…Catalina, está bien, ya hablé con ella, no vendrá, ellos ya terminaron. Me besé con Delfino esta mañana y Camila nos sorprendió.

—Dios mío, toma un poco de agua, porque me imagino que aún hay más, ¿cierto?

—¿Recuerdan cuando pasó la tormenta que llovió mucho e hizo mucho viento?

—Si, cuando tus piernas recuperaron la movilidad, si lo recuerdo.

—Bueno, no estaba en la oficina como les dije, bueno, si estaba, en realidad, estaba en el estacionamiento, dentro de la camioneta de Delfino, esa noche tuvimos sexo en su camioneta, le había pedido que no se volviera a ir, que no me dejara.

—¡¿Tuuu?!

—Cállate, no la desconcentre, sigue, sigue.

—¿Recuerdan que su Catalina le había puesto un ultimátum, que si no tomaba una decisión él tendría consecuencias? Bueno eso me aterró y no quería que él se volviera a ir sin que supiera que yo seguía queriéndolo, él entró a la oficina y yo me había caído; él me levantó y le dije que me quería ir a mi casa, me cargó entre sus brazos y la lluvia empezó, le dije que entrara, él entro y le pedí que me besara y que me hiciera el amor. Él solo me miró y le salieron lágrimas de sus ojos. Fue increíble, no saben, las cosas que nos dijimos, pensé que se quedaría, por eso estaba tan enojada, porque después de lo que pasamos esa noche, creía que se quedaría.

—Wow, Alex qué bello, ¿ves que el amor si existe para ti, amiga?

—Por favor, esta vez no salgas con unas de tus pendejadas y no vuelvas a romperles el corazón al pobre, mira que ya bastante cosas ya le han roto ¿eh?

—Si, mi marido está muy preocupado, de hecho, por eso fue que estábamos en tu casa esta mañana, mi marido quiere que llevemos a Delfino para mi casa.

—Pero, noo, no pueden moverlo, el doctor dijo que no podía moverse.

—Si, lo sabemos, pero, entiende… Marcos está preocupado de que le hagas unas más de las tuyas a su hermano, ya no quiere verlo sufrir y menos que se aleje de la familia. Perdóname amiga, pero es mi marido y debo apoyarlo.

—Entiendo Nachi, no te preocupes, al menos dile que le permita quedarse hasta que pueda respirar mejor, unos días más, dile que si quiere puede venir él a cuidarlo, aparte, pensé que ya ustedes me habían perdonado, pero veo que tu marido sigue resentido conmigo.

—Cálmate Alex si, respira, ¿qué te pasa amiga? Cuéntanos.

—No quiero equivocarme, siento que todo está volviendo a la normalidad, siento que estoy recuperando mi vida, mis piernas están respondiendo muy bien, la bodega está recuperando sus clientes, tengo entusiasmo y él está aquí.

—¿Y entonces? ¿A qué le temes?

—A volverlo a arruinarlo, cómo dices Nachi, siempre termino dañando todo lo bueno, cada vez que siento tanta felicidad, lo arruino y la verdad, aún no sé, cómo vivir un amor de dos. Hace más de 10 años que Adonis y yo dejamos de ser una pareja, ya me había acostumbrado a ser solo yo, ya ni recordaba lo que era un

192

orgasmo, hasta que estuve con Delfino esa noche en la oficina y me aterra acostumbrarme y a volverme dependiente de él.

—En otras palabras, tienes miedo a que alguien más que no sea tú, sea responsable de tu propia felicidad, eso es normal amiga, todos pasamos por eso en un determinado momento de nuestras vidas.

—¿Algunas de ustedes ya pasaron por eso?

—La verdad es que no.

—Yo tampoco, el punto aquí es, que no puedes seguir huyendo de tus sentimientos.

"La belleza de la tierra se concentra en las cascara de las uvas
y se contempla en los corazones de familiares y amigos"

Carta para Alex

Marcos fue a buscar a su hermano a casa de Alex, le dijo que deseaba pasar tiempo juntos y que quería ayudarlo a recuperarse, desde que regresó han pasado demasiadas cosas y técnicamente no han compartido nada juntos porque todo ha sido girando alrededor de Alex García. Delfino vio la tristeza de su hermano y el enojo que sentía hacia la mujer que amaba, y le dejó en claro que Alex era la mujer que deseaba para pasar el resto de su vida y que eso no pensaba cambiarlo, su hermano aceptó eso, pero aun así insistió en que se fuera a casa con él. Le entró la nostalgia y le contó la historia de cuando eran pequeños, como se peleaban, como fue su última vez juntos y todo el tiempo que perdieron sin necesidad y que no quería que eso sucediera, que lo quería involucrado en la vida de sus hijas y en la de él por igual.

Delfino aceptó y se fue con su hermano, Camila lo ayudó para que no se lastimara y le escribió todas las instrucciones incluyendo el teléfono del doctor, para que lo llamara, aunque después de varios días, podrían ir al doctor y decir cualquier historia, solo para asegurarse que todo estuviera bien.

Cuando Alex llegó a casa y no lo encontró en su cuarto, empezó a llorar como magdalena, abrió una botella de vino que encontró en su mesita de noche y se la tomó completa, no le respondió el teléfono a nadie, Delfino le habló varias veces, pero ella dejó su teléfono en el bolso y en silencio. Camila, que había salido al super, al llegar a casa y encontrar todo el drama de su mamá, la llevó al baño y luego la dejó en la cama, Alex durmió y se despertó hasta las 8 de la noche, al despertar, encontró la nota de Delfino, la cual no vio cuando llegó temprano.

"La belleza de la tierra se concentra en las cascara de las uvas
y se contempla en los corazones de familiares y amigos"

"El vino siembra poesía en los corazones". Dante Alighieri.

Poema para Alex.

Recordando noches fugitivas, vino
derramado en tu dorado y caribeño
cuerpo, luna metiche, frío envidioso,
dedos curiosos.
La vida nos hace uno en cuerpo y alma,
en vino, velas, oficinas, carros y cama,
un sonido de estrellas en las palmeras,
un latido del corazón en el pecho de mi
amor, un reloj que avanza oscuro y con
prisa dejando tirados nuestros ropas,
la botella, y tu sonrisa.

Att. Tu sirviente.
Posdata: Disfruta tu vino, tu poesía y mis recuerdos.

—Hola madre, te traje un café, oh, veo que ya leíste la nota que te dejó Delfino.

—Si, gracias, ¿y a qué hora el señor decidido irse?

—No, él no decidió irse, ¿no te lo dijo en su carta? Pensé que eso te había escrito.

—No, no me dijo nada, prácticamente.

—Vino Marcos por él, tuvieron un rato platicando en la recámara y luego, me dijeron que se iban para su casa, que Marcos y la tía Nachi lo iban a cuidar, pensé que ella te lo había dicho, como salieron juntas esta mañana, en fin, le escribí todas las instrucciones, me dijo que te iba a llamar más tarde, ¿no te llamó?

—No, no sé hija, pero está bien, voy acostarme.

—¿Todavía tienes sueño? Bueno te dejo, te amo, voy para el hospital, tengo turno esta noche.

Alex no podía creer que el vino que se tomó se lo había dejado Delfino y la nota, le dio a entender que no se marchó para siempre, eso le dio esperanza, lo que ella no sabe es que él escuchó entre sueños lo que ella decía sobre ellos y lo que ella deseaba de tenerlo en su cama. Al día siguiente, ella va al trabajo y allá se encontró con una maravillosa sorpresa que la esperaba en el bar, parado justo frente al poema que ella había escrito y que mandó a poner en grande para que todos sus empleados y clientes lo disfruten.

—*Auto aceptación*
La vida es un constante de tomar decisiones
hoy voy y mañana también, pero no sé
cuál será mi Edén, voy cargada de muchas
emociones tratando de evitar que siga en un
círculos llenos de errores.
Viviré el presente con la elocuencia de la decisión
que ayer tomé, buscando de mi presente un acierto,
aunque todavía no sé qué me espera el futuro,
no quiero aceptar que simplemente sea incierto.
Hoy quiero ser dueña de mi propio destino
contando mis errores y recordando los intentos

> "La belleza de la tierra se concenta en las cascara de las uvas
> y se contempla en los corazones de familiares y amigos"

*fallidos, tengo la seguridad, que voy por buen camino
al fin puedo ver la mujer que realmente soy, y no la que
pensé que podría ser.*

*Acepto mis errores, si, aprendo de ellos, claro, celebro
mis logros y comparto el conocimiento adquirido, por
supuesto, porque me cuestioné ayer, para tener la certeza
hoy de ser quien me apasiona ser.*

-Alex García-

—Buenos días, disculpe, me dijeron que me estaban esperando.

—Sabias, ¿que también los errores cometen errores?

—¿Disculpe? Pero si usted es, wow, ¿cómo me encontró? ¿Qué decías de los errores?

—Yo siempre encuentro lo que busco jovencita, para un viejo zorro como yo, nada se me escapa; en tu cuadro, que, por cierto, está muy interesante. Dice lo siguiente. *"voy cargada de muchas emociones tratando de evitar que siga en un círculo lleno de errores"* Los errores también cometen errores.

—¿Cómo? No entiendo, ¿cómo un error puede cometer error?

—El error del mismo error es, enseñarte que dé el puedes aprender a ser mejor.

—Vaya, no lo había canalizado de esa forma, tienes razón… Cuándo yo me dé la vuelta, ¿usted va a desaparecer como las dos últimas veces?

—(Él sonríe) Me dijeron que en este lugar sirven la mejor sopa de pescado con coco, nunca la he probado y muero por una de ella, por cierto, veo que ya no estás en tu silla de ruedas.

—No, solo utilizo este bastón de vez en cuando, ya voy mejorando de a poco. Venga conmigo a mi oficina por favor.

—María, ven corazón, por favor, tráeme un servicio de sopa y tostones a la oficina.

—Ok, jefa, ah y por favor, envía a esta dirección una orden de lo mismo.

—¿Qué? ¿Ahora hacemos delivery?

—Tu haz lo que te pido.

—Lo siento jefa.

—¿Le gusta mi oficina?

—Si, algo pintoresca, pero si, muy agradable y se siente la paz.

—Así es, es justo lo que busco, paz que me ayude con mi creatividad.

—Tienes mucha luz espiritual, desde que te vi por los senderos de los viñedos lo pude percibir.

—*El error si puede enseñarte a ser mejor, cuando evitas cometer las mismas burradas, cuando no te permites tropezar por el mismo camino ya recorrido, y, sobre todo, cuando te das cuenta que justo donde caíste había una cuerda de la cual pudiste agarrarte la primera vez, pero tus ojos estaban nublados de lágrimas y no te dejaron verla.*

—Esta sopa si está deliciosa, gracias por la charla, por la sopa y por permitirte verme.

—Gracias a usted por venir, está siempre será su bodega, que tengas un maravilloso día.

—Oh si, lo tendré, y tú también. Por cierto, este vino también es para ti.

—¡Gracias!

*"La belleza de la tierra se concentra en las cascara de las uvas
y se contempla en los corazones de familiares y amigos"*

El señor misterioso se marchó, pero Alex se quedó con esa sensación de felicidad y curiosidad, la mañana transcurrió muy bien y tranquila, ya pasado la 1:45 de la tarde, Alex todavía no había salido a comer, y de repente, entra Carlitos y le entrega una orden que le enviaron.

—Espera niño, ¿esto qué es?

—No sé jefa, el delivery dijo que era para usted.

—Ok, gracias, yo no pedí nada de Oliver Garden, déjame ver qué es.

Al abrir la orden, era una lasaña frita, la pasta favorita de Alex, ella se sorprendió, no le alcanzaba el cerebro para pensar quién le pudo haber mandado eso, de repente suena el teléfono.

—¡Haló!

—Hola hermosa, me alegra que seas tú quien contestaras.

—Pues llamaste a mi celular, ¿quién podría contestar que no fuera yo?

—Si, lo siento, solo llamo para preguntarte si ya recibiste lo que te envié.

—Ah, fuiste tú quién me envió Olive Garden

—Si, nunca te he visto cerrar los ojos para disfrutar de una comida, más que mis besos, pero según lo que escuché, mueres de amor cada vez que tienes ese platillo en tu mesa, y conociéndote cómo creo que te conozco, aún estas en la oficina y no has probado bocado. Espero que lo disfrutes, como yo espero disfrutar de tus labios, de tu cuerpo y tu mirada muy pronto. Buen provecho y hasta entonces mi insoportable jefa.

—¿Haló?, ¿me colgó? Sí, me colgó. Bueno, luego les doy las gracias, Dios que delicia. mmm

"La belleza de la tierra se concentra en las cascara de las uvas
y se contempla en los corazones de familiares y amigos"

Alex se sirvió una copa de vino mientras tomaba un sorbo, recordó las palabras del viejo. **"Tú también la tendrás".** Su día fue perfecto, así pasaron los días y las semanas, semanas que la tenían a ella como loca porque no había podido ver a su tormentoso hombre, pero quería darle el espacio que su hermano quería tener con él. Un sábado, ella decidió no ir a trabajar y se quedó en casa, resulta que Delfino ya podía caminar y hasta correr, y fue a la bodega, pero su jefa no estaba, él disfrutó un ratito de sus compañeros y luego se fue a buscar a tu jefa. Al llegar a casa, Camila se disponía a salir y al abrir la puerta.

—Hola Camila, ¿cómo estás?

—Hola, bien y viéndote a ti, muy recuperado, me alegra mucho.

—Si, gracias… no había tenido la oportunidad de agradecerte todo lo que hiciste por mí en los primeros días que estuve aquí convaleciente, recuerdo que fuiste mis primeros auxilios.

—No fue nada, fue un placer, salvarle la vida a la mejor pesadilla de mi madre.

—Disculpa.

—Lo siento, es que ya ni se cómo te llamará la siguiente vez que te pelees con ella.

—Hahahha, tienes razón, y hablando de ella, ¿está aquí?

—Si, pasa, yo voy de salida, cuídate y me alegra verte bien.

—Gracias e igual.

Alex está en su habitación cantando a todo pulmón, y lanzando las almohadas hacia arriba, estaba algo estresada y unas ganas enormes de ver a Delfino, pero no quería ir a buscarlo y la verdad es que no tuvo que hacerlo, ella estaba muy entregada cantando el tema Dime, de (Yolandita Monge), una canción más vieja que ella misma, pero muy hermosa.

— Dime, dime que volviste para estar conmigo. Dime, dime que extrañaste esos labios míos. Dime, dime que las noches se hacían eternas. Dime, sin poder soñar, sin tenerme cerca. Dime, dime que soñabas con dormir muy juntos. Dime, con la piel cansada y corazón desnudo. Dime, dime que morías por sentir mis labios. Dime, rosando tu cuerpo para despertarlo. Dime que volviste para siempre, dime que volviste por mi amor, dime que tu alma ahora entiende que nadie te ha querido como yo, dime que volviste para amarme, dime que volviste corazón, dime que tú no quieres perderme y ahora hazme el amor.

—Solo espero por el bien de los clientes que nunca, nunca en tu vida cantes en frente de los clientes en la bodega, por favor.

—Delfino, Defino, estás, estás…

—Si, y sí, estoy aquí.

Alex corrió con dificultad a la puerta y dando un salto se le enganchó como una garrapata y lo besó, él, la abraza y la sigue besando, ya no hubo más canciones, ni más palabras, pero el desastre que Alex tenía en el piso, ellos tropezaron y se cayeron, empezaron a reírse y nuevamente volvieron justo donde se quedaron, la ropa empezó a estorbar se besaban con mucha pasión, de repente Alex se detiene y dice:

—Espera, párate, ven conmigo, es la primera vez que me harás tuya en mi casa y quiero que sea como lo imaginé.

—Espera mujer, sé lo que imaginaste, pero no quiero hacerte el amor en esa cama, no ahora.

Delfino volvió a subir a su jefa en su cintura y le hizo el amor en el piso, los zapatos unas que otras veces, les estorbaron, pero ellos seguían, pasaron toda la tarde encerrados en la habitación, Delfino le hizo el amor a esa mujer en la esquina de su gabetero, en el, lava mano del baño, en la bañera, en el inodoro en el piso, en el balcón, salieron a comer algo, y terminaron comiéndose ellos en la cocina. De regreso a la habitación y ya cansados, eran como las 4 de la tarde, ella le pregunta:

—¿Por qué no quisiste acostarte en mi cama?

—Oh, si quiero acostarme contigo, pero quiero hacerlo en nuestra cama, no en tu cama y la de tu marido y para que te des cuenta, que, si muero por hacerte el amor en la cama de tu habitación, haré esto ahora mismo.

—Pero, espera qué estás haciendo, estás loco, Delfino para.

—¿Que? No voy acostarme en una cama donde intercambiaste leche durante 20 años con otro hombre, esta cama, se va hoy mismo y usted y yo, vamos a comprar la que será nuestra propia máquina de leche.

—Hahahhahha.

—¿Qué, y ahora qué dije?

—Ay Dios mío, mi hombre es todo un adolescente celoso y malcriado todavía.

Delfino lanzó el colchón de Alex por el balcón y la agarró de la mano y se fueron a comprar otro, estuvieron en las tiendas como una pareja normal, comieron helado en la calle, pasearon por la ciudad, hicieron la orden del colchón, luego terminaron en el cine, viendo una película, cenaron en la ciudad de Portland, y de repente se quedaron en un hotel de donde se veía toda la ciudad de noche, allí, volvieron amarse como si no existiera el mañana, al día siguiente, se fueron hacia Seattle, de camino pararon al centro comercial de Vancouver, se compraron algo de ropa, porque no tenía más que la ropa con la que salieron hace dos día de casa. Su hija cuando regresó, pensó que ellos se habían matado a golpe, su habitación estaba hecha un desastre, la cocina, y el colchón en el patio detrás de la casa.

Camila llamó a sus tías, pero Ni Nachi ni Rosy sabían nada de ellos. Todo el domingo la pasaron con angustia de donde estaban y qué fue lo que pasó en la casa, pero Rosy al ver la habitación y el baño, se dio cuenta que hay lo que hubo fue todo, menos una pelea. Como a las 9 de la noche, que pudieron cargar sus teléfonos, Alex llama a su hija y le dijo dónde estaban, Camila estaba muy feliz y ya tranquila al saber que su mamá andaba de luna de miel, ella se puso a limpiar la casa y le arreglo la habitación, el lunes siguiente, entregaron el nuevo colchón, el cual Camila también colocó en la recamara de su madre y como muestra de que acepta la relación de ellos, fue y le compró un juego de sábanas increíblemente hermosa, un juego de cepillos dentales, le preguntó a Nachi que cuál era el desodorante y la pasta favorita de Delfino y el champú y jabón de baño, la tía quedó algo confusa con la pregunta de su sobrina, pero le dijo todo. Camila le compro todo lo colocó en el baño.

Alex al fin se dejó llevar por el amor, en Seattle vivió una historia, increíblemente nueva, divertida, bonita, trasparente, sincera y, sobre todo, sencilla y real. Delfino le demostró que no tenía nada que temer y que ella tenía derecho al igual que todos a la felicidad y a dejarse amar y sobre todo a entregarse al amor.

CAPÍTULO 9
UN DETALLE CON EL AMOR

"Las tentaciones de las frutas y los chocolates, no siempre te engordan, algunas veces te meten en peores problemas".

—¡Hola!

—Hola Rosy, ¿cómo estás?

—¿Quién me habla?

—Soy yo, Carlos mercedes, ¿podemos vernos?

—¿Quién?

—Carlos, tu ex. bueno, ex compañero.

—¿Cómo conseguiste mi número de teléfono?

—Mi hija, en realidad me lo dio mi hijo, él también es amigo de tu hija, quiero entregarte algo.

—No creo que sea una buena idea.

—Por favor, no tiene que ser en tu casa si no quieres, puede ser en un Starbucks. Por favor Rosy.

—¿Qué buscas Carlos, qué buscas de mí?

—Por favor, solo quiero verte.

—Ok, te veo a las 5 en el Starbucks del super mercado que está cerca de mi casa.

"La belleza de la tierra se concentra en las cascara de las uvas
y se contempla en los corazones de familiares y amigos"

Dos horas después en el café.

—Hola, ¿cómo estás?

—No creo que esto esté bien, no sé ni porque acepté venir.

—No digas eso, me hace feliz verte.

—Sí, pero a mí no, mira, te seré muy clara, yo estoy enamorada de mi esposo, estoy feliz, hace poco celebramos nuestro aniversario y la verdad hemos llevado una vida, muy bonita, un matrimonio con sus altas y bajas, pero felices al fin, y no quiero ser grosera pero no quiero que me llames para citarme, por favor.

—Si, te entiendo, y si te incomoda, seré breve, solo quería entregarte esto.

—¿Y eso qué es?

—Es una carta.

—Si, sé que es una carta, pero ¿por qué me escribes una carta?

—En realidad, se la escribí a la chica de 16 años de colitas de caballo y espinas en la cara. Te la escribí el día en que me casé con Rita, pero nunca pude entregártela.

—¿Y aun la tienes? ¿Por qué la guardaste todo este tiempo?

—En realidad, ni me acordaba que la tenía, subí al ático a buscar unos palos de hockey para mi hijo y allí había una cajita con cosas importantes que guardaba de la segundaria, también había fotos de nosotros y muchas cosas más.

—Ok, pero no entiendo porque me la das.

—Es tuya, creo que debes tenerla, ya no te quito más tu tiempo. Buenas tardes. (Beso en la mejilla).

Rosy quedó paralizada con la carta en mano, no sabía qué hacer, se quedó casi una hora en el café y no pudo abrir la carta, se fue a su carro y seguía viendo la carta sin abrirla, la puso en la guantera, luego la sacó y la colocó en su bolso, la sacó y volvió a ponerla en la guantera, se fue a casa a preparar cena, sin dejar de pensar en Carlos.

—Dios mío, ¿pero esto qué es?

—¿Qué pasa mi vida?

—Ven Delfino, mira

—Wow, creo que alguien estuvo muy ocupada.

—¿Y esto? De donde rayos salió, porque no es mío

—¿El qué? (Risas) son mis cosas personales.

—¿Tus qué? ¿Y cuándo pusiste tú, tus cosas personales en mi baño?

—No, no las puse yo, y si las ve, están todas nuevas.

—Camilaaaaaaaaaaaaaaa.

—Cálmate mujer, no es para tanto.

—Ah no, ya verás, Camila Cárdenas García, ven inmediatamente para acá.

—La última vez que me llamaste así, fue cuando le corté el cabello a Ashley, y la tía Rosy te llamó muy enojada y tú te pusiste peor que ella. O sea, esto es malo, ¿cierto?

—¿Me puedes explicar por qué hay cosas de Delfino en mi baño y tú cómo supiste que eran sus cosas?

—Ah, eso. Bueno, le pregunté a tía Nachi y yo fui de compra, me imaginé que, si tiraron el colchón por la ventana y compraron otro, significa que Delfino, vendrá a…

—Delfino, nada, no tenías derecho a poner cosas de otro hombre en mi baño, esa es mi decisión, yo no le he dicho a él que puede tener cosas en mi baño, ni siquiera le he dado permiso para que pase la noche aquí y tú ya te tomaste el permiso de invadir mi espacio? (La Cara de Delfino fue de sorpresa y tristeza, pensó que ya habían avanzado y esta vez para bien)

—Ya basta mamá, ya no más contigo. Deja ya de actuar como una adolescente y ni siquiera como una adolescente, porque yo tengo cosas en mi baño de mi novio, ¿entiendes? ya llevas tiempo divorciada de papi, este hombre te hace feliz y tú mueres por él, deja de hacerte la difícil y de arruinarle la vida a todos con tus indecisiones inmaduras y ya hazte responsable de tu vida de una vez y por todas. Mira la cara de ese hombre. ¿Me vas a decir que no te imaginas despertando al lado de este hombre?

—Yoo.

—Descuida, Camila, agradezco lo que hiciste, fue un gesto muy lindo. Nos vemos.

—¿Mamá, lo vas a dejar ir? ¿Ves? todo lo arruinas. Alexia García, la Diosa de la Ruinas del amor griego. Dios, que vaina contigo Alex.

—Camila no me hables así, soy tu madre.

—Ah si, pues compórtate como tal.

—Pero qué le pasa a esta juventud de ahora, nadie respeta a los padres.

Delfino salió de casa triste, Alex quedo sin nada que decir ni que hacer, se quedó tirada en la cama, mirando hacia el espejo con un muñeco que le había regalado del fino, el teléfono sonaba y no se daba cuenta, hasta la tercera llamada.

—Hola, por fin Alex, cuéntame ¿Cómo te fue de luna de miel?

—¿Qué? Hola ¿Rosy?

207

"La belleza de la tierra se concentra en las cascara de las uvas
y se contempla en los corazones de familiares y amigos"

—Si, mi vida, soy yo. ¿Qué te pasa?

—Nada, acabo de discutir con...

—Nooo, Alex, no otra vez, después de disfrutar dos días con Delfino, ¿volviste a discutir con él? Dios, mujer lo vas a matar con tus indecisiones. ¿Sabes qué?, un día, ese hombre se va a cansar de tus malas decisiones y se irá para siempre, y ni siquiera, muriéndote, él volverá. Qué vaina contigo amiga mía. Estás bien loca.

—Discutí con Camila, no con Delfino, pero gracias por el sermón, adiós.

—Oh, lo siento, haló, haló. ¿Me colgó? Creo que la regué.

Dos horas después, Adonis va a la casa.

—Adonis, hola ¿Cómo estás? Qué gusto verte, Camila no está.

—Lo sé, vine a verte a ti.

—¿A mí? ¿Y eso?

—Camila me dijo lo que pasó.

—Si, tu hija se pasó, no sé a quién salió tan rebelde esa niña.

—¿Te respondo eso? Escucha Alex, pueda que yo no sea el más indicado para decirte esto. Pero escucha, no cometas el mismo error que yo cometí, te alejé con mis indiferencias y mis malas decisiones, mi orgullo nos llevó a nuestro divorcio. Si de verdad amas a ese señor, por favor, búscalo, sé feliz, se lo merecen… Mira que un hombre que deja todo por venir a cuidar a la mujer que ama, sin esperanza de que estén juntos, eso es la prueba de amor más grande que pueda existir.

—Adonis, no entiendes, yo…

—Si, si entiendo. Sé feliz y permítele al amor que habite en tu corazón, ya es hora, ¿no crees?

—Gracias, aprecio tus palabras.

—Ahora sí, ya me voy, cuídate.

—Igual tú, corazón.

—Haló, María, ¿Delfino esta allá?

—No jefa, no ha venido por aquí… Y necesito que me firme unos papeles, ¿usted vendrá hoy a la oficina?

—Si, ya voy para allá.

Esta vez, Delfino no quiso salir huyendo, tampoco quiso darle la razón, caminó varias cuadras, pero sin tomar, se sentó en un banco en el parque, ahí también estaba de casualidad el mismo señor aquel y recitó un poema de Gabriel García Márquez

—Dios mío, ayúdame, ¿qué hago Dios? ¿Por qué esa mujer es tan terca, por qué ella siempre actúa así?

—Por un instante, Dios se olvidará de que soy una marioneta de trapo y me regalará un trozo de vida, posiblemente no diría todo lo que pienso, pero en definitiva pensaría todo lo que digo. Daría valor a las cosas, no por lo que valen, sino por lo que significan. Dormiría poco, soñaría más, entiendo que por cada minuto que cerramos los ojos, perdemos sesenta segundos de luz.

—Si Dios me diera la oportunidad, le callaría la boca a mi novia, me la robaría y me casaría con ella, pero con lo rebelde que es, es capaz de matarme el mismo día de nuestra boda. ¿Usted qué haría señor?

—Yo, Pintaría con un sueño de Van Gogh sobre las estrellas un poema de Benedetti, y una canción de Serrat sería la serenata que le ofrecería a la luna. Regaría con lágrimas las rosas, para sentir el dolor de sus espinas, y el encarnado beso de su pétalo... Dios mío, si yo tuviera un trozo de vida... No dejaría pasar un solo día sin decirle a la gente que quiero, que la quiero. Convencería a cada mujer u hombre de que son mis favoritos y viviría enamorado del amor.

—Viviría enamorado del amor, claro, yo vivo enamorado de ella, está loca, pero la amo, siii eso, eso le dire. Le diré que la amo. Gracias.

Delfino corrió hacia la bodega, fue a pedirle matrimonio y obligarla a enfrentar sus miedos.

—Me encantaría que Delfino volviera a trabajar aquí otra vez, para volver a verle esa sonrisa en su rostro.

—María

—Lo siento jefa, no quería decirlo en voz alta, no me mate por favor.

—No, no te voy a matar, hoy no, por favor reúne a todo el personal en el área prueba.

—¿Ahora?

—No, mamita, mañana.

—Lo siento, ya mismo.

—Mi cocinera favorita, hoy quiero que prepare la comida favorita de Delfino.

—Pero hoy es martes, hoy toca.

—Hoy toca la comida favorita de Delfino, pero ya.

—Si jefa.

—Carlitos, allá en la esquina del almacén hay una caja de zapato con colores rojos con negro, tráemelos por favor. Necesito, un cura, un abogado, alguien que pueda celebrar una ceremonia, ¿alguien sabe de uno?

—Yo, soy abogado con licencia para casar.

—¿Y tú quién eres? Bueno no importa, perfecto, estás contratado.

—¿Pero, para ahora?

—Si, ¿algún problema?

—Tengo que ir a trabajar.

—Déjame verte bien. Trabajas en una empresa mediocre, donde nadie te respeta, eres el más inteligente, por la forma en que mueves el lápiz me doy cuenta que piensas mucho, no tienes novia, porque estás aquí solo comiendo sopa de ajo a esta hora y casi no tienes amigo… ¿Sabes qué? ¿Cuál es tu nombre?

—Rodrigo.

—Rodrigo, hoy es tu día de suerte, proporcionarás una boda, harás amigos, beberás gratis, y lo mejor de todo, irás al trabajo mañana, y nadie te preguntará por qué faltaste hoy. Así que termina tu sopa y vete al baño a lavarte los dientes y la cara.

—Alex, ya todos vienen hacia acá, pero Delfino no aparece.

—Descuida, de ese loco me encargo yo. Iré a mi oficina, quiero que todo esté listo dentro de una hora, así será jefa.

Una palabra por más corta que sea, mientras sea la correcta, siempre valdrá la pena escucharla.

No es escuchar todo lo que te dicen, es saber escuchar justo lo que necesitas, la vida siempre será un constante cambio, llena de sorpresas, de inciertos y, sobre todo, llena de cosas que no entendemos, hasta que abrimos nuestros corazones y dejamos a un lado las cosas negativas e imposibles.

"La belleza de la tierra se concentra en las cascara de las uvas
y se contempla en los corazones de familiares y amigos"

*Aprende a escuchar el silencio, a elegir las palabras correctas,
aprende a distinguir las señales del destino, a descubrir porque
las estrellas como las personas que menos esperamos siempre nos
sorprenden.*

*Haz del amor un puente hacia lo incierto, lo posible, lo
imaginado y, sobre todo, haz del amor el camino hacia tu
felicidad.*

Mujer, para ser alguien solo tienes que
creer en ti y romper el candado que
amarran tus alas.

Alex Farías

"La belleza de la tierra se concentra en las cascara de las uvas
y se contempla en los corazones de familiares y amigos"

"Una boda inesperada"

Todo ya estaba listo, Rosy, a pesar de lo nerviosa que andaba por lo
de la carta de Carlos, esto la tenía con algo de curiosidad, Nachi y
su esposo estaban también con una curiosidad como todos, Camila
no quería ir, estaba enojada con su madre, pero al final fue y con
su novio, ya estaban todos allá. Alex estaba a punto de llamar a
Delfino cuando él llega, mojado, con el pantalón roto y todo sucio.

—Santo Dios, pero Delfino, ¿qué te paso?

—Luego les cuento, ¿dónde está su jefa?

—Aquí estoy, ¿te peleaste con el mundo allá afuera?

—Dios mío, si yo tuviera un trozo de vida...
No dejaría pasar un solo día
sin decirle a la mujer que quiero, que la amo.
te convencería de que eres mi favorita
y viviría enamorado del amor y de ti por el resto de mi vida.

—Mmm eso es de García Marque y no dice así.

—Qué importa mujer como diga, y si, una parte es de él, pero
a mí me quedó más lindo y estas flores son para ti, y si, también
sé que odias las flores, ¿pero sabes qué? Yo te voy a enseñar amar
todas las flores del mundo, porque yo...

—Delfino ¿Te casarías conmigo y me aceptarías con todos mis
defectos y mis virtudes y mis locuras? (Delfino queda sorprendido,
justo eso quería el hacer)

—¿Por qué arruinas todo?

—¿Qué? ¿Y ahora qué hice mal?

—Me mordieron dos perros, mi carro no prendió, me bajaron del
autobús porque no tenía monedas, me caí en un pozo de agua,

pisé mierda de perro, me tropecé con un zafacón de basura, se marchitaron mis flores, me aprendí un pedazo de poema que un viejo me dijo en un parque, corrí hacia aquí, para pedirte matrimonio y tú, ¿tú me robas mis líneas?

—¿Y tenías el juez y los padrinos? ¿Y la comida y el lugar para la boda?

—No, porque…

—¿Nos casamos ahora?

—¿Ahora?

—Todo está listo, solo esperan por nosotros. Mira.

Delfino se da la vuelta y ve a todos como los estaban observando, él se había olvidado que estaban en un lugar público, solo sonrió y trató de arreglarse el pelo, y dijo, hola, su hermano lo agarra de la mano y se lo lleva al baño, él llevaba puesto, dos camisas y un abrigo, así que le presto algo de lo que traía puesto a su hermano y lo ayudó a limpiarse en el baño. Para todos, fue una sorpresa, nadie se esperaba esa boda inesperada, y menos que ambos pensaran en pedirse matrimonio en mismo día, fue una gran sorpresa para todos. Hasta para los mismos novios.

—Wow, te ves mejor.

—Gracias, ¿en serio nos casaremos ahora?

—Si, al menos que tú no quieras.

—Yo sí quiero, claro, muero por eso, desde el día en que te conocí. Pero no tenemos anillo.

—Aquí están jefe.

—¿María de donde lo sacaste?

—No querrá saberlo.

—Oh, ok. Hahahha

—Queridos hermanos: Estamos aquí juntos, que Dios garantice con su gracia y su voluntad de contraer matrimonio ante todos, en sagrado sacramento para unir a esta pareja que hoy se prometen fidelidad y puedan cumplir las demás obligaciones del matrimonio. Por tanto, les pregunto sobre sus intenciones. Esposa y esposo, ¿venís a contraer matrimonio sin ser coaccionados, libre y voluntariamente?

—Sí, venimos libremente.

—Sí, venimos libremente.

—¿Están decididos a amarse y respetarse mutuamente, siguiendo el modo de vida propio del matrimonio, durante toda la vida?

—Sí, estamos decididos. (Alex y Delfino)

—Pues, ya que quieren contraer santo matrimonio, unan sus manos, y digan sus consentimientos ante todos. Delfino, acepta a esta mujer como tu esposa, para respetarla y amarla para toda la vida?

—Si, acepto.

—Alex, acepta a este hombre como tu esposo, para respetarlo y amarlo para toda la vida?

—Si, acepto.

—Por el poder que me confiere el estado de Oregón, los declaro marido y mujer, ya puede besar a la novia.

—Con mucho gusto señor juez.

—Felicidades, por fin, estos dos dejaran de volvernos locooooos. Salud por los novios.

—Hermano, bienvenido al mundo de los casados. Te amo hermano, y tú Alex García, sé que odias que te digan lo que tienes que hacer… Pero como tu cuñado oficial y el padrino de boda, te ordeno que haga inmensamente feliz a mi hermano, ¿ok?

—Fuerte y claro, cuñado oficial.

—Felicidades mamá.

—Gracias hija por tu maravilloso y algo irrespetuoso sermón de esta mañana.

—Cuando quieras madre, para eso estamos las hijas.

—Hahahha, qué felicidad amiga, por fin, ya no más ataques del corazón… Porque usted amiga mía, hace saltar más a mi corazón, que mi propia familia, hahahha. Te amo amiga.

—Gracias a todos por estar aquí, por ayudarme y apoyarme con mis locuras siempre, gracias por demostrarme siempre su amor y amistad incondicional, sin ustedes, no lo hubiésemos logrado.

—Eso es cierto esposa mía… wow, qué lindo se escuchó eso. Esposa mía, esposa mía, yayyayayyyaya Alex García es mi esposa, wowoow.

—Tranquilo Romeo que sufrirás un infarto.

Todo quedó increíble. Una boda inesperada, una historia de amor de ensueño. cuando los corazones descubren sus raíces y empiezan a reconocer sus miedos, todo lo pueden vencer.

Todo matrimonio está compuesto por el hogar, ya que ahí empieza la familia y como tal, la familia es la piedra angular de la sociedad, es la base más importante para la humanidad, una

vez que nos unimos en matrimonio debemos también aprender a unirnos en amistad, y empezar aprender hacer herreros, para arreglar los problemas cuando se presenten, debemos de conocer de la agricultura, para conocer cuando la tierra esta fértil y poder sembrar semillas, al sembrarla, debemos estar al pendiente de un 30- 60-100 por cierto y todo dependerá, de qué tan bien esté nuestra tierra, para esperar la cosecha que Dios nos proveerá.

Un matrimonio debe formarse bajo la confianza, el respeto, la amistad, la complicidad, el carisma, la dinámica, el coqueteo, el romanticismo y al final el amor… Y si, al final el amor. ¿Y saben por qué?

Porque es el error que todos ser humanos cometemos, creemos que con amor todo es posible, y créanme, no es cierto. Si no tienes confianza en tu pareja, si no hay complicidad, si no tienen nada en común, si no hay chispa, si no se divierten juntos, si ambos no se coquetean de vez en cuando, y se buscan morbosamente, aunque sea una vez a la semana, el amor se vuelve costumbre, y no existe cosa más terrible en un matrimonio que la costumbre. La monotonía y la costumbre cotidiana es el peor enemigo de los matrimonios en el mundo, peor que las infidelidades.

No te conviertas en una de esas parejas. Sé atrevida, sé coqueta, sé dinámica, sé espontánea, sé divertida, romántica de vez en cuando, pero nunca aburrida.

El novio de Camila llevaba tiempo pidiéndole que se mudaran juntos, pero ella no quiere, Camila está muy concentrada en terminar su carrera de pediatría y desea comprarse su propio departamento, Nachi que es agente de Realtor y es como su tía, la ha estado orientando sobre el tema y todo lo que ella tiene que hacer para lograr obtener un préstamo y comprar su primer departamento. Pero su novio, está presionando, por el sencillo hecho de que él ya es doctor y tiene su propio departamento, el cual paga una renta muy alta y quiere que Camila sea su sustento, porque lleva una vida muy cara y cree que, con su novia entre casa, sus problemas económicos podrían balancearse.

—Camila mi vida, ven siéntate aquí, toma una copa, la verdad es que nunca había probado este vino que vende tu madre en la bodega, es muy rico, cierto?

—¿Cuál de ellos? Sirve varios allá.

—Este el Pino Noir. Con aroma a lavanda y sabor de madera., está riquísimo.

—Oh, si es unos de los mejores vinos que ella sirve, según ella esos vinos tienen algo especial, aún no sabe el qué, hahahha, ya conoces a mi madre. Pero tú, porque esta tan servicial hoy, si casi nunca te gusta tomar y menos ensuciar tus platos en tu depa.

—Pues nada, es que después de ver la inesperada boda de tu mamá y tu padrastro, la verdad se me ha pegado eso del matrimonio, creo que ya nosotros también deberíamos pensar en dar ese paso, ¿no crees?

—¿Disculpa? ¿Ya te afectó el vino?

—Mira este departamento, es muy grande, está vacío, necesita de tu presencia y por qué no, la de un par de chiquillos corriendo por todos lados, vamos Camila, llevamos 6 años juntos.

—Lo sé, pero tú sabes mi posición, solo me faltan algunos meses para graduarme, me están ofreciendo un puesto en el área de pediatría, quiero crecer como profesional, tú ya está establecido como doctor, necesito explorar mis horizontes.

—Lo siento mi amor, te amo, te amo, lo sabes, pero yo no puedo esperar más, si esas son tus metas, pues las respetaré, te amo y te deseo lo mejor, pero yo debo seguir adelante, soy un hombre de 30 años, necesito avanzar.

—José Ángel ¿Estás terminando conmigo?

—No hermosa, tú fuiste quien tomó la decisión, no yo. Y si me disculpas, hay una emergencia en el hospital, debo irme.

—¿Así no más? ¿Así acabarán 6 años de relación?

—Yo quiero más, pero tus prioridades son más grandes que estar conmigo, y no puedo obligarte a cambiarla, lo siento, lo mejor será que te vayas.

Y así, con un delicioso vino, una tarde maravillosa y sin nada de sentido común una relación de seis años se termina, porque no hubo ni apoyo profesional y mucho menos sentimental, ya el amor no era suficiente para mantener una relación supuestamente seria.

Camila quedó destrozada por la forma en que su pareja la echó técnicamente de su departamento, no sabía ni cómo reaccionar, por primera vez, sentía ese dolor que su madre y su padre sentían en sus corazones, no quería llamar a su madre, tampoco a su tía, de repente Daniel, el hijo de Carlos el ex de Rosy le llamó, quien es el mejor amigo de ella, también, el joven carga su pena, la cual solo Camila sabe, los dos se vieron y el joven, sin rumbo la llevó al viñedo de Forest Grove.

—Daniel, ¿qué hacemos en un viñedo? ¿Nos vamos a embriagar?

—No, aquí no solo uno se embriaga, aquí hay un lugar maravilloso, ya verás.

—Hola, ¿qué le gustarían degustar hoy?

"La belleza de la tierra se concentra en las cascara de las uvas y se contempla en los corazones de familiares y amigos"

—Me gustaría una botella de…

—Disculpa amiga mía, hoy elijo yo.

—Uuyy, perdón, ajaja.

—Por favor, nos gustaría probar el Rosso Settimo.

—Excelente elección, ya regreso.

—Vaya, y el alumno superó a la maestra. Bravo.

—Si, es que ese me lo regaló un amigo.

—Mmm, ¿es tu nuevo amigo? ¿Y, ya hablaste con tus papás?

—No, no sé cómo hacerlo, la verdad me da miedo.

—Todo saldrá bien amigo mío, te dije que, si necesitas apoyo, yo estaré contigo ¿Ok?

—Aquí esta su botella de Rosso Settimo, y les sugiero unas botanitas de queso gruyere, aceitunas negras, nueces, galletas y uvas verdes.

—¿Uvas verdes? con este vino Hahahha

—Si, siempre causa curiosidad.

—¿Saben lo que están tomando?

—¿Disculpe?

—el Rosso Settimo. Fusionamos la pasión de nuestra herencia italiana y el amor por el vino en una mezcla roja de estilo italiano.

—Vaya, Daniel, ahora entiendo por qué eres mi amigo, si sabes consentirme.

—"Una vida sin amigos es una vida sin emoción" y ustedes todos, aún tienen un millón de hojas en blanco esperando ser creadas. Disfruten de su vino, les sugiero pasear por los senderos del lago, les encantará esa vista.

> "La belleza de la tierra se concentra en las cascara de las uvas
> y se contempla en los corazones de familiares y amigos"

—Salud amigo, y gracias señor.

—¿A dónde se fue?

—No lo sé, wow, qué señor tan extraño, pero muy sabio ¿No?

—Si que lo es, ¡Vamos a ver!

—Si, caminemos y así me platicas por qué estas tan triste.

Camila y Daniel recorrieron los senderos, era como andar en el paraíso descalzos, platicaron de sus penas, rieron, lloraron, fueron sinceros, ella habló de sus sueños, él habló de sus miedos, pero ella quiere apoyarlo y prometió no dejarlo solo nunca. El viejito, nuevamente, escuchó su conversación y cuando los amigos se abrazaron, el aparece y les dice una frase que le marcaria la vida a los jóvenes, para siempre.

> "El vino consuela a los tristes, rejuvenece a los viejos,
> inspira a los jóvenes y alivia a los deprimidos del peso de sus
> preocupaciones." Lord Byron.

El pensamiento destructivo sobre uno mismo se forma como resultado de críticas de otras personas, generando desconfianza y afectando el estado emocional. Las personas que generan miedo al rechazo, son personas que no tienen confianza en sí mismos y no respetan sus propias opiniones. Según la escritora y Mentora del crecimiento personal y profesional (Lucy Escobar) en su Libro "Atrévete a ser una mujer exitosa" menciona también, que cuando dejamos que las opiniones de los demás sean más grandes que nuestras propias opiniones, les otorgamos un poder sobre nosotros. Ella cita; "No prestes atención a

"La belleza de la tierra se concentra en las cascara de las uvas
y se contempla en los corazones de familiares y amigos"

los comentarios desagradables hacia nuestra persona, No te adjudiques cuestiones que no te corresponden, aprovecha el tiempo para conocerte más". *(Lucy Escobar)*

No temas al rechazo, Dios te ama tal y como eres; ser diferente, no es una enfermedad, es una cualidad, un privilegio que pocos poseamos y que nadie aprecia. Vive, sé libre, tú tienes la ventaja de crear historias y dejar ejemplo no solo de vencimientos, también ejemplo a creer en ti y que los demás también pueden. *"No eres diferente, eres especial" (Alexandra Farias)*

CAPÍTULO 10
CARTA AL AMOR

—Chicas, gracias por esto, necesitaba verlas.

—Hola Rosy ¿Cómo estás?

—Hace ya dos semanas que no las veía y siento que han pasado más de dos meses, las he extrañado chicas.

—Si, y nosotras también.

—Si, han sido dos semanas de torturas para mí.

—Tranquila Rosy, que son las 12 y si sigues tomando así, te vas a embriagar.

— Lo necesito chicas, voy a leerles algo, por favor no me interrumpan, bueno, no, mejor léelo tu Nachi.

—Dame acá, ya, cállense y siéntense, yo la leeré

Querida Rosy, mi mejor amiga.

Cuando hayas recibido esta carta ya estaré casado y muy lejos, sé feliz y trata de querer siempre al hombre que a tu vida llegue, olvida a este loco amigo tuyo que por cobarde no te entregó su amor, guarda nuestros recuerdos en tu corazón y jamás de ahí me saques, porque, así como tú, siempre vivirás en el mío y yo desearía vivir en el tuyo.

223

> "La belleza de la tierra se concentra en las cascara de las uvas
> y se contempla en los corazones de familiares y amigos"

Gracias por ser ese amor de ensueño que todo hombre deseaba... Fuiste y eres lo más puro y verdadero que mi corazón amó... Hoy me alejo otra vez de tu vida cerrando este último capítulo de una historia que jamás fue, pero que nunca olvidaré.

Hoy me caso con la chica que la vida eligió para mí, aunque mi corazón te eligió a ti para amarte, perdón por ser tan cobarde y nunca confesarte lo que hasta ahora decidí aceptar. Se despide, quien te amó y por cobarde hoy te perdió. Carlos Cárdenas.

—Rosy, esta carta tiene fecha de.

—Si, de hace más de 20 años, hacen 15 días Carlos me buscó y me la entregó, dijo que me la había escrito el día en que se casó con Rita, pero que nunca me la entregó y hace poco la había encontrado. La había guardado todos estos años.

—¿Pero qué ganaba ese hombre con darte esto a esta altura del partido?

—Eso es muy romántico, una carta de tu amor del pasado, qué lindo.

—¿En serio Nachi?, No ayuda con tu comentario, ¿no ves como esta tu hermana?

—¿Qué? Aun así, es romántico.

—Dámela, la quemaré y así terminaré con esto.

—No, no puedes hacerlo.

—¿Y por qué no?

—Amiga mía, te conozco, y no creo que tu hayas terminado con esto todavía, sé que amas a tu marido, pero por tu expresión, por tu angustia, y por cómo te has comportado desde su aparición en tu vida, creo que aún no has tenido un cierre con ese amor de segundaria. Y que me perdone tu marido, pero creo que en nombre de ese amor que le tienes, debes de darle un cierre a tu pasado, no creo que tú y tu esposo se merezcan vivir con una sombra del pasado.

—¿Tienes algo de comer?

—Estás en la bodega, aquí siempre hay algo de comer.

—Creo que Alex tienes razón, debes de hablar con él y decirle lo que tú nunca le dijiste. ¿Qué fue lo que nunca le dijiste?

—¡Nachi!

—¿Qué? Solo preguntaba. (Alguien toca la puerta)

—Entra, María.

—Aquí están sus correspondencias.

—Gracias María, y por favor, prepáranos una mesa en la terraza, vamos a comer allá.

—Pero aún está algo frio.

—Querida, estamos a finales de abril ya la temperatura está a 70, esta rico afuera.

— Así es, la terraza por favor. ¿Y esto?

—¿Qué es?

—Espera, deja abrirlo. *"El pasado no se basa en arrepentimientos, si lo disfrutaste, fue hermoso, si se tornó difícil es experiencia".*

—¿Quién te envió eso?

—¿Y qué significa?

—Creo que llegó justo a tiempo, y el mensaje es más para ti Rosy, toma, léelo hasta que lo entiendas, vamos a comer, hace hambre.

*"La belleza de la tierra se concentra en las cascara de las uvas
y se contempla en los corazones de familiares y amigos"*

—¿Pero qué significa? ¿Y quién lo envió?

—Tranquila Nachi, ni en un millón de años lo entenderás. Vamos a comer y ya cállate, hablas mucho.

Las chicas comieron y pasaron una tarde muy bonita, se pusieron al día, luego se fueron a su casa, Alex siguió trabajando, en la noche Alex y su hija tuvieron una conversación sobre su relación, la joven aún estaba muy triste pero su madre la apoyó , luego llamó a su ex marido, él llegó con sushi, la comida favorita de Camila y en familia pasaron una velada muy bonita, Delfino, estuvo de acuerdo que Adonis estuviera en la casa apoyando a su hija, resulta que la abogada y Adonis estaban viviendo un romance y acababan de volver de las Bahamas. Ni siquiera Camila lo sabía.

Los padres de Camila la consintieron y la apoyaron en su decisión y le dieron mucho ánimo, lo que la hizo sentirse mucho mejor. El padre de la joven le dijo que se fuera unos días de vacaciones, que eso le ayudaría a despejar su mente. Ella le comentó que había un grupo de médicos que se iban para la República Dominicana como voluntarios a trabajar por un mes, a trabajar en hospitales públicos y la invitaron, sus padres la animaron para que aceptara. Al día siguiente, Camila fue al hospital a pedir el permiso de un mes y cuando entró a en la oficina de la directora, ella y su flamante novio, estaban terminando de ponerse sus hermosas batas. Camila salió corriendo de la oficina, no sin antes darles las gracias a ambos. Todo el hospital sabía de las relaciones que el doctor tenía con varias, menos la pobre de Camila, a Dios las gracias la joven casi pediatra, se dio cuenta.

Camila llegó a casa, preparó su maleta, avisó al equipo médico que se iría con ellos, le dijo a su madre lo que sucedió, en la noche José Ángel fue a buscar a Camila a la casa, ¡vaya que error! al abrir la puerta, Delfino lo recibió a golpes y le dio hasta con el cubo del agua al pobre doctor, no le quedaron más ganas de volver a buscar a Camila. La joven nunca se enteró de la paliza que su padrastro le puso al sexy patán ex de su doctor novio. Dos días después, Camila se fue, en el aeropuerto todos se despiden de Camila, Adonis hace el comentario que al menos su ex debió despedirse de ella y Delfino le dice lo que sucedió, Adonis furioso fue al hospital y en medio de todos, volvió a romperle su sexy y perfecta cara al pobre ex de su hija. Pobrecito doctor, creo que ahora si necesitará de un cirujano.

"Los hijos, a veces creen que nosotros como padres no entendemos su mundo y sus formas de pensar, pero sin importar lo que ellos creen saber, el amor de un padre es tan grande, que no se puede expresar con sermones, va más allá de lo que nuestros hijos piensen o crean, sus dolores y penas, se convierten en una tortura para nosotros y si, a veces reaccionamos de una forma bruta, pero que le vamos hacer, cuando hieren a nuestros hijos, sacamos la fiera que vive dentro de nosotros. Nos convertimos en primitivos, pero nadie nos quita el gustazo de poner en su lugar a cualquier persona que intente o que lastime de cualquier forma a nuestros hijos". Ser padres no es fácil, pero si es maravilloso.

"La belleza de la tierra se concentra en las cascara de las uvas
y se contempla en los corazones de familiares y amigos"

Lujuria afrodisiaca

—Alex, apúrate que vamos tarde.

—Ya voy mi vida, ven, mira esto.

—¿Qué mujer? Vámonos.

—Ven a ver Delfino, solo será un segundo.

—¿Qué pasa? ¿Qué quieres? Por Dios mujer, ¿qué haces? No
tenemos tiempo, debemos irnos a recoger las cajas de vino y
tenemos cita a la 1 en la bodega, no tenemos tiempo para esto.

—Vamos mi vida, claro que tenemos tiempo, vente.

—No mujer, prometo que esta noche seré todo tuyo, así que
apúrate y te espero en el carro. Lo siento, te amo.

—No, no parece, un hombre que ama, no deja a su amada con
ganas y encuerada. Pero qué más da, ya voy.

Alex iba muy seria todo el camino, ella tenía deseos de estar con
su marido, pero ya no tenían tiempo y era lo que le molestaba que
antes siempre tenían tiempo, pero desde que se casaron, el tiempo
se ha vuelto su enemigo, últimamente sus hormonas están algo
revueltas, su apetito sexual está aumentando, todo la excita, hasta
la forma de comer de su marido, el pobre duerme super cansado
porque en la noche, hasta 3 veces lo hacen antes de dormir y en
la mañana deben hacerlo también. Pero en el día, o en la tarde, o
en la oficina, nada que ver. Y a veces, llega y se duerme temprano
para evitarla.

—Hola chicos ¿Cómo están? Lo siento, sé que tuvieron que venir
hasta aquí para recoger sus cajas, la verdad estamos saturados de
pedidos y los camiones no, nos dan abasto.

—Descuida amigo, nosotros encantados de venir aquí.

> "La belleza de la tierra se concentra en las cascara de las uvas
> y se contempla en los corazones de familiares y amigos"

—Mm, ¿y eso que es?

—Oh, son huevos de Codorniz. ¿Quieres probar uno?

—Claro. Los comía cuando niña, cada vez que me enfermaba mi mamá me lo compraba, porque sufría del estómago y llevaba una dieta algo estricta y los huevos de codorniz eran mis favoritos.

—Voy llevando las cajas a la camioneta.

—Ok, yo iré al baño.

—¿Y cómo va la bodega, o la Isla? ya no sé cómo llamarla, hahahha

—Isla, bodega, es lo mismo, le llamo isla porque es como un pedacito de mi tierra, pero en realidad es una bodega.

—Ok, entiendo, ¿y los vinos? me han dicho que se han vendido bastante bien.

—Clarooo que sí, son los favoritos.

—Toma, prueba este, es nuevo.

— Mmm, qué delicia, debes hablarme de ese… Espera veré si el baño se desocupó.

—Ok.

—Dios ¿pero durarán tres horas esas mujeres ahí dentro? bueno entraré aquí.

—Disculpe, este es el baño de los hombres.

—Lo siento, es una emergencia y el baño de las chicas está ocupado. Cierro mis ojos, no veo nada, así que descuide, usted a lo suyo y yo a lo mío, uuyy qué alivio. Ya terminé, me lavaré las manos.

—Ya puedes abrir sus ojos, yo también terminé.

—Santo Dios, pero ¿Qué es esto? wow.

Los huevos de codorniz, la temperatura sexual y el nuevo vino, le han provocado una lujuria afrodisiaca a la pobre de Alex y al abrir los ojos y ver al hombre que estaba en el baño, ella se volvió loca. Empezó a tocarlo.

—Dios padre ¿Y todo esto que es? ¿Eres real o es mi imaginación?

—Disculpe, ¿usted qué hace señora?

—Mm, si eres real, pero no hables, que me desconcentra, estas muy rico papi

—Oh Dios, no sigas por favor.

—¿Quieres que pare, o te excita como yo?

—Mmm.

—Si, sabias que lo estabas disfrutando, wow y todo este paquete, ¿lo sabes usar?

—Si sigues tocando, tendré que responderle como se merece.

—Si, eso quiero, quiero ver como cojes, ¿porque si sabes coger, cierto?

—Oh Dios, ya no aguanto, te enseñaré.

—Alex, Alex estás bien, ya vámonos, mi vida.

—OMG, ¿es su esposo? va a entrar y nos matará.

—Tranquilo, silencio, todo está bien; estás muy rico papi.

—Alex, vámonos, ¿estás bien?

—Si, estoy bien, vámonos.

Alex olía su cuerpo como si fuera una fiera inquieta y con mucho apetito, lo pegó de la pared, el pobre hombre estaba asustado y a la vez, muy excitado de lo que Alex le estaba haciendo, ella empezó a tocarle todas sus partes con un salvajismo y le abre la camisa, tenía un cuerpo de fisiculturista profesional, ella le pasa la lengua desde el ombligo hasta el cuello, muerde sus labios, ya el hombre no aguantaba más, subió a Alex al lava mano y se bajó sus pantalones, en ese instante, llegó su marido y empezó a llamarla, el pobre hombre, todo se le bajo de una, pensó que Delfino entraría y lo mataría, pero Alex salió antes de que él siguiera llamando.

Alex sale toda sudada, y el pobre hombre quedó en el baño completamente iniciado y con una felicidad y a la vez completamente confundido, no tenía ni idea de lo que había pasado ahí dentro, aunque la voz del marido, lo asustó bastante, duró unos 5 minutos en el baño después que Alex salió.

—Mi vida, ¿estás bien?

—No, no estoy nada bien, creo que necesito mucha agua y mejor nos vamos.

Ellos se fueron por el campo, Alex subió los pies en la ventana, el calor la estaba matando y estaba muy excitada, resulta que su marido también se excitó con los huevos y el vino, y ver a su mujer así y al dejarla iniciada en la mañana le dio remordimiento, Delfino paró la camioneta a mitad de camino, la orilló en un campo vacío y le hizo el amor a su mujer como aquella vez cuando llovía y ella le pedía que no se fuera, con la diferencia, que esta vez, la pasión era feroz y la ternura pasó a un segundo plano. Él quedó tan satisfecho y feliz, que solo reía, salió de la camioneta y se roció una botella de agua encima, puso música y le gritó a su mujer, "te amo jefa, te amoooooooo". Delfino una vez más entendió por qué razón su jefa lo volvía loco y que era lo que lo había enamorado de ella. Alex García, nunca será una mujer común.

Delfino buscó una forma de ser el hombre del cual su mujer se enamoró, y trató de combinar eso con el empresario que ayudaba a su esposa a que el sueño de que su isla fuera unos de los mejores lugares en el estado de Oregón fuera una realidad.

Pasó un mes, Camila estaba a punto de regresar de su misión de ayudar en el caribe, Alex quiere preparar una comida para recibirla con todos sus amigos, le pidió a Rosy que le dijera a su hija que invitara a todos los amigos de ella y de Camila, ya que sus hijas compartían los mismos amigos, sin imaginarse la gran sorpresa que esa fiesta iba a traer. Todo iba a cambiar ¿Podrá el amor y la magia del vino reconstruir todo lo que se viene para esta familia?

—Mi vida, ya tengo que irme, te amo.

—Cuídate Delfino, por favor.

—Tranquila Alex, te noto algo nerviosa ¿Estás bien?

—No, la verdad no sé, tengo una angustia desde esta mañana, es como si algo me avisara que todo va a cambiar y no es para bien.

—Descuida amor, todo va a estar bien, te lo prometo. Te veo mañana, te amo.

—La noche, está muy oscura, nunca está tan oscura, no hasta su hora actual que es justo cuando va a amanecer, y no son ni las 10 de la noche.

—Ay brujita mía, a veces dices cosas, que no entiendo, ya vete a dormir, hasta mañana.

Una vez que Delfino terminó con la entrega de los vinos de California que debía distribuir, ya eran las 3:00 a.m. de la madrugada, cuando un auto casi lo embiste, él lo esquiva y al salir del auto y ver quién rayos era el loco que tuvo a punto de chocarlo, se encontró con la sorpresa de que era Catalina, estaba herida y vestida de novia. Él, la sacó del auto y la sube al suyo y la lleva a casa.

Catalina había huido de su boda y fue herida por su futuro marido y no se le ocurrió otro lugar para esconderse que la casa de su ex.

—¿Esto qué es?

—Hola Alex, también me da gusto verte.

—Delfino, tienes 1 minuto y 30 segundos para explicarme esto.

—Yo le explico. Un mafioso me obligó a casarme con él, el día de la boda, sus matones se descuidaron, yo me escapé y uno de ellos me disparó, maté a uno y aquí estoy. ¿Lo hice antes o me pasé del minuto treinta?

—¿Qué, ahora también eres chistosa?

—No quiero causar problemas, de verdad, pero no sabía a donde más ir.

—Ah, no, pues a mí se me ocurren cientos de lugares. Tu familia, la policía, hospitales, ¿le sigo?

—Si voy con mi familia, les pondría in serious trouble. Y esa gente, tiene a los cops, comprados.

—Y tú sigue teniendo problemas de identidad, ¿cierto?

—Alex, por favor.

—Yo mejor me voy, gracias Delfino.

—¿Para dónde crees que vas mocosa? Siéntate ahí. Margarita, llámate al doctor Thompson, dile que lo necesito, es urgente.

—Si señora.

—Yo iré a la bodega, mañana llegará todo para la comida, tengo que revisar que todo el pedido llegue completo.

233

—Pero son las 4:00 a.m.

—¿Y qué? ¿Tú puedes llegar con sorpresitas a la casa y yo no puedo ir a trabajar a la hora que me da la gana?

—No quiero discutir, vete tranquila.

—No, no me iré tranquila, pero, debo irme por el bien de todos.

—Lo siento Delfino, no quería causarte problemas.

—No digas nada, iré a buscarte algo para que te cubras y a prepararte un té para que calmes tus nervios.

—¿No tienes algo más fuerte? ¿Como un tequila?

—¿Tequila? Ok, deja ver.

—Aquí tienes, ya el doctor viene en camino, iré a prepararte una habitación.

—Delfino, espera... Gracias, gracias por ayudarme y cuidar de mí.

—¿Sabes? Tengo curiosidad, ¿cómo supiste que era yo quien venia en ese auto?

—Ouch, me duele la rodilla, creo que voy a descansar aquí mismo.

—Si, por supuesto.

—Señor, ya llegó el doctor.

—Gracias, dile que pase, yo iré a ver algo.

—Por favor Alex, contesta el teléfono.

Alex se quedó en la oficina, estaba tan furiosa, que no podía con ella misma, destapó una botella, empezó a tomar y hacer algunos cambios en el bar, reordenó su oficina. El doctor atendió a Catalina, ella se quedó dormida, pensando que está a salvo con Delfino a su lado, pero los problemas ajenos a veces tienen daños colaterales.

*"La belleza de la tierra se concentra en las cascara de las uvas
y se contempla en los corazones de familiares y amigos"*

—Ya son las 6 de la mañana y tú no regresaste a casa.

—Estaba ocupada, aquí era más productiva que en mi propia casa.

—Por favor mi vida, no dejemos que la presencia de Catalina interfiera entre nosotros.

—Ese es justo el problema, que no es su presencia, es todo ella, y tú, que siempre busca ver el lado bueno de todo el mundo, no te das cuenta que esa mujer nos causará problemas, ya lo está causando.

—Vamos a casa, te extrañé en mi cama.

—Oh, ¿en serio? Pensé que te quedarías de enfermero de tu ex insoportable novia.

—Ok, ya estuvo, ven acá.

—Qué haces, espera.

—No, tu espera.

Delfino agarró a su mujer y en pleno centro de la bodega la tiró al piso y las ropas volaron, Catalina fue olvidada, y los besos y caricias, se hicieron presente, empezó a llover y ellos solo se concentraron en complacerse conjuntamente, cuando.

—¿Dios, pero qué? Lo sientooooooooo.

—¿María, que haces aquí?

—Lo siento jefe, pero aquí trabajo y es la hora de entrar.

—Dios, ¿ves Delfino lo que provocas?

—¿Y yo qué hice ahora?

—En el estacionamiento están los demás.

—Diles que no entren.

—Si, fue lo que supuse.

—No chicos, aun no pueden entrar.

—¿Cómo? pero ¿Por qué? ¡yo voy pa dentro!

—Que te esperes, te dije.

—¿Qué pasa María? Nos estamos mojando.

—Los jefes están discutiendo y no quieren que los interrumpan.

—¿Es en serio? ¿Aquí y a esta hora?

—Ellos son los dueños, pueden discutir en el lugar y a la hora que quieran Carlitos, ¿o no?

—Hola chicos, buenos días y adiós.

—Buenos días jefa, buenos días jefe.

Alex se va a casa, y Delfino se queda a atender el pedido, por el cual Alex supuestamente salió de la casa a las 4 de la madrugada. Ella iba muy sonriente, feliz se sentía cómo una adolescente, haciendo travesuras. Se apareció en la casa de Rosy.

—Alex, la última vez que viniste a mi puerta a esta hora, fue por causa de tu marido, pero ya están casados, pensé que ya no volverías a tocar mi puerta a esta hora.

—Hola, lo siento y si, esta vez estoy aquí por Delfino, nuevamente.

—Nooo, no me digas que ya se pelearon ¿Y ahora qué paso?

—(Alex, no deja de reír y solo dice) Bueno, no creo que quieras saber, pero para que no te quedes con la duda, te lo contaré, solo por cortesía. Hahahha

—Ok, deja de reír, que me estás asustando, ¿qué paso?

—La perrita de Catalina regresó a las 4.00 a.m. Mi marido llegó con esa niñita casi entre sus brazos.

—¿Es en serio?

—Si, para no hacerte el cuento largo, ella huyó de su propia boda y no encontró un mejor refugio que con mi marido. Yo me fui a la bodega a las 4 de la mañana, y Delfino llegó a las 6 a buscarme, discutimos, y terminamos haciendo el amor, en medio de la bodega, y María y los demás empleados llegaron.

—¿Queeeeee?? ¿Todos los vieron a ustedes? Dime que por lo menos tenían ropa puesta.

—No, estábamos como Dios nos mandó a este mundo, literal, mojados y sucios.

—Hahahha. por Dios mujer, no puedo creerlo, hahahhahha

—Si, pero a Dios las gracias, solo María nos vio. Pero ella se volteó de una vez.

—¿Quieres algo de comer?, Siii, tengo mucha hambre. Bueno, tú y yo teníamos una cita esta tarde, me imagino que la haremos ahora.

—No, ahora no, tengo hambre y estoy cansada, voy a bañarme y a dormir, digo si es que puedo, te veo más tarde, te quieroooooo.

—Yo más. Dios esta amiga mía, va a volverme loca un día de estos.

Alex llegó a casa, Catalina estaba dormida, ella se dio un baño y se fue a dormir, en el trabajo, todos se dieron cuenta que Alex estaba ocupada en la bodega, ella cambió la oficina completamente, Delfino revisó todo lo que necesitaba y no quería salir, no quería ver a María, tenía algo de vergüenza, pero ella entra a llevarle un desayuno, porque se imaginó que tenía hambre, mucha hambre, después de ese gran trabajo que su esposa y él hicieron.

—Jefe, aquí le traigo algo, para que le eche al estómago.

—Gracias María, hola María.

—Hola jefe ¿Cómo estás?

—Muy bien, gracias.

—Me alegra.

—Espera María, con respecto a lo que paso…

—Descuide jefe, usted y su esposa no tienen que justificarse ni dar explicación, es bonito saber que ustedes se aman donde quiera y que su amor no interfiera con nada. Los quiero.

—Gracias María.

—De nada, pero en el futuro, pongan la alarma y empiecen más temprano.

—Si.

Delfino se preguntaba como estará Catalina, pero no quiere llamar a casa a preguntar por ella, no quiere que su esposa se vaya a molestar nuevamente. Se quedó con la duda y prefirió ir a casa, llegó como a las 11, Alex seguía dormida y Catalina ya estaba desayunado algo.

Ya en la tarde, Alex y Rosy habían quedado en verse en un café, pero la lluvia o el destino le impidió que se reunieran.

**La lluvia suele, a veces, ser mensajera
del destino o cómplice del maligno.**

—Dios, pero qué fuerte está lloviendo hoy, y Alex que no llega. (El celular suena)

*"La belleza de la tierra se concentra en las cascara de las uvas
y se contempla en los corazones de familiares y amigos"*

—Hola, Alex ¿dónde estás?

—Lo siento Rosy, no podré llegar, me llegaron unos turistas de sorpresa y casi no tengo empleados, tengo que atenderlos y Delfino no está, lo siento corazón, nos vemos mañana en casa para desayunar.

—Está bien, esperaré que pase un poco esta lluvia y me iré a casa.

—Lo siento mi vida.

—Descuida, ¿y Catalina?

—Por favor, no me la menciones, que me pone de malas.

—Lo siento bella, bueno, haz lo que tienes que hacer.

Rosy solo veía la lluvia caer por la ventana y de repente pensó en lo que Nachi y Alex le habían dicho que ella y Carlos se merecían un cierre, pero ella era demasiado cobarde para buscarlo y hablar del pasado, si el día que lo besó, duró un mes nerviosa y sin poder estar íntimamente con su esposo. Pero de repente, empezó a pensar que desearía que él estuviera ahí con ella, recordó esa tarde cuando estudiaban juntos y empezaba a llover, siempre se abrazaban, ella moría por besarlo, pero nunca se atrevió, solo se imaginaba que si él estuviera con ella en ese instante lo besaría y no cometería el mismo error. Empezó a golpearse la cabeza, mientras se decía estúpida.

—Estoy seguro que tu cabeza ya está arrepentida de lo que te hizo, perdónale la vida.

—¿Qué?

—Que le perdones la vida a tu cabeza, y no la golpees más.

—Ah, noo, ja, que, que, quc.

—¿Qué hago aquí?

239

—Si, no, bueno, este lugar no es que no puedas venir, yo solo decía, que…

—Estás hermosa, ¿cómo estas Rosy? ¿Quieres un poco de agua?

—Si, no, sí.

—Ok.

Carlos se pone las manos en los bolsillos y espera que a Rosy se le pase sus nervios, lo cual eran muy notables, se queda parado esperando a que ella le permita sentarse, cosa que no hizo, hasta que llegó una de las camareras, metiche como siempre.

—Disculpe señor, ¿se va a sentar usted con la señora o esperará a que se desocupe una mesa? Pero no puede estar parado en el medio, lo siento.

—Oh, lo siento más yo, disculpe señorita. yo, creo que voy a…

—Él se puede sentar conmigo, gracias señorita.

—Uff, gracias, pensé que nunca me lo pedirías.

—¿Disculpa?

—Si, estuve esperando desde que llegué que me invitaras a sentarme contigo.

—Ah, lo siento, yo pensé que estabas esperando a tu esposa y a toda su familia.

—No, ando solo, muy solo, completamente solo, solo, como la red mala, solitariamente solo, solo como los mendigos, pero con ropa limpia, solitariamente solo.

—Si, ya entendí. (Sosteniendo sus manos, porque este no dejaba de moverlas).

—¿Qué haces aquí, con este ventarrón y sola?

*"La belleza de la tierra se concentra en las cascara de las uvas
y se contempla en los corazones de familiares y amigos"*

—Esperaba a mi amiga, pero le llegaron clientes, turistas a la bodega de sorpresa y tuvo que quedarse.

—Oh, Ok.

—¿Sabes? Te seguí en mis sueños y mi corazón te hizo un puente y mis brazos te encontraron.

—¿Eso lo inventaste o lo sacaste de una galleta china?

—En realidad, me lo sopló la lluvia.

—Siempre fuiste extraño, creo que eso me gustaba de ti.

—¿Qué dijiste?

—Yo, nada.

La lluvia empezó a incrementarse, Carlos le toca sus manos, ella sonríe, dibuja una sonrisa en el cristal, luego pide un chocolate caliente, para recordarle a él esas tardes de lluvia que pasaban juntos, él, la miró, sonrió y cambio de lugar, se sentó a su lado y vuelve a verla fijamente a los ojos.

—Si no me vas a besar, será mejor que te vayas.

—Eres una mujer respetada, nunca te faltaría el respeto en público, aunque esté muriendo por tomarte entre mis brazos y descubrir qué hay debajo de tu piel.

—Creo que mejor me voy.

—Te acompaño, vamos.

—Espera Carlos, mi auto está estacionado del otro lado.

—Lo sé, pero no vamos para tu carro.

—Nos estamos mojando, está muy frio.

—Tranquila, yo te secaré completa.

—¿Para dónde me llevas?

—Al fin del mundo, donde nadie te conozca y pueda perderte el respeto.

—¿Vamos a entrar aquí? ¿De quién es este departamento?

— Mio, es mi casa desde hacen casi dos años.

—¿Tienes un departamento clandestino de soltero? Vaya, ¿y tu esposa te deja?

—No, no Rosy, aquí vivo, Rita y yo estamos divorciados desde hacen dos años, pero ella por sus "amistades" no quiere que nadie lo sepa.

—Lo siento, no lo sabía.

—Oh, no, no lo sientas, yo no lo siento, ni mis hijos tampoco, creo que ellos están más felices que nosotros, así que tranquila. Listo, ya se prendió la calefacción.

—Qué bueno, porque tengo mucho frio.

—Descuida, yo me encargo, toma esta toalla.

—Gracias.

—Déjame ayudarte. (Carlos le seca el pelo sin dejarla de mirar, le da un beso en las mejillas)

—Todas estas obras de artes, ¿son originales?

—Toma, espero que te guste el tinto.

—Gracias. (Rosy no disimula sus nervios, y para calmarse, se les despega y sigue hablando de sus pinturas).

—¿Sabes? Amo muchísimo el arte, lástima que nunca seguí ese sueño. Carlos, ¿dónde estás?

—Aquí estoy, solo aquí.

—Dios, ¿pero y esto qué es?

—Bueno, veo que estás más interesada en mi colección de arte que en mí, y me dije, si me pongo una ropa sucia de pintura, me convertiría en arte y podría ser que eso le inclinara su atención sobre mí.

—Dios santo, estás loco.

—¿Y? ¿Funcionó? ¿Te gusta este arte?

—Me encanta ese arte.

—¿Qué tanto?

—Muchísimo.

Carlos le quita su blusa y ella lo detiene, Rosy tiene vergüenza de que él vea su cicatriz.

—¿Por qué me detienes? ¿Acaso no quieres?

—Si, si quiero, bueno no sé, nunca he estado con otro hombre y la verdad no sé si pueda, aparte, no quiero que…

—¿Qué pasa bonita?

—Justo eso, tú crees que soy bonita, pero no lo soy, no completa.

—Eres perfecta, y me encantas como eres.

—Mira, ¿y ahora, crees que lo soy?

—¿Lo dices por tu cicatriz?

—Tuve una cirugía a corazón abierto. Estoy marcada de por vida.

—Vida, es lo que te sobra y a mí me faltará si no te beso en este momento.

— Gracias Dios por regalarle una segunda oportunidad a la mujer de su vida, para poder vivir justo este momento.

—Carlos, qué dices. (Sus lágrimas empezaron a caer, nunca imagino escuchar esas palabras y menos de Carlos Severino)

> "La belleza de la tierra se concentra en las cascara de las uvas
> y se contempla en los corazones de familiares y amigos"

—Juro mujer bonita que, si muero hoy, no me importa, porque al fin logré entregarte lo más valioso que tengo.

—¿Y eso es?

—Mi corazón, mi corazón es tuyo.

—Carlos.

—No digas nada, ya no más.

—Lo siento, pero no puedo, me encantaría ser más valiente y atrevida pero no puedo, amo a mi esposo y no podría estar con otro hombre. Lo siento.

—Tranquila bonita, tranquila.

Carlos y Rosy se abrazaron muy fuertes, ella empezó a llorar, luego platicaron de todo eso que nunca se dijeron, él, la respetó, se tomaron dos botellas de vino, mientras la lluvia pasaba, y ella regreso a su casa, feliz de haber tenido su cierre con su pasado. No de la forma que él hubiese querido, pero sí de la mejor manera posible.

*"La belleza de la tierra se concentra en las cascara de las uvas
y se contempla en los corazones de familiares y amigos"*

Capítulo 11
Destino o maldición

Todo en la bodega estaba listo para la fiesta de bienvenida de Camila, sus amigos llegaron, algunos con sus padres, para sorpresas de muchos. Delfino puso un letrero, que estaban cerrados para el público esa noche por motivo familiares. A unas cuadras del camino, se le averió una llanta del auto a Alex.

—Permítame ayudarle señora.

—Gracias, siempre la cambio sola, pero hoy, creo que estoy algo nerviosa, no tengo muchas fuerzas en mis manos.

—Descuide, yo lo haré, es simple.

—Gracias, tengo la fiesta de mi hija y quiero que todo salga perfecto, creo que la emoción, me tiene con miedo a que algo salga mal, de hecho, llevo varios días, con una sensación muy extraña.

—Silencio de más, espanto de vez en cuando, ¿las palabras le tartamudean?

—¿Si, ¿le ha pasado?

—A todos nos ha pasado, pero, ¿acepta un consejo de un extraño que acaba de cambiar su llanta?

—¡Si, claro!

—Cuide de su familia y aleje a personas que llegaron de sorpresas a su vida, la tempestad amenaza arrasar con fuerza.

"La belleza de la tierra se concentra en las cascara de las uvas y se contempla en los corazones de familiares y amigos"

—¿Disculpe?

—Buenas tardes y mucha suerte.

Las palabras del extraño le erizaron la piel, Alex se puso más nerviosa de lo que estaba, entendió que no estaba loca, que sus nervios y sus presentimientos desde la llegada de Catalina no eran suposiciones ni celos, como le decían Camila y Delfino

—¿Dónde estabas? Estuve llamándote y no respondías, me preocupé, estuve a punto de salir a buscarte, pero no encontraba las llaves y luego mi coche no prendía.

—Ya estoy aquí, se me averió una llanta a dos cuadras de aquí y no me entró tu llamada, de hecho, no me ha entrado ni una llamada, desde hace dos horas.

—Te dije corazón, que tu damisela estaba bien.

—¿Corazón?

—Ya Catalina, deja de tomar.

—¿Es en serio? La fiesta apena está empezando y está loca, ya está borracha.

—No está borracha, apenas lleva dos copas.

—Te juro que, si algo sale mal esta noche, te mato a ti y luego la mato a ella, te revivo y luego los mato a los dos y hago un vino con sus sangres ¿Te quedó claro?

—Oiga, jefe. ¿Y con la sangre se puede hacer vino?

—Claro tonto, ¿no ves que Jesús convirtió la sangre en vino?

—No burro, fue el vinagre.

—No, fue el agua ¿Verdad, jefe?

—Dios, estoy rodeado, estoy rodeado.

—¿Y de que está rodeado el jefe?

—¿Como que de qué? De vino, ¿no ves? ¡qué burros son ustedes!

—María, si la jefa mata al jefe y convierte su sangre en vino, ¿tú vas a comprar una de sus botellas? ¿Tú crees que la vendan cara?

—¿Por qué me golpeas?

—Porque no eres más tonto, porque no eres más grande, o más burro.

—Uuuyyy Carlitos, María te trae cortito.

—Así es que me gustan, bien brava.

—Si, claro, Hahahhahha.

Todos los invitados estaban muy divertidos, Catalina, estuvo coqueteando unas que otras veces con Delfino, Alex se la fue juntando poco a poco, llamó a su casa y le pidió a su empleada que le recogiera todo lo que había en la habitación de ella y lo enviara a un hotel, Alex le reservó un cuarto de hotel y se lo pago por 3 días. Sin decirle nada, esa era la gran sorpresa que se llevaría la chica al volver a casa.

Camila estaba tan feliz al ver a sus amigos, estar rodeada de personas increíblemente sinceras que ella ama y que la aman, en eso entró la doctora y directora del hospital que Camila trabajaba, ella supo de su gran labor y fue a pedirle una disculpa y a pedirle que volviera al trabajo, lo que ella no sabía es que el Dr. Thompson supo su incidente y le ofreció ser la segunda doctora del área de pediatría. Hasta que se gradué, solo le faltaban 3 meses. Camila despreció a la doctora delante de todos. En ese instante, entró Carlos, pero Daniel ya había llegado con su mamá, Camila ya la conocía; en la mesa, estaban: Camila, Daniel, Rita, Nachi, su hija y la hija de Rosy.

"La belleza de la tierra se concentra en las cascara de las uvas
y se contempla en los corazones de familiares y amigos"

—Buenas noches, perdón por llegar tarde.

—Descuida, eres bueno en eso.

—Descuide, no hay problema, ¿usted es?

—Carlos Severino, soy el padre de Daniel y Daniela.

—Qué extraño ver a mis papas en la misma mesa

—Tranquilo amigo.

—Mucho gusto, soy Alex García, la Madre de Camila.

—Alex, ellos son…

—Si, Nachi, cálmate.

—Disculpé, ¿me perdí de algo? (dice Rita, algo ya curiosa por la reacción de Nachi)

—No, usted no se acuerda de mí, porque yo estaba muy pequeña cuando ustedes se fueron del pueblo. Soy Natacha Gilberts, hermana menor de Ro.

—Rosy Gilbert, las hermanitas Gilberts. ¿Aquí? ¡qué casualidad! ¿No mi vida?

—Hola Nachi, ¿cómo estás?

—Muy bien, gracias.

—Mamá, ¿ustedes se conocían?

—Si, hace muchos años.

—¿En serio?

—Qué casualidad.

—Si, mucha.

—Buenas noches.

—Hola hermanita ¿Ya viste quienes están aquí? Tus viejos amigos de la escuela, Carlos y Rita, qué sorpresa, ¿verdad? Carlitos, sírvenos algo de tomar y mucha agua, no, vino, mucho vino, y tequila, mucho tequila.

—Tranquila Nachi.

—¿Ustedes se conocen desde la escuela? Wow Mom, nunca me habías hablado de tus amigos de la escuela, bueno en realidad, tú nunca hablas de tus tiempos en la escuela.

—Si, querida, tu mami y yo éramos las mejores amigas y tu papá también. ¿Cierto amor?

—Voy por un vaso de agua.

—Señor Carlos, aquí hay agua en la mesa.

—Gracias, pero quiero otro tipo de agua.

—Ah, ok. Oye María, ¿tenemos otro tipo de agua en la bodega?

—Cállate y sírveles a los invitados.

La noche empezó a ponerse algo tensa. Camila le dijo a Daniel que era el mejor momento para decirle a sus padres su mayor secreto, ya que todos tenían algo de trago en la cabeza y estaban un poco relajados, aunque otros estaban muy tensos. Daniel, le dijo que no quería arruinar su fiesta, pero Camila le dijo que era el mejor momento, Daniel estaba a punto de irse a Londres a estudiar y no podía irse sin hablar con sus padres.

—¿Y qué Rosy, aún sigue suprimiendo tus ganas de acostarte con mi marido?

—¿Disculpa?

—Ay por favor, siempre supe que morías por él, en la escuela y por lo visto, aún sigues atraída por Carlos, ¿o me equivoco?

—No sé quién te crees que eres, pero yo sé perfectamente quien soy.

—Ay, ya, relájate, no te enojes, sabes bien que era tu mejor amiga y te conocía muy bien. Siempre estabas dibujando su nombre en tus cuadernos y luego lo disfrazabas con dibujos, pero yo siempre supe lo que sentías por él.

— Y, aun así, fuiste y te casaste con él ¿Por qué?

—Cómo que por qué, por ti.

—¿Por mí? Explícate, porque ahora sí, que me perdí, ya no entiendo.

—Justo por eso, porque eres muy noble y nunca entiendes nada y, aun así, todos querían contigo. Me acosté con Carlos y me casé con él, porque sabía que tú estabas enamorada de él y sabía que él también moría por ti, no podía permitir que el chico más popular saliera con la loser de la escuela.

—¿Y te sirvió de algo?

—No entiendo

—¿Y ahora, quién es la tonta?

—Familia, atención por favor, Mamá, Papá, por favor. Delfino ¿puedes apagar la música y conectar el micrófono por favor? Daniel y yo tenemos noticias muy importantes que darles y necesitamos toda su atención. Sé que esta fiesta, la cual está muy linda, fue por mi regreso, pero aprovechando que toda mi familia está aquí, quiero informarles algo muy importante, y también le pedí a mi amigo Daniel que utilizara este espacio para que hiciera lo mismo.

—Si, No es fácil reunir a mis papás en un solo lugar por un periodo de tiempo, mi madre siempre finge en la sociedad que ellos están casados, pero llevan dos años separados.

—Daniel, ¿por qué me haces eso?

—Si, es cierto, ay Mom, todas tus amistades lo saben, ellas también fingen y se ríen a tus espaldas. Tranquila.

—Dios, qué vergüenza.

—Mamá, por favor, deja el drama, esto no se trata de ti, se trata de mí y de Camila, por favor, siéntate y escucha.

—No, esto no puede estar pasando.

—Señora, me importa un reverendo pepino si está o no casada, mi hija quiere dar un anuncio importante, usted se va a sentar y se va a callar ¿O necesita ayuda? (Rita, observó el enojo de Alex y se sentó muy calladita)

—Gracias mami. el Dr. Thompson me ofreció ser la segunda doctora en el área general de pediatría, gracias por el puesto que me ofreció, si me encantaría aceptarlo, pero después que regresé de viaje. Mami, Papi, Delfino. Me ofrecieron hacer una pasantía en The University of Pennsylvania y yo acepté, es unas de las mejores escuelas de pediatría, lo siento, no podía rechazar esta gran oportunidad.

—Dios mío ¿En serio hija? wow, qué emoción, te amo hija y sabes que siempre contarás con mi apoyo.

—Y por supuesto con el mío, eres mi pequeña y lo único que deseo es que seas plenamente feliz.

—Ya sabes mi opinión, te respeto y te amo como si fueras mi hija también, y si tú está feliz y tus padres estamos orgullosos de ti, es lo único que importa. Felicidades.

—Eso me enorgullece y claro que sí, cuando regreses, seguiré considerándote para el puesto en el hospital.

—Sobrina estoy muy orgullosa de ti, te amo y cuenta conmigo también.

"La belleza de la tierra se concentra en las cascara de las uvas y se contempla en los corazones de familiares y amigos"

—Gracias a todos, y gracias por estar aquí.

—Ok, ahora quiero que escuchen a Daniel, amigo mío, es tu turno.

—Espera Camila.

—Vamos, tú puedes.

—Por favor, dame tus manos. Quédate cerca, ¿sí?

—Hermanito, si es lo que creo que es, yo también quiero agarrarte de la mano, no estás solo.

—Gracias, las amo.

—Papá, Mamá, antes que nada, quiero decirles que los amo con todo mi corazón y que nunca ha sido mi intención avergonzarlos ni llevarles la contraria, sé que ustedes querían que estudiara leyes, pero la verdad esa carrera no me gusta, porque en mi opinión, las leyes son para los débiles, para los que se esconden detrás de una máscara, de la mentira y se alimentan con la esperanza de las personas. (Todos les aplauden. Menos sus padres.) Me gané una beca para estudiar teatro en la Academia de Música y Arte Dramático de Londres. (The London Academy of Music and Dramatic Art "LAMDA")

—¡Hijo mío, eso está al otro lado del mundo!

—Así es papá, pero hay algo más. Hacen 6 meses me presentaste una chica y me dijiste que te gustaría que me casara con una mujer como ella, ¿recuerdas? Y luego me preguntaste que por qué aún no les he presentado a ninguna chica, pues hoy tengo tu repuesta. Para casarme debo conseguir una mujer que acepte mis inclinaciones sexuales. Papá, mamá, soy bisexual. Me gustan los hombres, como me gustan las mujeres.

—Hijo mío, yo puedo ser todo lo que tu quiera, pero ¿Qué crees? Soy tu madre, y como tal, te conozco, desde los 6 años lo supe, nunca te dije nada, porque creo que eso es algo que deberías descubrir tú solo. Como madre, pues nosotras queremos que nuestros hijos sean si son hombres, pues hombres, si mujeres, ¿me entiendes? Pero si tú quieres amar ambos lados, y eso te hacer feliz ¿quién soy yo para oponerme? Si yo con uno solo no he podido serlo. No voy a dejar de amarte, y si eso te hace feliz, pues a mí también. Ahora bien, irte al otro lado del mundo, eso sí me va a romper el corazón. (lágrimas)

Todos aplaudieron a Daniel, su papá quedó en shock, no sabía qué decirle a su hijo, a pesar de que lo ama, lo que dijo su madre fue muy bonito, Alex le dijo que era muy valiente y que el rechazo de algunos, no debe afectarle, las personas con almas de valientes, siempre deben arriesgarse por lo que hay en sus corazones, no por lo que opinen los demás.

***Hay fuego que purifica el alma y
fuego que consume toda una vida.***

Alguien intentó salir, pero se dio cuenta de que las puertas estaban cerradas, no se podía salir, Carlitos corrió y gritó: ¡estamos cerrados! ¡alguien nos encerró! Delfino y Alex intentaron abrir la puerta y las ventanas, pero nada, nadie podía salir, todos entraron en pánico, de repente entra una cartulina debajo de la puerta con una nota que decía lo siguiente. **"Nadie se burla del cartel del sur, esposa mía"** la nota era para Catalina, su casi marido la encontró y por su falta, pagarán justo por pecadores. Ahora

253

la familia García y todas sus amistades estarán en peligro. Los sicarios rosearon todo el lugar de gasolina e incendiaron la bodega con todos dentro.

El presentimiento de Alex se hizo realidad, lo que le dijo el señor en el camino, de la amenaza fue real. Catalina empezó a gritar histérica, Alex empezó a discutir con ella, todo era un caos y el fuego cada vez más consumía parte de la bodega, todos llamaron los bomberos y el 911, hubo mucho desastre, varios empleados resultaron con quemaduras leves, un pedazo de techo se desprendió y caía sobre Rosy, Carlos lo vio y la empujó y el techo le cayó encima a él, un clavo le atravesó la cabeza, Rosy al ser salvada por Carlos se golpeó la cabeza y se desmayó, no supo mucho hasta que despertó en el hospital…

Todo estuvo de locos, Catalina tuvo una quemadura de segundo grado en el brazo izquierdo, pero la mayoría de los invitados a Dios la gracias lograron salir ilesos de ese incendio, la bodega queda a unos 5 minutos del cuerpo de bomberos, lo que le dio ventaja para salvarse, bueno, aunque no todos corrieron con la misma suerte.

—Doctor ¿Cómo está Rosy? ¿Cómo están mis chicos? ¿Cómo están todos?

—Tranquilos, sus empleados todos están bien, la señora Rosy, aún está en observación, ella recibió un golpe fuerte en la cabeza, recibió varios puntos, no se podrá ir por ahora, debemos esperar que despierte, para tomarle una tomografía.

En ese momento, salen los empleados y abrazan a Delfino y Alex, se abrazan en grupo. Ella les da gracias a Dios por cuidar de ellos y María hace el comentario sobre el señor que salvó a Rosy.

—¿De qué señor hablas, María?

—De unos de los invitados, creo que era el padre del joven que hablaba que con su hija Camila, vi cuando el techo le caía a la señora Rosy y el corrió y la empujó y el techo le cayó a él, encima, se vio mucha sangre salir debajo de él, en eso llegaron los bomberos.

—¿Doctor, de todos los invitados del incendio hubo uno que estuvo muy mal herido?

— De los que llegaron aquí, solo Rosy, oh, si el padre del joven que estaba con Camila en el escenario, a él se lo llevaron al hospital central, iba muy mal, escuché a los paramédicos pedirle al hospital que se prepararan para una operación de cráneo de emergencia. Creo que iba muy grave.

—Dios mío. Gracias Doctor, vamos, tenemos que ir al hospital a ver cómo esta Carlos.

—Mi vida, tenemos que ir a casa, darnos un baño, fue muy fuerte todo lo que vivimos.

—Yo voy al hospital ahora, ¿sabes qué? Si, primero debo resolver algo. Vámonos.

El incendio acabó con casi toda la bodega, el sueño de toda la vida de Alex quedó hecho cenizas, Alex iba todo el camino pensando en todas las formas posibles de cómo matar a Catalina al llegar a casa.

—Catalina, ¿dónde estás?

—Hola, mi family, al fin llegaron, me sentía muy sola y asustada, qué bueno que llegaron. (Cata, abraza a Delfino, empujando a Alex)

—Ayayay, Alex no me golpes, ayúdame Delfino

—Alex ¿Qué haces? Suéltala.

255

—Tú te callas, o tú también llevarás.

—Suéltame.

—Tú, zorrita, te vas a largar de mi casa ahora mismo, tus maletas
como ves, ya están en la puerta, te había hecho ya las reservaciones
en un buen hotel, pero como ves, tu novio me quemó mi negocio,
y como voy a necesitar dinero, pues tendré que cancelar el hotel.

—No puedes echarme, ese loco puede estar ahí afuera esperando
para matarme.

—Exacto, y casi mata a mi familia, así que te largas de mi casa
o te juro que yo terminaré lo que empezó tu amante sicario, no
seguiré poniendo a mi familia en peligro por tu maldita culpa, te
largas lo más lejos posible de mí y mi familia.

—Mi vida, vamos a calmarnos, no puedes echarla.

—Claro que puedo y a ti también si te pones de su parte… Casi
morimos, Carlos en este momento está entre la vida y la muerte,
si no es que ya murió, Rosy casi pierde la vida, no sabemos qué
problema le quedará en la cabeza a causa del golpe, así que, si
puedo. Te vas yaaaaaaaaa.

Catalina se fue asustada, no le quedó más remedio que llamar a sus
padres, ellos fueron por ella a un hotel y la sacaron de Oregón, al
día siguiente, la hija de Rosy llegó llorando a la casa, su madre se
había puesto muy mal, al parecer su marca pasos dejó de funcionar.

Todos en el hospital están muy mal no saben qué pasará con
Rosy, Camila que está en el hospital ayudando al Dr. Thompson y
acompañando a su amigo Daniel, porque su papá está muriendo,
se entera de lo de su tía Rosy, ella empieza a llorar.

Carlos le pidió a Rita que le llamara a Rosy, quería despedirse de
ella, a pesar de todo, Rita no podía negarse al último deseo de su

ex, en ese instante entro el Dr. Thompson y le dio la mala noticia, de que su amiga, la señora Rosy Gilbert está en coma, su marca paso había dejado de funcionar y están a la espera de un corazón, si no consiguen uno en 24 horas, podría fallecer. Rita y Carlos no podían creer lo irónico de la vida. El Dr. Le pidió a Rita que lo dejara solo con el paciente, necesitaba revisarlo. Unos minutos después suena la alarma, Carlos Severino falleció.

Rita y sus hijos estaban muy tristes y desbastados, ellos a pesar de que ya sabían que Carlos tenia los minutos contados, no se resignaban a perder a su papá, fue muy fuerte y triste, toda la familia se retiró del hospital y se fueron a casa.

*"Cuando la esencia del verdadero amor traspasa el tiempo y
perdura en silencio con los años, la muerte jamás se apodera de
sus corazones"*

Mientras que, al otro lado de la ciudad, donde se encontraba Rosy ingresada, todos están muy tristes por la situación, en ese instante llega el doctor y le dice a la familia Gilbert que no hay tiempo que perder, el corazón de Rosy no resistía más, había que hacerle un trasplante con urgencia o desgraciadamente deberán despedirse de ella. Alex abraza a su hija, su esposo golpea la pared, dice que no es justo, toda la familia empieza a rezar, en ese momento, llegó el doctor Thompson y le dijo al doctor que ya tenían el corazón para la señora Gilbert, todos se sorprendieron de lo rápido que apareció un corazón.

Después de 5 horas de operación, de caminar de aquí y para allá, de llamadas y dar condolencia a los familiares de Daniel y Daniela Severino, la Familia Gilbert aun tenían un rayito de esperanza en la sala fría de un hospital. Rosy volvió a la vida, a pesar de la tragedia, hubo un rayito de esperanza para todos. Aun ella no sabía que Carlos había perdido la vida.

Un mes después, todos decidieron que era necesario decirle a Rosy lo de Carlos. Daniel se había ido a Londres, como lo había planeado, Daniela y su madre se fueron a la India, Rita no soportó la idea de saber que su ex esposo no estaba en la ciudad y quería que su hija dejara las drogas, Camila se fue a Pensilvania a estudiar en la universidad de pediatría, Alex aún no decide empezar con la remodelación de la Bodega, el seguro se ha estado tardando mucho con la decisión, de pagarles. Llega Nachi a casa de Rosy y Alex.

—Hola, traje helado, pero yo lo sirvo.

—¿Por qué, para quedarte con la mayor parte?

—Siempre nos hace lo mismo. Hahahha

—¿Chicas, como va todo allá fuera?

—Todo bien, en ese mundo cruel, tú no te preocupes.

—¿Y Delfino y tú, y la loca? ¿Aún sigue en tu casa?

—Claro que no, la saqué la misma noche del incendio, la boté, si por culpa de ella fue que paso todo esto.

—¿Cómo? ¿Ella lo provocó?

—No, tranquila Rosy, no te vayas alterar.

—Alex, por Dios, cuidado con lo que dices.

—A ver Nachi, ella tiene derecho a saber la verdad, ¿o hasta cuando tienes pensado ocultarle las cosas?

—Miren chicas, sé que han pasado muchas cosas, por favor, prometo no alterarme, pero necesito saber sí, ya han pasado dos meses desde mi operación, ya salí del periodo de peligro. Hablen.

—¿Recuerda el marido sicario de Catalina? Pues él fue quien nos encerró y nos prendió fuego, por eso cuando logramos salir, la saqué de mi casa.

—Ese hombre debe de pagar, si, lo malo es que no tenemos prueba.

—¿Ves? No fue tan malo, ahora bien, quiero pedirles un favor.

—Ok, lo que quieras.

—Quiero que me lleven a un lugar.

—Ok ¿A dónde vamos?

—¿Recuerdas ese restaurante donde me dejaste plantada, y estaba lloviendo mucho?

—¡Sí!

—Ok quiero que me lleven ahí.

—¿En serio?

—Sí, allá les cuento.

—Ok.

Ellas iban muy felices platicando, pero con una angustia porque deseaban decirle la verdad sobre Carlos, sin saber que justo ella las obligaría sin darse cuenta a decirles la verdad.

—No, Alex no te estaciones aquí, vamos a ese edificio.

—Pero dijiste que íbamos para el restaurante.

—Si, pero no quería venir diciéndote qué calle tenías que doblar y cual no.

—Ok ¿Entro al estacionamiento de ese edificio?

—Si por favor.

"La belleza de la tierra se concentra en las cascara de las uvas
y se contempla en los corazones de familiares y amigos"

—Hermanita ¿Y quién vive aquí?

—Por favor, no vayan a juzgarme, ni hacerme preguntas, les prometo que les contaré cuando regrese, ¿sí?

—Ya habla mujer, ¿quién vive aquí?

—Carlos Severino, desde que salí del hospital no he sabido de él, quero darle las gracias, porque lo último que recuerdo, es que él me salvó, si, él no me hubiese empujado ese tejado me hubiera matado. Chicas necesito verlo, yo no les dije, pero si tuvimos nuestro cierre.

—A ver Rosy, siéntate, cierra la puerta.

—¿Qué pasa? ¿En serio, no me van a dejar subir?

—Por favor hermanita, hay algo que debes saber.

—La noche del incendio, Carlos te salvó, sí, pero al hacerlo.

—No, noo, no termines esa frase, no, no la termines por favor, dime que no.

—Lo siento, pero debes escucharlo, Carlos falleció, el tejado le abrió el cráneo, lo operaron, pero un día después murió. Lo siento hermana, lo siento mucho.

Envueltas en llanto y en un solo abrazo las amigas fueron hasta el cementerio donde yacía el cuerpo de Carlos, ahí dejaron a Rosy un rato llorar su dolor sola, todo fue tan fuerte y tan triste a la vez, logró tener su cierre de adolescente, pero no de mujer.

Pasaron dos semanas, Rosy no quiso salir de casa, tampoco quiso hablar con Alex ni con su hermana, hasta una tarde que el Dr. Amigo de la familia, sufrió un pre infarto y después de ver todo lo que vivió de cerca con la familia de Alex, Rosy y los Severino, se dio cuenta que la vida era demasiado corta, decidió retirarse y entre sus cosas encontró una grabación para Rosy, él fue a buscarla

> *"La belleza de la tierra se concentra en las cascara de las uvas
> y se contempla en los corazones de familiares y amigos"*

a su casa para entregársela, le pidió disculpa por no haberlo hecho desde antes, sentía que no era prudente por su reciente operación, no quería ser el culpable de volver abrirle el pecho. Rosy se metió en su cama y entre sus almohadas y sabanas y con audífono y una taza de café escuchó la grabación.

"Una voz más allá del silencio y una caricia en el dolor"

Si estás escuchando esta grabación, significa
que ya no estoy en este mundo, Rosy mi fiel amiga,
gracias por amarme, aunque sea en silencio,
siempre quise ser tu super héroe en la escuela,
pero moría por ser tu corazón salvaje, por ser tu
Aquiles y terminé siendo tu Romeo muriendo, pero
con la satisfacción de saber que no tendrás el final
de julieta y que vivirás, y serás perdonada como
Mercedes por tu amado Dantes.

Sé que nuevamente llegué tarde a tu vida,
pero esa tarde de lluvia que pasamos juntos, fui el hombre más feliz de todo el
planeta tierra, descubrí que en definitiva no se necesita morir para entrar al cielo,
ahora que me dirijo al cielo, si es que voy para allá, no seré un extraño, pues, ya
todos me conocen porque por causa de tus besos, ya había pasado por ahí.

Fui muy feliz con Rita y mis hijos, no me arrepiento de nada,
pero no hubo un solo día de mi vida que no pensara en ti,
el tiempo, la distancia y todos los obstáculos que nos separaron
no lograron que mi corazón dejara de pertenecerte. Supe por mi hijo
que tu corazón ya no quiere seguir latiendo y que necesitas de otro urgente
espero que solo sea un berrinche tuyo, sabes que este mundo necesita
de ti, de tu sonrisa, y de tu amor.
Yo no tengo otra oportunidad, pero me voy feliz y satisfecho, porque
tuve una segunda oportunidad para volverte a ver, para decirte que te amaba y
poder amarte en cuerpo y alma.

"La belleza de la tierra se concentra en las cascara de las uvas
y se contempla en los corazones de familiares y amigos"

Me voy feliz de este mundo sabiendo
que pude cumplir con mi misión, de entregarte mi corazón con todo el
amor que habitaba en él y que había cultivado todos estos años.

Adiós mi hermosa amiga de colegiada, adiós mi gran amor
de hoy, de ayer y siempre. Sé feliz y no permitas que tu corazón deje de latir,
enséñale a rugir, dale siempre una razón para que el amor nunca se vaya de ahí.
Se despide, quien fue tu super héroe, sin armadura de acero.

—Hola Nachi ¿Cómo estás?

—¿Has sabido algo de Rosy?

—No, ayer fui a verla, pero no me habló, estuve un rato con ella
y nada, ¿crees que nos perdoné algún día?

—Ella no tiene nada que perdonarnos, no matamos a Carlos,
no somos responsables de su dolor. Solo está triste, confundida,
enojada, pueda que, con ella misma, pero no con nosotras, tú
tranquila.

—Está bien ¿Y cómo va lo de la bodega?

—Lento, la verdad es que no sé qué haré, ese lugar era parte de mí
y no sé cómo podré vivir sin esa bodega.

—Descuida, sé que algo bueno vendrá, ya verás.

—Dios te oiga, porque ya no soporto otra mala noticia.

Rosy, lloró por horas en su cuarto, luego quedó profundamente
dormida, tuvo un sueño que de una u otra forma calmó su dolor.
Se levantó, se dio un baño y le pidió a Nachi que pase por ella,
fue a comprar flores, la llevó al cementerio y después, pasaron
por una repostería y compraron un delicioso pastel de chocolate,
Nachi de una entendió que iban para la casa de Alex.

"La belleza de la tierra se concentra en las cascara de las uvas
y se contempla en los corazones de familiares y amigos"

—Vamos para

—Si, lo sé, para allá me dirijo.

—Para dónde si no te he dicho nada.

—No necesitas decírmelo, lo sé. (ambas hermanas sonrieron y manejaron en silencio)

—Buenas tardes, ¿se puede?

—Hola, Rosy, ¡Por Dios! qué sorpresa, sabes que esta es tu casa, no necesitas preguntar.

—¿Cómo estás?

—¿Cómo estoy? ¿Cómo estás tú? Yo estoy feliz de verte y saber que estás aquí conmigo, bueno con nosotras. (Abrazo fuerte)

—He estado mejor, pero no me quejo, Hahahha.

—Alex, toma, esto es tuyo, supongo.

—Mmm, qué delicia, justo lo que necesitaba para completar, siéntense, ya vengo.

—Creo que acaba de colar café.

—Ah, sí es cierto, huele a café y vendrá con dos platillos, uno para nosotras.

—Y ella se quedará con la caja.

—Exacto. Hahahha, no cambia nada ¿Cierto?

—Listo, ¿me ayudas Nachi?

—Si, claro, wow, está calientito.

—Ok, ahora sí, tengan chicas.

—¿Y tú plato Alex? (las hermanas se miran y luego se ríen)

—¿Qué, no era para mí el pastel? Yo solo estaba siendo cortés, dándoles un chin de lo mío.

—Si, tienes razón, era para ti. Hahahha.

Las amigas por fin rompieron el hielo y, sobre todo, el silencio que las había tenido algo alejadas. Desde aquel día, no habían hablado de nada, esa tarde hubo muchas cosas que se dijeron, muchas lágrimas volvieron a caer, pero, sobre todo, su hermandad como amigas se fortaleció, habiendo dejado atrás todo el dolor. Rosy habló de lo que pasó entre ella y Carlos y por qué fue a buscarlo, también le puso la grabación que le dio el doctor. No podían creer lo que estaban escuchando.

*"Al dejar caer nuestras lágrimas, no rescataremos
el ayer que perdimos, o el sueño que se esfumó,
pero aceptamos que todo terminó"*

La situación pinta muy fea para la familia García, la seguranza ya dio el veredicto y decidieron que no pagarán los daños del incendio, porque los peritos dieron resultados que el incendio se provocó por causa de negligencia. Un cigarrillo provoco el incendio. Eso puso a la jefa como loca, casi que le arranca la cabeza al abogado de la aseguranza, le brincó encima, mientras le gritaba todo lo que sucedió, ella lo golpeó con todo lo que había en la mesa, la sacaron entre dos hombres y la metieron presa, allí duró unas 3 horas, hasta que un ángel fue por ella y pagó su fianza.

—¿Usted?
—A veces no se pregunta, ¿cómo? Solo se da las gracias y luego dice. "Qué alegría que estes aquí"

—Que alegría volver a verlo. Tienes razón, como siempre, y no, no preguntaré, creo que me han pasado tantas cosas, que ya el "Cómo" o el "Por Qué" salen sobrando.

—La vida es más sabia de lo que parece jovencita, solo hay que mirar la esquina del sol, para que no queme tus retinas. Así que no me vayas a llorar, usted es una mujer fuerte, tienes el sello del fénix en la su sangre.

—Ay amigo mío, ya ni llorar es bueno.

—Al dejar caer nuestras lágrimas, no rescataremos el ayer que perdimos o el sueño que se esfumó, pero aceptamos que todo terminó, ¿y sabes qué pasa cuando algo termina?

—Siempre habrá un tronco roto que haga florecer una hoja.

—Exacto, siempre habrá esperanza, porque el renacer es eso, esperanza.

—Gracias, siempre sus sabias palabras me llenan de vida. Pero hablando de todo un poco, por qué nunca me ha dicho su nombre, y siempre, siempre desaparece justo como un fénix, nunca veo cuando se va.

—Siempre me ves, simplemente, estás muy ocupada con todos tus pendientes que no observas bien lo que está a tu alrededor. Cuídate y ten paciencia, no olvide que…

—la belleza de la tierra podría desarrollarse en las uvas y exhibirse en los vinos?

—Exacto.

Al día siguiente, llegó la madre de Alex, para ella fue una gran sorpresa, ellas no tenían una buena comunicación, su madre se había ido a vivir a Republica dominicana por una disputa que

265

habían tenido por desacuerdos familiares. Desacuerdo que la trajo de regreso a Oregón.

"Cuando se decide tener hijos y formar una familia, se debe tener en cuenta que antes de eso tuvimos una vida, de la cual, no todo lo que vivimos nos sentimos orgullosos... Por eso es mejor dejar todo resuelto y concluido, para que el día de mañana, nuestras acciones no afecten el futuro de nuestros hijos ni arruinen nuestra familia, la cual decidimos formar a base de amor, confianza y toda la sinceridad posible. Todos en la vida tenemos secretos, los cuales nos pertenecen... Pero, hay algunos secretos que nos pueden perjudicar y arruinar nuestro futuro"

*"La belleza de la tierra se concentra en las cascara de las uvas
y se contempla en los corazones de familiares y amigos"*

CAPÍTULO 12
UN BRINDIS A NUESTRO AMOR

***"Cuando nos sentimos tan cerca del abismo,
debemos reforzar nuestra fe, y sin darte cuenta,
llegará un aire con aroma de esperanza"***

A pesar de todo lo que le ha pasado a la jefa García, ella tiene mucha fe en Dios y en sí misma, de que podrá salir adelante, su preocupación por sus chicos que están sin trabajo, es lo que más la motiva a restablecer el negocio. Alex sale de la casa, no quería ver la cara de su madre, su esposo salió a buscarla, sabía dónde encontrarla; Alex estaba sentada con una copa de vino en mano en medio de su bodega adorada, pensando en cómo salvarla, cómo devolverle la vida a ese lugar.

—No podía pensar en qué otro lugar podrías estar, y aquí llegué, sabía que estarías aquí.

—Mira este lugar, cuantas historias se formaron aquí, cuantas lágrimas de felicidad, cuántos secretos y desahogos quedaron aquí, cuántas comidas se prepararon aquí para todos.

—Y cuántas veces te besé y te hice el amor…Ya entendí, y estoy contigo mi vida, pero no puedes estar aquí. El lugar aún sigue clausurado, aparte, te esperan en casa.

—Si, la bruja de mi madre, lo sé.

267

—Si, pero también, un montón de hombres de negro, en mi opinión personal, son abogados todos.

—¿Qué? ¿Y qué desean?

—No lo sé, ellos no quisieron compartir información, ¿vamos?

—¡Claro!

Alex y Delfino se dirigieron a la casa, allí, efectivamente, estaban un grupo de abogados. Le dijeron que estaban ahí porque tenían que leer un testamento, ella y su hija eran las herederas. Alex estaba muy confundida, no entendía nada. Ellos le pidieron que debería de localizar a su hija y que las veían en dos días en la oficina, le dieron una tarjeta con la dirección y le dijeron que no podían faltar. Era obligatorio.

—¿Todo esto tiene que ver con tu regreso? Habla madre.

—No, no tengo idea de lo que hablas y ya deja de tratarme como tu enemiga, soy tu madre, no puedes estar enojada conmigo, por un pasado que te conviene más a ti que a mí.

—¿Me conviene? dime madre ¿En qué me conviene? De haber sabido que el hombre que adoré, idolatré, y amé no es mi padre, ¿acaso tienes la más mínima idea del dolor que le provocaste? por tú culpa, mi padre está muerto.

—Eso no es justo, (llanto) no puedes culparme de la muerte de tu padre, él sufrió un infarto.

—Si, porque estaba muriendo de tristeza al saber que no era su hija, lo mataste en vida y la tristeza lo invadió hasta que lo mató y todo por tu egoísmo, por pensar solo en ti.

—Dios hija, no puedes decir eso. Si todo lo que he hecho ha sido siempre por tu bien.

—¿Por mi bien? Por mi bien, 30 años después decidiste ser una super madre y decirme: Buenos días hija, hoy el día esta maravilloso Ignacio García, no es tu padre, pero descuida, tu padre biológico es italiano y podrás visitar Italia.

—Algún día me agradecerás todo esto y ese rencor que llevas en tu corazón, te pesará más a ti que a mí. Yo no soy una mala madre, hice lo que tenía que hacer para darte la educación y todo el amor que necesitabas.

Camila regresa, Alex y su hija se dirigen a la oficina de abogados, la madre de ella se queda en casa, le escribe una carta y recoge sus cosas y se marcha, ella solo regresó porque tenía que entregar unas pruebas que le habían pedido. Pero el dolor de ver el rechazo de su hija no lo soportaba, y a pesar de que ella hizo lo que hizo para salvar su vida y aunque no le dijo la verdad a Alex, le duele ver como su hija le habla y como la mira.

Los abogados les piden a las damas García que tomen asiento y le colocan un video. Alex pregunta que qué significaba todo esto, pero el abogado le pidió que por favor terminara de ver el video y luego respondían a todas sus preguntas.

Video.

Hola princesa, sé que debes estar preguntándote quién soy y por qué te hablo con tanto amor. Mi nombre es Donatello Marchinazzi, soy tu padre biológico, la razón por la cual hoy día no me conoces, no es porque yo no te hubiese querido, o no quería a tu madre, las razones por la cual hoy estás frente a esta pantalla es toda mi culpa. Cuando tú llegaste a este mundo, yo era un joven muy inmaduro y a pesar de que mi familia tenía dinero, yo era muy problemático, me había metido en problemas, los cuales te pusieron a ti y a tu madre en peligro, mi familia me había dado por muerto y ellos no sabían de tu existencia, a tu madre la tenían amenazada, por eso ella huyó contigo, sin dejar ningún rastro para que tú no corrieras con la misma suerte que yo.

Tres meses después, desperté en un hospital cualquiera, mi abuelo me había encontrado y él me dijo que ayudó a tu madre a salir del país contigo en brazos, él, le dijo que yo había fallecido y que ustedes correrían con la misma suerte si no se iban del país. No supe más de ustedes, no las busqué, mi familia nunca supo de tu presencia, solo mi abuelo. Pasaron los años y me olvidé de ustedes, lo admito, hacen 5 años le conté la historia a mi padre, mi madre, tu abuela murió muy joven. Él me dijo que deseaba conocerte, pero yo no puedo viajar, como ves, tengo cáncer y técnicamente estoy viviendo los últimos días de vida… Quiero pedirte perdón a ti y a tu madre y quisiera tratar de recompensar todos estos años que pasaron sin mí. Mi padre dio con ustedes y según lo que me cuenta, eres una gran mujer y te pareces a mi madre en muchas cosas. También me habló de tu maravillosa hija. Por favor acepten estos bienes que les dejo, y dile a tu madre que me perdone, por ser un cobarde y un inmaduro. Pero que nunca amé a ninguna mujer como a ella.

—Esto es demasiado, debe ser una maldita broma, ¿cierto?

—Por favor señora, tome asiento, entiendo lo que está sintiendo.

—¿Está seguro? ¿Usted entiende el infierno que siento dentro de mí? Este señor por su maldita culpa y cobardía destruyó mi vida, toda mi vida fue una mentira, crecí con un maravilloso padre y resulta que no tenía ni una gota de sangre de él, he odiado y culpado a mi madre por su muerte y resulta que ella solo me salvó la vida, ¿y usted dice que entiende lo que estoy sintiendo?

"La belleza de la tierra se concentra en las cascara de las uvas
y se contempla en los corazones de familiares y amigos"

—Mamá, vamos a dejar que el señor hable. Por favor señor abogado, proceda.

—Gracias. En los bancos italianos, los cuales ya tenemos el permiso de trasferir el dinero a los bancos de los estados unidos, su padre.

—¡No es mi padre!

—El señor Donatello, le dejó una cantidad de 25 millones de dólares para usted, y unos 10 millones para su nieta Camila. También el 25% de las tierras de los viñedos de su familia aquí en el estado de Oregón.

—¿Viñedos, usted dijo viñedos?

—Vaya, usted sí que es una mujer muy peculiar. Le hablan de una fortuna, y usted ni pestañea, porque la he observado muy bien, pero le hablan de un pedacito de tierra que no vale ni la mitad de la fortuna que acaba de heredar y usted salta. Es usted muy inteligente, o muy…

—Disculpe, ¿usted quién rayos es?

—Lo siento, el señor es o fue.

—Permítame presentarme. Soy Papirillo Breve III, fui mayordomo de su señor padre, que en paz descansé.

—Disculpe, ¿eso es un nombre? (algo de risa)

—Camila, compórtate. Todavía no me explica su presencia aquí.

—El señor Breve, le pidió a su… al señor Donatello que no lo jubilara y que le permitiera cuidar de su hija, y su nieta, como cuidó de él. En el testamento, el señor también le pertenece, a usted y su hija lo heredaron por partes iguales, no tienen que pagar sus servicios, de hecho, ya fueron pagados por los próximo 20 años.

—¿Cuántos años tiene usted como abogado?

—Más de 40 años, ¿por qué?

—¿Y no le parece todo esto, más que la lectura de un testamento una subasta barata?

—Señora por favor.

—Por favor ustedes, vienen y me dicen que mi padre biológico acaba de fallecer y heredarme una fortuna que no me interesa y hasta un mayordomo, como si el pobre señor no fuera una persona, lo tratan como un objeto que se reparte. Dígale a mi nuevo abuelo, que al parecer es igual que su hijo, un cobarde porque no da la cara, que se quede con su fortuna y se largue bien lejos a su Italia y se lleve a su mayordomo.

—No creo que sea tan nuevo, ya que tengo unos 81 años.

—¿Usted, otra vez y ahora que hace aquí?

—Señor Marchinazzi, qué alegría volverlo a ver.

—¿Marchinazzi? ¿Cómo?

—Como tu padre, mucho gusto mi encantadora Alex, soy Donatello Marchinazzi, tu abuelo.

—Yo a usted lo conozco, lo vi en el viñedo un día, también lo vi en el hospital.

—Si, siempre aparece cuando menos uno se lo espera y desaparece de igual manera.

—Así es hermosa, desde que te encontré, no he dejado de ver por ti y tu familia y la verdad no fue tan difícil, al parecer heredaste los mismos gustos por los vinos y los viñedos como tu abuela y como yo.

—Usted también me mintió, me engañó. Camila, vámonos, no tenemos nada más que hacer aquí.

272

"La belleza de la tierra se concentra en las cascara de las uvas
y se contempla en los corazones de familiares y amigos"

—Señoras, no pueden irse, aún no he terminado.

—Déjalas, las conozco, luego las buscaré y les explicaré personalmente todo esto con más calma, y tú Breve, te vienes conmigo.

Alex fue y se encerró nuevamente en lo que quedaba de su bodega, Camila le habló a Delfino y a sus tías, todos estaban muy preocupados, Camila les dijo todo lo que había pasado en la oficina de los abogados, luego encuentran la carta de la madre de Alex, Delfino va corriendo al aeropuerto con Camila para alcanzarla, después de todo, Alex y su madre tenía muchas heridas que curar y muchas cosas que decirse.

Una semana después, Alex y su madre resolvieron sus asuntos pendientes, se pidieron perdón y se abrazaron, la señora le dijo que no debería despreciar la fortuna de su padre, que pensara en todo lo que podría hacer y a las personas que podría ayudar, eso la hizo pensar mucho.

Dos días después Alex salió a correr, y nuevamente terminó en la bodega, aún no se sentía con ganas de despedirse de ese lugar.

"La belleza de la tierra se concentra en las cascara de las uvas
y se contempla en los corazones de familiares y amigos"

Cambios

—Dios, como te dejaron, no puedo resignarme a que ya no volverás a esparcir alegría a todas las personas que venían aquí, ¿qué será de la vida de mis chicos? Dios, ¿cómo los ayudo?

—No soy Dios, pero si podría darte una repuesta a esa pregunta.

—Usted nuevamente.

—Sé que estás enojada, que tienes muchas preguntas y que te sientes traicionada… Por qué no dejamos nuestros asuntos para después y mejor tomamos acción en lo que realidad importa.

—¿De qué hablas?

—Ven conmigo, por favor.

El abuelo, "porque ahora ya dejo de ser el viejito misterioso del viñedo." llevó a Alex a los viñedos, él, le contó la historia de cómo su familia empezó con la siembra de uvas y cómo llegaron al estado de Oregón, ella quedó fascinada viendo todos los senderos del viñedo que ahora eran parte de ella. Le dijo que no lo haga por su hijo ni por él, que lo hiciera por sus chicos, por sus sueños incluyendo el de ella.

En la colina de Oregón resuena tu nombre, querida bodega, tu refugio hiciste en el corazón del hombre. Años tras años, tu calor con un buen vino me ha acompañado, en familia hemos llorados como amigos hemos bailado, y como amores nos hemos besado. En la colina tu nombre sigue brillando, en mi corazón tu calma me sigue acobijando, con tu vino me sigo embriagando, y con júbilo, a mis clientes, alegría les sigo brindando. El fuego, tu alegría quiso opacar, pero tu poder es más grande y tú luz nadie

ha podido apagar, canta bodega, canta, que tu gente contigo baila, tu música aún resuena en los corazones de aquellos que un día tocaron tu puerta. Canta bodega de noches y de días, que ya se rumora que por ahí vienen amigos, viene la alegría, dicen por ahí que ya a todos, nos vino el amor.

Alex aceptó la herencia y la parte del viñedo.

Reconstruyó la bodega, pero la hizo más grande, agregándole un pequeño restaurante, el cual le dio a su cocinera favorita. Convirtió a María como la supervisora y buscó a cada uno de sus chicos que trabajaban con ella, a Carlitos que había recibido quemaduras de segundo grado, le pagó su tratamiento y entre él y María se encargaron del personal de la bodega. Todo volvió a la vida.

Catalina había contactado al FBI que ya tenían un historial para agarrar a su maniático ex, ella los ayudó atraparlos, ya ese narco no sería una amenaza para nadie de su familia, habló con sus padres y pidió poner en venta una parte de sus acciones, regresó a Oregón y fue a buscar a Delfino.

Los cambios a veces suelen ser un caos, pero cuando decides que ese caos sea un royito de luz para otros, el cambio es bienvenido.

—Dime que lo que están viendo mis ojos no es lo que creo, porque ahora si es que te voy a matar.

—Oh, serena morena, debes escucharla.

—A mí también me da mucho gusto de verte Alex.

—Por favor Catalina, habla ya o no podré salvarte esta vez.

275

"La belleza de la tierra se concentra en las cascara de las uvas
y se contempla en los corazones de familiares y amigos"

—Antes que nada, lo siento, lo siento por todo, por haber llegado a sus vidas, por ponerlos en peligro, lo siento por la muerte de tu amigo, por la pérdida de tu bar, lo siento, por todo, de verdad. Ya mi ex no será un peligro, el FBI agarró a toda su gente y él murió en el enfrentamiento.

—Qué bueno felicidades, ¿y qué quieres, que te preste a mi marido para que te consueles nuevamente?, ¿a qué viniste?

—No puedo creerlo, tu soberbia sí que es grande ¿No? Mira, lo siento de verdad y solo vine a traerte esto.

—¿Y eso qué es?

—Un cheque, para ayudarte a reconstruir tu bar, fui culpable de que te lo quemaran, vendí parte de mis acciones y por eso te traigo el dinero, mi arrepentimiento es sincero.

—Te felicito por tu arrepentimiento, de verdad. Pero no necesito tu dinero, ya remodelé mi bar y de hecho ya fue inaugurado.

—Por favor acéptalo, déjame hacer algo bueno por una vez en la vida.

—¿Quieres hacer algo bueno? Está bien, ven conmigo.

Alex llevó a Catalina al bar, todos se quedaron mirándola, Alex le dijo que, si de verdad estaba arrepentida, que le pidiera perdón a cada uno de sus empleados, porque ellos fueron los más afectados con el incendio. Catalina lo hizo, y hasta algunas lágrimas salieron de sus ojos. Alex le dijo que podría hacer algo bueno con su dinero, Catalina empezó los trámites para crear una fundación para ayudar a familias que son afectadas por los incendios forestales cada año.

Afuera, en la pared de la bodega, mandó hacer un mural en pintura, con el rostro de todos los trabajadores y también incluyó el de Carlos, lo puso en el medio como el super héroe de la bodega la cual ya tiene nombre Oficial. "Vino el amor" porque la bodega es justamente eso, el amor de una familia que vino de la nada, de unos amigos que nacieron de la noche a la mañana, de varios amores que florecieron sin darse cuenta, porque vino el amor, va más allá, de una bodega, o una botella de vino, o dos amores prohibidos, Vino el amor, es Familia.

Rosy, al verla se derramó en llanto, agradeciendo a todos por ese lindo detalle que le hicieron a Carlos, al fin y al cabo, si fue su super héroe, no solo la salvó a ella, también a varios por que fue él quien sacó a Carlitos debajo de unas de las vigas, que, a pesar de quemarlo, evitó que muriera carbonizado.

Al final, la bodega volvió a ser lo que siempre fue, una sala familiar, un lugar donde no encuentras empleados, encuentras familia, donde cada cliente, encuentra un refugio, un lugar donde se pueden sentirse entre amigos, relajados y sus problemas se quedan fuera, en la entrada.

Alex aceptó su parte del viñedo, pero decidió que su esposo se encargara de ello. Un año después de tantas cosas que vivieron, Alex se encontraba en el viñedo disfrutando de su vino con sus amigas y vio que estaban sembrando rosas cerca de la vid, ella preguntó las razones y uno de los vinicultores le dijo que, como todo en la vida, la vid también necesita amor y compañía. Siembran rosas cerca, para que ellas atraigan a las abejas y así puedan comer los desechos, las rosas pueden avisarles también cómo y cuándo las uvas están listas.

El proceso del vino, es más sentimientos que ciencia, cuando solo utilizan la ciencia, el vino lo puedes hacer en un día, pero no tendrá el mismo efecto al tomarlo. Cuando te das el tiempo para conocer las uvas, para acariciar las plantas y vives cada esencia al realizar su proceso, eso hace que un vino, pase a ser de simple a excelente.

Alex entendió por qué hay vinos que se disfrutan más que otros y que al compartirlo con amigos y familiares, su esencia los une y les da un toque de magia a la convivencia, ya sea personal como laboral.

> *"El juego de la vida tiene sus reglas, el pasado y el presente son piezas importantes para tu futuro".*

> *Cuando se decide perdonar el pasado, significa que estás listo para enfrentar y aceptar el presente, con todas las buenas y malas experiencias que vendrán mientras avanzas hacia el futuro. Deja tus miedos, concentra tu fe y conviértela en inquebrantable y verás como todo lo que pasa desde ahí en adelante, tendrá sentido para ti.*

El doctor Thompson fue a visitar a Camila al hospital y ella lo invitó a comer, entre risas y una copa de vino, los ojos del doctor cambiaron, de repente su corazón se aceleró y ya no veía a Camila como una joven talentosa, ella se convirtió en una mujer y una muy hermosa. Camila tiene 24 años y el doctor ya va para sus 45, pero se ve muy fuerte y joven para su edad. Él se despidió de ella, con esa sensación extraña, Camila no lo notó, sin embargo, no dejaba de sonreír al recordar sus chistes.

—Gracias por la comida y la charla, fue muy divertido, me dio un gran placer volverte a ver. (mensaje de texto por WhatsApp) ah y me gusta esa foto que subiste a tu estado de Instagram.

> "La belleza de la tierra se concentra en las cascara de las uvas
> y se contempla en los corazones de familiares y amigos"

—(mensaje de repuesta) ¿Doctor, usted tiene Instagram? Y sí, fue muy bonito todo, gracias, estaba algo estresada y como siempre, usted me calma.

—Por favor, quítame lo de usted y el doctor, si, ya no soy tu jefe y no estoy tan viejo, ¿o sí?

—No, para nada.

—Me alegra saberlo y si te sigo en Instagram, aunque casi no entro allá.

—Ok. Bueno, tengo que atender a un pequeño, ¿hablamos más tarde?

—Claro, escríbeme o llámame cuando quieras y a la hora que quieras.

Camila llegó a casa y después de un buen baño, su mamá preparó cena, de repente le llega una notificación de Instagram del doctor y ella solo sonríe.

> "Qué fácil seria mezclar las cartas una vez
> en nuestras vidas, no solo jugarlas"

Todo volvió a la calma, la luz volvió a brillar para todos a un año de la tragedia, Alex hizo una comida, pero esta vez en el viñedo del que ahora ella es parte, cerró su bodega y se llevó a todos sus empleados para dar gracias a Dios por todo y para recordar ese trágico día que les cambió la vida a todos. Daniel regresó de Londres, feliz con su pareja nueva, los mensajes entre Camila y el doctor se volvieron más que mensajes de amigos, ellos empezaron una relación, la cual sus padres aceptaron. Carlitos al fin le confesó a María que estaba enamorado de ella, esos dos, ahora actúan como Alex y Delfino, ella dice que no lo soporta, pero a cada momento, se dan sus escapaditas.

Ese día en la comida, todos vieron muy bien la cara del abuelo y su voz se reveló.

—Daniel, te presento a mi Bisabuelo.

—Wow, tenemos bisabuelo, qué bien… Espera un segundo, yo lo conozco.

—Claro que si hijo.

—No sé de dónde, si, el apareció cuando te fuiste.

—No, Cam, míralo, usted es el señor que nos dijo. "El vino consuela a los tristes, rejuvenece a los viejos, inspira a los jóvenes y alivia a los deprimidos del peso de sus preocupaciones." Lord Byron.

—Es cierto, usted también nos dijo que fuéramos a ver la parte de atrás de la casa.

—Así es, fui yo, he estado en sus vidas desde hace tiempo.

Delfino, también recordó que él fue el señor que estuvo sentado con él y le recitó el poema de Gabriel García Márquez, cuando él decidió pedirle matrimonio a su esposa, Alex, les dijo que si, a ella también se le aparecía y le decía algo sabio y luego desaparecía. De repente todos recordaron su presencia, en un punto dado.

La familia es una pieza importante para la vida. Todos necesitamos de una familia para completar nuestro ciclo, existen personas que desgraciadamente no llegan a formar su propia familia, pero la vida se encarga de colocar a personas maravillosas a su lado, convirtiéndolas en su nueva familia. Carlitos, María y todos los empleados de la bodega, se convirtieron en una segunda familia para Alex, y en una gran

familia para la señora Rosita, ella estaba sola, pero la vida le regaló 5 hijos los cuales hacen de la vida de nuestra cocinera, una fiesta, con nieta incluida, la hija de María.

Los amigos que llegan a muestras vidas, y aprenden a calentar nuestros corazones, se convierten por derecho, en nuestros hermanos de corazón. Por eso es importante, nunca traicionar la confianza de una gran amistad, ellos son tesoros invaluables que llegan para sacar lo mejor de nosotros y para enseñarnos que lo peor de nosotros, es un balance, el cual podemos sacarle provecho para aprender a crecer y aceptar los designios de la vida.

El alcohol ha destruido a millones de familias con el paso del tiempo, también ha terminado con la vida de millones de ellos, las bebidas alcohólicas, como todo en la vida, hace daño en exceso. Muchas personas buscan refugio en las bebidas, porque no son capaces de superar sus penas, sus pérdidas y sus fracasos. Piensan que es más fácil destruirse a sí mismos, antes de pedir ayuda y enfrentar la realidad.

Adonis permitió que el alcohol y sus enojos se convirtieran en su refugio, mientras destruía su vida internamente y la vida de su propia familia, gracias a Dios él reaccionó a tiempo y dejó su orgullo y sus frustraciones a un lado y le permitió a su esposa que lo ayudara a salir del abismo que él mismo se creó.

La cobardía de muchos puede ser la maldición de otros. No permitas que tus miedos o tus fracasos, te obliguen a renunciar, todos tenemos derecho a una segunda y por qué no, una tercera oportunidad en la vida, nadie en este mundo es perfecto. Enfrenta tu realidad y demuéstrate a ti mismo, que si puedes *levantarte y que no importa cuantas veces caigas, siempre encontrarás una mano amiga de donde agarrarte.*

Las bebidas alcohólicas se crearon para disfrutar entre amigos y familias, se creó para relajarnos y disfrutar, no la conviertas en un Veneno, ni tampoco la utilices para tapar tus problemas. Sé valiente y enfrenta tu realidad, el alcohol no te salvará, no es para que te destruyas con él.

A la familia García, el alcohol destruyó su matrimonio, pero el vino salvó sus corazones.

Cuando Alex decidió comprar la bodega, sacó todo el alcohol, como wiski, ron, cerveza. etc. Decidió que solo vendería vino. El vino, fue quien le dio la oportunidad de crear una familia con sus empleados, fue la razón por la cual ella y Delfino, se amaron por primera vez, y, sobre todo, gracias al vino, llegaron a sus vidas personas que no estaban en su lista.

Por el vino, Alex recuperó su identidad, se reconcilió con su madre, curó su pasado y le dio la bienvenida a su presente, con un apellido y un par de miembros más en su árbol genealógico.

"La belleza de la tierra se concentra en las cascara de las uvas y se contempla en los corazones de familiares y amigos"

Alex aprendió que el llorar no era debilidad, aprendió que dejarse ayudar y amar, era una conducta normal y necesaria para avanzar. Por fin descubrió cómo escucharse a sí misma y a observar a su alrededor. Ella también aprendió que los cambios son una necesidad para el progreso y para lograr tener un futuro.

"La belleza de la tierra se concentra en las cascara de las uvas
y se contempla en los corazones de familiares y amigos"

Rosy, descubrió que no es bueno callar lo que llevamos dentro, y que el pasado es un puente hacia nuestro presente, el cual debemos siempre cruzar.

Nachi, se dio cuenta que su inocencia es su mayor poder y que el amor que siente por su hermana, iba más allá de la sangre, en Rosy encontró a su mejor amiga. A pesar de que Alex forma parte de esa hermandad entre las tres. También descubrió que no siempre es bueno hacerse cargo de los problemas ajenos, porque al final ellos se resuelven y el tercero siempre queda mal parado.

Delfino descubrió que el mejor lugar para madurar y crear memorias, es en el corazón de la familia y amigos, dejó de huir de su hermano y se perdonaron por los años que desperdiciaron al estar lejos. Tanto él, cómo Alex, de una u otra forman huían.

Todos en una mesa de picnic alrededor de Alex, levantaron sus copas y brindaron, por el amor y la familia, el abuelo de Alex escribió con lavanda en medio de los viñedos el nombre de Vino el amor y todos alzaron sus copas y gritaron, ¡Vino el amor!

Vino el amor

La creación del vino es tan antigua como el amor mismo, por tanto, el vino fue creado para disfrutar entre amores, amigos y familiares, fue hecho para deleitarnos y crear recuerdos y con ellos historias para contar. No lo conviertas en tú veneno, ni tampoco lo utilices para tapar tus problemas. Sé valiente y con agallas enfrenta las cosas malas, para que, con amor, puedas disfrutar de las cosas buenas.

BIOGRAFÍA

Conoces a la autora atraves del lápiz de la periodista y
comunicadora de tv dominicana
Sarah Hernández.

Nacida en Santo Domingo, capital de Republica Dominicana
en 1980, a muy temprana edad descubrió su vocación por la
escritura. Y no fue hasta mudarse a los Estados Unidos en el 2008
y por la insistencia de un amigo cercano a la familia que la autora
Alexandra decidió enseñarle al mundo su técnica poco tradicional
de escribir.

Alexandra Farías es una mujer con un gran espíritu creativo. Una
chica rebelde, amable, terca y persistente, que guardó sus sueños
en una maleta y partió hacia Oregón, donde comenzó a plasmar
en papel y lápiz emociones y sentimientos que guardaba en lo más
recóndito de su corazón, creando versos atiborrados de pasión y
del más profundo sentimiento estético.

La autora dominicana, es una de esas mujeres para quien no
existen imposibles. Una autodidacta con alma insurgente, que
encontró en la poesía el oxígeno que necesitaba para respirar y

"La belleza de la tierra se concentra en las cascara de las uvas
y se contempla en los corazones de familiares y amigos"

vivir a plenitud en su mundo imaginario. Y es justamente de esa imaginación, de donde nace su primera novela.

Farías, ha logrado entregarnos obras cargadas de erotismo, amor, desamor, pasión e intriga. Con cada propuesta editorial, la escritora logra hechizar al lector, haciéndole partícipe de sus historias. Esta autora caribeña ha logrado colarse en el mundo de la literatura, para alzar su voz a través de la poesía, por aquellas mujeres que aman, que sueñan, que luchan cada día. Por las miles de mujeres en el mundo, que abandonan sus tierras, más no sus ideales. Por aquellas que cumplen sus promesas y viven en libertad.

La fortaleza de esta mujer, ha sido la pieza clave para su superación. Acuciosa, intrépida, así es esta admirable dominicana, un vivo ejemplo de que el trabajo, la persistencia y el amor que ponemos a cada proyecto, son las verdaderas garantías del éxito.

Además de ser poseedora de un inusual sentido del humor, la autora es una excelente madre, esposa, hija, hermana, amiga. Alexandra Farías es una venus que ha venido alzando su voz para entregarnos sus memorias del alma, narrando de manera llana, crónicas de amor que nacen desde la faz de su corazón.

Sarah Hernández

PALABRAS DE LA COMUNIDAD

Los humildes orígenes de la literatura Oregoniana tienen como protagonistas a seres humanos amantes de la cultura y el arte que en algún momento de sus vidas dan el gran paso de publicar lo que escriben. Tras este acto primer acto creativo, hay quienes dejan la labor literaria, quienes continúan su labor creativa en otros campos y hay también un muy pequeño grupo de escritores que descubren que la literatura es su vocación ante el universo.

En este grupo está nuestra querida escritora Alexandra Farías que tras su primera publicación en el 2015 "Crónicas de un amor", siguió profundizando en la literatura y ensayando su estilo para regalarnos en el 2019 con su segunda novela "Una caribeña en Venecia". "Una caribeña en Venecia" fue aplaudida por muchas personas que leyeron la obra y que empezaron a seguir nuestra escritora dominicana y Oregoniana. Con Alexandra se consagra en la vanguardia de los novelistas del noroeste de los EE.UU. y vuelve a conectar con su público ávido de leer las aventuras de sus personajes, muchas veces prisioneros de las pasiones humanas prohibidas pero rebosantes de bella humanidad.

MATÍAS TREJO DE DIOS
Director del Instituto de Cultura Oregoniana (ICO)

287

"La belleza de la tierra se concentra en las cascara de las uvas
y se contempla en los corazones de familiares y amigos"

Alexandra farias una escritora que está haciendo historia en Oregón.

Con sus historias varias ya publicadas, que hablan del amor en todo su esplendor, sin importar el estatus del ser humano, todos disfrutamos de sus historias llenas de sensualidad que nos transportan a un mundo de fantasía, pero al mismo tiempo al mundo real que muy pocos nos atrevemos a hablar por muchas cosas que no precisamente son las más púdicas.

CICI MENDOZA, ESCRITORA Y PRESENTADORA DE TV
del programa Cici Mendoza Al Aire de Estudio Siete, siete

Haber conocido a Alexandra a través de una entrevista que hicimos juntas fue encontrar un alma dulce, sensible y luchadora. Alex es una inspiración de valentía y creatividad; con una capacidad de comunicar a través de sus escritos los más profundos sentimientos humanos.

ELIZABETH PAKRAVAN
Life Coach y Artista
Wellington, Texas

TRAYECTORIA LITERARIA

Cuando salió mi primera novela, **(Crónicas de un amor)** en el 2015, no pensé que le gustaría a la gente, tenía tanto miedo, que yo misma dudaba en sacarla, no tenía experiencia, y tampoco, sabia como publicarla o hacer una presentación. En ese mismo año febrero del 2015 Ya había sacado un poemario. **(Memorias del alma)** lo había enviado a una editorial en España, y fue todo un desastre, por eso se me hacía difícil intentar publicar nuevamente, hasta que unos 6 meses después conocí Amazon kp. Y decidí, auto publicarlo. Me aterra siempre hablar en público formalmente, creo que es la parte más difícil para mí, como autora, hablar frente a la gente y contar, como creo los personajes y las escenas de mis novelas. A pesar de que las personas fueron buscándome, reconociéndome, el miedo de volver a publicar, lo perdí, y decidí volver a lo mío, que eran los poemas. Y nuevamente escribí otro poemario, en el 2016 el cual lo presenté exclusivamente en mi tierra natal, Republica dominicana, **(Venus la faz del corazón)** Eso fue todo un reto, y una alegría para mí, sentir el aplauso y el apoyo de mi país, me lleno de mucha gracia y valentía. Semanas después de ese gran paso en mi vida, fallece unos de mis hermanos mayores, la tristeza me invadió, y ya no volví a escribir, hasta que un año después empecé a escribir, lo que sería mi segunda Novela, y mi cuarto libro, **(Una caribeña en Venecia)** esta novela me sorprendió, nunca pensé que fuera a llenar de risas y emoción al público, a pesar de que duré casi dos años, escribiéndola, nunca había durado tanto escribiendo algo, pero al fin, llego, en el 2019 publique, **(Una caribeña en Venecia)**. Los lectores quedaron tan fascinados con esa historia, que me pedía más de lo mismo y no me quedó más remedio que escribir una segunda parte, y así fue como en 2020 volvió a surgir **(Una caribeña en Venecia) "Como decir te quiero"** Y nuevamente Dios y la vida, me brindan la oportunidad de volver a enamorar a mis lectores, con esta nueva producción Titulada, **(Vino el amor)**. La cual me siento, tan feliz y emocionada de presentarles a todos ustedes, porque sé que la disfrutaran y la amaran, como a las demás anteriores. Y la historia de Alexandra Farias no termina aquí, ya estoy en camino a lo que será mi próxima novela. Gracias a todos y que Dios les bendiga siempre.

Esta y cada uno de mis locas historias de amor y aventuras, incluyendo mis poemarios, los pueden encontrar atraves de Amazon. Amazon.com: Alexandra Farías: Books, Biography, Blog, Kindle.

Made in the USA
Middletown, DE
17 June 2022